# Boss, it's cold outside

Von Katie McLane

**Impressum**
2. Auflage, 2024
© Katie McLane – alle Rechte vorbehalten.
Lektorat: Franziska Schenker
Cover: Dream Design – Cover and Art, Renee Rott

Katie McLane
c/o easy-shop, K. Mothes
Schloßstr. 20
06869 Coswig (Anhalt)

info@katie-mclane.de
www.katie-mclane.de



Herstellung und Druck über tolino media GmbH & Co. KG, Albrechtstr. 14, 80636 München. Printed in Germany.
Fragen zu Produktsicherheit an: gpsr@tolino.media.

Katie McLane

# BOSS, *it's cold outside*

(Christmas in Love 1)

**Buchbeschreibung:**

Eine Geschäftsreise mit dem Boss, ein Schneesturm, ein Schlafzimmer.


Eigentlich war ich mit meiner besten Freundin zu einem weihnachtlichen Mädelsabend verabredet. Stattdessen sitze ich wegen
eines Schneesturms im zauberhaften White River Springs fest.
Im letzten freien Apartment. Mit meinem Boss.
Leider ist Brandon Kentwood nicht nur ein arbeitswütiger, ein-
schüchternder Weihnachtsgrinch, sondern auch mega heiß.
Doch als wäre diese Ausnahmesituation nicht herausfordernd
genug, lässt die erzwungenen Nähe auch Raum für manche
Überraschung. Und schon bald heftige Funken zwischen uns
sprühen.


**Über die Autorin:**

Gestatten? Katie McLane. Musik im Blut, Pfeffer im Hintern,
Emotionen im Herzen, prickelnde Geschichten im Kopf.
Ich lebe mit meiner Familie  im Herzen NRWs und schreibe
Romance für alle Sinne.
Meine Liebesromane drehen sich um dominante Männer und
starke Frauen. Sind voll prickelnder Leidenschaft, überwälti-
gendem Verlangen und absoluter Hingabe. Vereinen intensives
Knistern, süße Sehnsucht und tiefe Gefühle. Und sie treffen mit
all ihren Emotionen mitten ins Herz - bis zum Happy End.

# Playlist

»Driving Home For Christmas« – Chris Rea
»Holly Jolly Christmas« – Michael Bublé
»Must Be Santa« – Bod Dylan
»We All Need Christmas« – Def Leppard
»The First Noël« – Josh Groban with Faith Hill
»Hey Mister Snowman« – Kim Wilde
»Please Come Home For Christmas« – Eagles
»Snowflakes of Love« – Toni Braxton
»Last Christmas« – Wham!
»Footprints In The Snow« – Jamie Lawson
»Baby, It's Cold Outside« – Idina Menzel feat. Michael Bublé

Oder bei Spotify hören unter
»Playlist zu Boss, it's cold outside«:
https://open.spotify.com/play-
list/7kXTn9JG4z1XgZ5ADGs9z9?si=9281850807a64e00

# Alyssa

## Kapitel 1

»Alyssa? Du sollst in Mr. Kentwoods Büro kommen.«

Ich blinzele irritiert und tauche aus der Tabelle sowie meiner weihnachtsvorfreudigen Versunkenheit auf.

An meiner offenen Bürotür steht unsere Teamassistentin Heather in einer ihrer grünen Weihnachtsstrickjacken und starrt mich mit aufgerissenen Augen an.

»Sofort? Was ist denn los?«

»Ja. Und keine Ahnung, Laura hat mir nur Bescheid gesagt, weil sie dich nicht erreicht. Es klang verdammt dringend.«

Erschreckt werfe ich einen Blick auf mein Telefon und verziehe das Gesicht. »Sorry, ich bin noch ausgeloggt, weil ich in Ruhe arbeiten wollte.«

Schnell schalte ich die Pauseneinstellung wieder ab und speichere die Datei, an der ich gearbeitet habe. »Soll ich irgendetwas mitbringen?«

»Davon hat sie nichts gesagt.«

»Okay, danke.«

Ich sperre den Computerbildschirm, beuge mich zum Radio und stelle Chris Reas »Driving Home For Christmas« den Saft ab. Dann stehe ich auf, richte den Blazer und scheuche unsere Teamassistentin aus der Tür, um diese hinter mir ins Schloss zu ziehen.

»Hoffentlich ist es nichts Ernstes.«

»Ach, was! Nur, weil ich zum Boss soll?« Ich winke ab und marschiere zum Fahrstuhl.

Heather ist eine Tratschtante und ich weigere mich, die Gerüchteküche auch nur mit einem Funken Unsicherheit anzuheizen. Doch sobald ich die Kabine besteige und allein bin, wird mir flau.

Ich arbeite erst seit gut zehn Monaten bei *Kentwood Real Estate* und ich kann an einer Hand abzählen, wann ich ins Büro des CEOs und Firmengründers gerufen wurde.

Hastig überprüfe ich in der verspiegelten Rückwand Haare sowie Make-up, zupfe noch einmal am Kragen meiner Bluse.

In der obersten Etage angekommen eile ich den Gang entlang und lächelnd auf Lauras Schreibtisch zu. »Entschuldige bitte, ich war wegen einer wichtigen Aufgabe ausgeloggt. Was gibt es denn?«

»Keine Ahnung. Josh ist drin und du sollst dazukommen.« Sie erhebt sich von ihrem Platz, geht vor mir zur Tür und klopft an.

Sobald das »Ja!« ertönt, dreht sie am Knauf, tritt ein und bleibt stehen. »Ms. Tate ist hier.«

»Danke, Laura. Herein mit ihr.«

Sie wendet sich mir zu und lächelt, also gehe ich an ihr vorbei. Direkt auf den breiten Schreibtisch am anderen Ende des Raums zu, der quer vor den Fenstern mit Ausblick Richtung Boulder und Rocky Mountains steht. An der linken Seite, vor der halbrunden Erweiterung, die als Besprechungstisch dient, sitzt mein direkter Vorgesetzter und nickt mir zu.

Brandon Kentwood steht auf und tritt neben die fast schon filigrane Konstruktion aus Stahl und Glas. »Ms. Tate. Danke, dass Sie so schnell kommen konnten.«

Die tiefe Stimme meines obersten Chefs vibriert warm durch meinen Bauch, löst einen Hauch Nervosität aus, und seine charismatische, kantige wie attraktive Erscheinung wirkt auf mich wie immer ein wenig einschüchternd.

Weshalb ich mich auf mein Können besinne, die Schultern straffe und lächele.

»Ich bitte Sie, Mr. Kentwood, das ist doch selbstverständlich. Worum geht es?«

»Bitte, setzen Sie sich.« Er deutet auf den freischwingenden Sessel neben dem Leiter des operativen Geschäfts des Unternehmens.

Ich komme seiner Aufforderung nach und mustere Josh Brennick mit gerunzelter Stirn. Er ist blass und seine Augen glänzen fiebrig. »Alles okay? Du siehst krank aus.«

»Genau so fühle ich mich.« Seine Stimme ist ein einziges Krächzen.

»Du gehörst ins Bett.«

»Das habe ich ihm auch gesagt.« Brandon nimmt auf seinem Bürostuhl Platz, rollt von der anderen Seite heran und stützt die Unterarme auf den Tisch, faltet die Hände. Der graue Anzug spannt ein wenig über seinen breiten Schultern und muskulösen Oberarmen, aber ich reiße meinen Blick davon los und sehe ihm stattdessen ins Gesicht.

Er trägt das schwarze Haar an den Seiten raspelkurz, passend zu seinem Fünf-Tage-Bart, was seinen dunklen Teint und die Form des Kiefers unterstreicht. Genauso wie die dunkelbraunen Augen unter den breiten, geraden Brauen, die mich eindringlich ansehen. »Und hier kommen Sie ins Spiel.«

Ich nicke. »Wie kann ich helfen?«

»Ich fliege morgen nach Aspen, um in unserer Agentur in White River Springs vorbeizuschauen. Halbjahresmeeting, einige Mitarbeitendengespräche und ein Weihnachtumtrunk, wie jeden Dezember. Normalerweise begleitet Josh mich, aber wie Sie sehen, ist das unmöglich. Und da Sie ihn in solchen Angelegenheiten vertreten, werden Sie für ihn einspringen müssen.«

Zunächst wallt Enttäuschung in mir auf, wird aber gleich darauf von Aufregung verdrängt.

Mein erster offizieller Einsatz außerhalb der Firmenzentrale, abgesehen von der Rundreise durch alle Agenturen zu meinem Einstieg als Personalleiterin.

Und endlich in der Funktion als Joshs Vertretung.

»Natürlich. Wie ist der zeitliche Ablauf?«

»Wir treffen uns morgen um 8 Uhr am Hangar, Abflug ist spätestens 8:30 Uhr. In Aspen werden wir von dem Agenturleiter abgeholt und nach White River Springs gebracht. Die Rückfahrt ist für 18 Uhr geplant, Ankunft in Denver gegen halb neun.«

Verdammt, unter diesen Voraussetzungen muss ich meine Verabredung tatsächlich absagen.

»Alles klar, ich werde da sein.«

»Und stimmen Sie sich bitte mit Josh bezüglich der Agenda ab.«

»Wird sofort erledigt.«

»Perfekt.«

»Okay, am besten gehen wir direkt in mein Büro«, stößt Josh heiser hervor. »Je eher ich nach Hause kann, desto besser.«

Wir stehen auf, nicken Brandon zu und verlassen sein Arbeitszimmer.

Eine Etage tiefer bittet mein Vorgesetzter seine Assistentin um einen weiteren Salbeitee mit Honig und führt mich in sein eigenes Refugium. Plumpst buchstäblich in seinen Bürostuhl, stöhnt gequält auf und fährt mit zwei Fingern unter seinen Hemdkragen.

»Die Hitzeschübe machen mich wahnsinnig.«

»Dann lass uns keine Zeit verlieren und direkt loslegen.«

*

Eine Stunde später als üblich stopfe ich die Mappe für unsere Dienstreise in meine Handtasche, verlasse die fast menschenleere Etage und fahre ins Erdgeschoss hinab. Auf dem Weg nach draußen ziehe ich Handschuhe über und den Reißverschluss bis zum Kinn hoch. Gehe sicher, dass mein Schal überall eng am Hals sitzt und keinerlei Lücken freilässt. Dann stoße ich die Tür auf und trete hinaus in die bitterkalte Winterluft.

Sofort bilden sich Atemwölkchen vor meinem Mund und ich ziehe fröstelnd die Schultern bis zu den Ohren hoch.

Wie ich dieses Wetter hasse!

Außer den Schnee, der unter meinen Stiefeln knirscht, während ich die Straße zur Denver Union Station überquere. Ohne den wären weder diese Jahreszeit noch das Weihnachtsfest perfekt.

Bis zur Abfahrt meiner Stadtbahnlinie bleibt mir ein wenig Zeit und die will ich nutzen, um mir frischen Lesestoff zu kaufen. Mit dem aktuellen Buch werde ich heute Abend fertig und ich habe Lust auf einen berührenden Weihnachtsroman mit Herzschmerz sowie Happy End.

Deshalb stapfe ich in den Buchladen im linken Flügel des Bahnhofsgebäudes, begrüße die Verkäuferin an der Kasse und marschiere geradewegs zum Abschnitt Liebesromane.

Begleitet von launigen Weihnachtsliedern wandert mein Blick über unzählige Buchrücken im Regal. Anschließend schlendere ich summend um einen der Buchtische herum.

Entdecke einen weiteren Tisch voller Taschenbücher mit weihnachtlichen Covern und mustere auch diese.

Bis ich an einem unscheinbaren Bild mit rotem Rahmen hängenbleibe – »The Noel Diary«.

Neugierig nehme ich das Buch zur Hand, drehe es um und lese den Klappentext.

Klingt super.

Ich eile damit zum Verkaufstresen.

»Guten Abend, Alyssa.«

»Hey, Mandy.«

»Oh, gute Wahl. Ich habe die Story geliebt.«

»Perfekt.« Lächelnd zücke ich mein Portemonnaie und die Kreditkarte, halte sie zum Bezahlen vor das Lesegerät und stecke am Ende alles wieder ein.

»Brauchst du eine Tüte?«

»Nein, danke.« Ich öffne meine geräumige Handtasche, schiebe das Buch zu der Mappe und die Träger auf meiner Schulter wieder hoch. »Ich wünsche dir einen schönen Feierabend.«

»Dir auch. Sehen wir uns noch einmal vor Weihnachten?«

Ich lache und zwinkere ihr zu. »Bestimmt. Bis dann.«

Auf dem Weg zur Haltestelle angele ich nach der kleinen Ladebox mit meinem Headset. Drücke mir die Bluetooth-Hörer in die Ohren, starte auf dem Handy die Musik-App und wähle meine Playlist mit Christmas Pop.

Schon nach dem ersten Song weicht die Anspannung des Arbeitstages und auf der Heimfahrt entfalten sich meine Gedanken.

Ich habe das Wetter in White River Springs gegoogelt und muss mir zu Hause die wärmste Business-Kleidung heraussuchen, die ich habe. Außerdem werde ich den dicken Daunenmantel und eine Strickmütze mitnehmen, immerhin ist Schnee angesagt.

Ach ja, und da ich morgen extra früh aufstehen muss, um zum Flughafen zu fahren, sollte ich eher ins Bett gehen. Wenn ich schon mit dem Boss unterwegs bin, muss ich hellwach sein und den ganzen Tag fokussiert bleiben.

Schließlich soll er auf keinen Fall bereuen, mich eingestellt zu haben.

In meinem Apartment erwartet mich das Leuchten des buntgeschmückten Weihnachtsbaums und sofort wandern meine Mundwinkel in die Höhe.

Zu Hause.

»Alexa?« Die graue Kugel auf dem Beistelltisch zwischen Couch und Weihnachtsbaum erwacht zum Leben. »Spiele meine Playlist Christmas Pop auf Zufallswiedergabe.«

»Deine Playlist Christmas Pop auf Zufallswiedergabe wird abgespielt.«

Meine Handtasche landet auf dem separaten Küchenblock, dessen Tresen auf der anderen Seite als Essplatz dient, dann schlüpfe ich aus Mantel sowie Schal und hänge alles an die kleine Garderobe neben der Eingangstür. Meine Stiefel stelle ich auf die Abtropfschale darunter, tappe ins Schlafzimmer und tausche Hosenanzug gegen bequeme Sweaterhose, Kapuzenpulli und dicke Socken.

Zurück in der Küche nehme ich den Rest Kürbissuppe aus dem Kühlschrank, um sie im Mikrowellenherd aufzuwärmen, die Zutaten für ein Käsesandwich folgen. Die lege ich auf der Arbeitsfläche neben der Spüle ab, greife in die Handtasche und ziehe mein Handy hervor. Ich wähle die Nummer meiner besten Freundin, stelle auf Lautsprecher und platziere das Smartphone vor mir auf der breiten Esstheke.

Das Freizeichen ertönt und ich hole mir Gemüsemesser sowie Schneidbrett.

Wasche die Tomate und zwei Salatblätter.

Nach dem sechsten Klingeln geht Sarah endlich ran. »Hey, Lys. Sorry, ich hatte das Handy im Bad vergessen.«

»Kein Ding, im Zweifel hätte ich es später noch einmal versucht.«

»So dringend, ja?«

Ich seufze und lege mir die Tomate zurecht, um sie in dünne Scheiben zu schneiden. »Leider, ja. Ich muss unser Date morgen absagen.«

»Och nee! Was ist denn los?«

Ich erzähle ihr von meinem außerplanmäßigen Einsatz, was sie gleich ein wenig besänftigt.

»Na, das geht natürlich vor, kein Problem. Ich hoffe, du zeigst deinem Boss, wo der Kompetenzhammer hängt.«

Lächelnd halbiere ich die Salatblätter, stapele sie übereinander und schneide sie in feine Streifen. »Ich denke, das kriege ich hin.«

»Und ob! Ich habe vollstes Vertrauen in dein Können.«

»Am Wochenende hast du vermutlich keine Zeit?«

»Nein, sorry, das Weihnachtsgeschäft brummt, jeden Abend eine Veranstaltung.«

»Und nächste Woche?«

»Vielleicht am Dienstag, aber das kann ich dir frühestens Montag sagen, vielleicht sogar erst Dienstag.«

»Okay, ich habe nichts vor.«

»Wie immer.«

»Seit der Sache mit Tyler —«

»Das ist schon eineinhalb Jahre her, Süße. Langsam wird es Zeit für etwas Neues.«

Ich schlucke gegen die Erinnerungen und den Kloß in meiner Kehle an. Nehme zwei Scheiben Vollkorntoast aus der Packung. »Ich bin noch nicht bereit dafür.«

»Scheiße, der Kerl hat dich tiefer verletzt, als du zugeben willst.«

»Lass uns bitte das Thema wechseln, ja?«

Resolut schraube ich das Glas mit der Mayonnaise auf, schaufele mit einem Messer eine Portion auf die erste Scheibe und verteile die weiße Creme ordentlich bis in die letzten Ecken. »Es ist Weihnachten.«

»Das Fest der Liebe, genau. Und du hockst schon wieder allein herum.«

Ein Anflug von Sehnsucht steigt in meiner Brust auf, doch ich ersticke das.

»Noch nicht einmal einen One-Night-Stand hattest du dieses Jahr.«

»Weil ich mich voll auf meinen Job konzentriert habe.«

»Was keine Hürde für ein bisschen Spaß darstellt. Himmel, Lys, du kannst dich doch nicht ständig in deine Bücher flüchten. Dein Leben ist kein Liebesroman.«

»Schade eigentlich.«

Meine beste Freundin schnaubt. »Sieh der Wahrheit ins Gesicht. Um jemanden kennenzulernen, musst du das Haus auch in deiner Freizeit mal verlassen.«

»Statistiken sehen das anders, da steht der Job an erster Stelle, um einen Partner zu finden.«

»Super, gehen wir die potentiellen Kandidaten doch mal durch. Gibt es ein paar Singles, die dir gefallen würden?«

»Auf diese Weise habe ich meine Kollegen noch nie betrachtet.«

»Na, dann wird es aber Zeit. Warte, ich rufe mir mal eure Website auf, die Seite mit dem Managementteam.«

»Wieso ausgerechnet die?«

»Weil du einen Kerl brauchst, der mindestens auf der gleichen Ebene arbeitet.«

»Hm, da gibt es nur wenige Männer.« Während ich mein Sandwich mit Käse, Salat und Tomate belege, gehe ich sie alle im Kopf durch. »Und so viel ich weiß, sind sie fast alle verheiratet oder fest liiert.«

»Und wer ist noch Single?«

Ich bestreiche die zweite Scheibe Brot ebenfalls mit Mayonnaise. »Wenn unsere Tratschtante vom Dienst recht hat, nur Mr. Kentwood selbst.«

»Ich dachte, der ist mit dieser Celebrity-Tussi zusammen, wie hieß sie noch?«

»Lindsay Holmes. Heather meinte, sie hätten sich im Sommer getrennt.«

»Okay. Und wie ist es mit dem zweiten Kriterium? Gefällt er dir?«

Nachdenklich halte ich inne. »Er ist auf jeden Fall verdammt heiß und besitzt eine sehr charismatische Ausstrahlung.«

»Na, also!«

»Die mich jedes Mal total einschüchtert.«

»Ach, da bildest du dir bestimmt nur etwas ein.«

»Ich weiß kaum etwas über ihn.«

»Das kannst du ändern.«

»Außerdem ist er mein oberster Boss.«

»Das ist doch wohl kein Hindernis.«

»Oh, bitte!«

»Stell dich doch nicht so an.«

»Nein, das ist keine Option für mich, also lösche ihn aus deiner imaginären Liste.«

»Schon gut, schon gut. Aber dann gehst du mit uns zu der Silvester-Party.«

Ich verdrehe die Augen. »Als fünftes Rad am Wagen? Tolle Aussichten.«

»Wie wäre es mit einem von Bens Arbeitskollegen?«

»Von denen kenne ich niemanden.«

»Das lässt sich korrigieren.«

»Und artet vermutlich in totalen Stress aus.«

»Okay, dann suche ich dir jemanden aus und du bekommst ein Silvester-Blind-Date.«

»Ich weiß nicht ...«

»Ich werde mir die größte Mühe geben, versprochen.«

*Komm schon, gib dir einen Ruck. Einen Versuch ist es wert.*

Die Stimme meines Herzens ist leise, aber bisher hatte sie zu 98% recht und ich habe gelernt, auf sie zu hören.

Was habe ich schon zu verlieren außer ein paar ruhigen Lesestunden?

Ergeben stoße ich die Luft aus. »Also gut, du darfst mir ein Date für Silvester klarmachen.«

Sarah juchzt. »Perfekt! Ben müsste jeden Moment nach Hause kommen, da kann er mir gleich mal ein Update zu seinen Kollegen geben.«

»Aber bitte denk dran –«

»Keinen karrieregeilen Typen, ich weiß.«

Weil ich gern auf eine weitere Enttäuschung verzichte.

»Oh, und keinen Weihnachtsgrinch.«

Genauso wie auf einen Kerl, der mir die schönsten Wochen des Jahres versaut.

Ich grinse. »Du hast es erfasst.«

»Ist notiert.«

»Na gut, Ms. Harris, Sie haben den Auftrag.«

»Vielen Dank, Ms. Tate. Ich werde Sie nicht enttäuschen.«

Nun, wir werden sehen.

## Kapitel 2

Pünktlich um 7 Uhr am Mittwochmorgen holt mich der Limousinenservice vor dem Neubau ab, dessen Penthouse ich im Sommer bezogen habe.

Der Tropfen, der das Fass zwischen Lindsay und mir zum Überlaufen gebracht hat.

Zum Glück.

Ich übergebe dem Fahrer den Griff des Koffers, in dem sich unter anderem die Weihnachtsgeschenke für die acht Mitarbeitenden der Agentur in White River Springs befinden, und nehme auf der Rückbank Platz.

Während der Fahrt zum *Centennial Airport* gehe ich die Agenda durch und beschließe, sie auf dem Flug mit Ms. Tate zu besprechen. Nur sicherheitshalber. Seit die Expansionspläne konkret geworden sind, schwirren fast doppelt so viele Daten durch meinen Kopf wie vorher.

Am Ende setzt der Fahrer mich mit genügend Abstand zum Firmenjet ab, der bereits vor dem Hangar parkt. Und da hier draußen ein eisiger Wind pfeift, marschiere ich schleunigst mit dem Trolley hinüber.

Rita, die Stewardess, begrüßt mich an der ausgeklappten Treppe und nimmt mir das Gepäck ab, um es zu verstauen.

Hinter ihr betrete ich die Kabine und wende mich nach links, klopfe an die offene Cockpit-Tür. »Guten Morgen, die Herren.«

Pilot und Co-Pilot wenden sich mir zu. »Guten Morgen, Mr. Kentwood.«

»Was sagt der Wetterbericht?«

»Klares Winterwetter, am Nachmittag ziehen Schneewolken auf.«

»Beeinflusst das unseren Flugplan?«

»Nein.«

»Gut.«

»Wann soll es losgehen?«

»Sobald meine Mitarbeiterin eintrifft.«

In dem Moment biegt von rechts ein Taxi auf das Vorfeld ein und nähert sich der Maschine.

»Ah, das wird sie sein. Wir sehen uns später.« Ich wende mich ab und verlasse das Flugzeug wieder. Beobachte, wie das Taxi ein gutes Stück weiter stehenbleibt, Ms. Tate aussteigt und ihre riesige Handtasche schultert. Mit hochgezogenen Schultern, den Kopf gegen den Wind gesenkt, eilt sie herüber und sieht auf, sobald sie den Windschatten der Maschine erreicht.

Sie lächelt. »Guten Morgen, Mr. Kentwood.«

»Guten Morgen, Ms. Tate. Sie sind überpünktlich, das gefällt mir.«

»Das ist doch selbstverständlich.«

»Bitte, nach Ihnen.« Ich deute zum Einstieg.

»Danke.«

Ich folge ihr die Treppe hinauf und in die warme Kabine, wo sie sich schüttelt und erleichtert aufatmet. »Hier lässt es sich aushalten.«

Wir ziehen unsere Mäntel aus und übergeben sie Rita, dann nehme ich auf meinem Stammplatz an Steuerbord Platz, der Richtung Flugzeugnase ausgerichtet ist. Der

Tisch ist für den Start eingeklappt und ich verstaue Smartphone sowie Tablet-PC in dem Fach daneben.

Ms. Tate nimmt auf der anderen Seite des Ganges Platz und zwängt ihre Handtasche ebenfalls in ein Staufach. Dann zupft sie den Blazer ihres roten Hosenanzugs zurecht und legt den Sicherheitsgurt an. Wobei ihre Bewegungen fahrig wirken, irgendwie steif.

Okay. Zeit, die Atmosphäre ein wenig aufzulockern.

»Eine gewagte Farbe im konservativen Maklergeschäft, aber sie steht Ihnen gut.«

Sie stößt die Luft aus und lächelt. »Oh, danke. Ja, ich liebe dieses gedeckte Weihnachtsrot.«

*Ach, du Scheiße, eine Weihnachtsverrückte.*

Innerlich verdrehe ich die Augen, äußerlich verstecke ich mich hinter einem angedeuteten Lächeln.

»Sind wir startklar, Mr. Kentwood?«

Ich wende mich Rita zu. »Von mir aus, ja.«

»Dann sage ich dem Captain Bescheid.« Damit dreht sie sich um und geht nach vorn, um die Tür zu schließen.

Kurz darauf rollt die Maschine langsam Richtung Startbahn.

Ich räuspere mich. »Übrigens, ich hatte noch keine Gelegenheit, Ihnen das Du anzubieten, wie es im Führungsteam üblich ist. Deshalb möchte ich das hiermit und aus gegebenem Anlass nachholen.«

Ein strahlendes Lächeln breitet sich auf ihrem Gesicht aus. »Sehr gern. Danke, Mr. Kentwood.«

Mit eindringlichem Blick hebe ich eine Braue.

Sie lacht auf. »Verzeihung. *Brandon.*«

Ich nicke zufrieden. »Ich hoffe, diese kurzfristige Dienstreise wirft deine Freizeitplanung nicht durcheinander.«

»Dafür musste ich zwar eine Verabredung verschieben, aber das ist okay.«

»Dein Freund hat Verständnis, das ist gut.«

»Nein, meine Freundin.«

»Entschuldigung, mein Fehler. Darf ich fragen, wie lange ihr schon zusammen seid?«

»Zusammen?« Aus Verwirrung wird Erkenntnis, sie hebt lachend beide Hände.

»Oh, nein, nein. Ich meinte meine *beste* Freundin. Und es gibt auch keinen Partner.«

Optimal. Wenn niemand auf sie wartet, quengelt sie später wenigstens nicht, dass sie schnellstmöglich nach Hause will.

»Du hast bestimmt alles genauestens mit Josh besprochen, aber wir sollten die Agenda noch einmal durchgehen. Dann kann ich dir auch sagen, worauf ich bei den Feedbackgesprächen besonderen Wert lege.«

»Natürlich, kein Problem.«

»Wann warst du während deiner Einarbeitung in White River Springs?«

»Ende März.«

»Dann kennst du den Ort nur ohne Schnee.«

»Ja, aber kennen ist ein wenig übertrieben. Mehr als die Agentur und das Hotelzimmer habe ich in den zwei Tagen nicht gesehen. Dazu hat leider die Zeit gefehlt.«

»Tröste dich, mir geht es ähnlich, dabei gehört die Agentur schon seit zehn Jahren zu *Kentwood*.«

Das Flugzeug schwenkt auf den Platz am Anfang der Startbahn ein, der Pilot gibt vollen Schub auf die Turbinen. Gleich darauf werden wir in die Sitze gedrückt und jagen die Piste entlang. Sobald wir abheben, sackt mein Magen durch, und wenige Sekunden später fliegt die Maschine eine Kurve.

Ich schaue durch das Fenster auf das Zentrum von Denver hinab. Die *Mile High City* wird im klaren Licht des Wintermorgens unter uns immer kleiner und nach geraumer Zeit erreichen wir die ersten Ausläufer der Rocky Mountains.

Sobald wir unsere Reiseflughöhe erreicht haben, erlöschen die Anschnallzeichen und Rita kommt zu uns. »Darf ich Ihnen Kaffee bringen?«

»Gern.« Ich löse den Gurt, angele nach meinen technischen Geräten in der Seitentasche.

»Und für Sie, Madame?«

»Wenn Sie haben, einen Latte macchiato mit doppeltem Espresso.«

»Natürlich.«

»Danke.«

Als Nächstes klappe ich den Tisch aus, lege meine Sachen ab und schaue zu Alyssa hinüber, die erfolglos an der Tischplatte zieht.

»Brauchst du Hilfe?«

Sie wirft mir ein verlegenes Lächeln zu. »Da gibt es bestimmt einen Trick, oder?«

»Einen ganz kleinen.« Ich stehe auf, trete zu ihr. »Den Sicherheitsknopf.«

Ich beuge mich über sie, lege die Finger in den Griff und aus heiterem Himmel umweht mich ihr Duft. Ich erkenne Orangenblüten und Jasmin, darunter etwas sinnlich Süßes, vermutlich Patschuli, und eine dunklere Nuance, die ich nicht benennen kann.

Eine an ihr unerwartete wie umwerfende Mischung und ich bemerke irritiert, wie etwas in mir deutlich darauf anspricht.

»Stimmt etwas nicht? Hakt es?«

Mit einem Blinzeln kehre ich in die Realität zurück. »Was? Oh, nein, anscheinend habe ich zu früh gezogen.« Schnell drücke ich noch einmal auf den Knopf am Rahmen der Tischplatte, ziehe sie heraus und lasse sie in der Waagerechten einrasten.

»So, schon erledigt.«

»Vielen Dank.«

»Gern geschehen.«

Ich setze mich wieder auf meinen Platz, atme unauffällig tief durch und werfe einen Blick aus dem Fenster. Schüttele es ab und greife nach meinem Tablet-PC.

»Uns bleibt nur eine knappe Stunde, deshalb würde ich gern mit den Feedbackgesprächen anfangen.«

»Okay, kleinen Moment.« Sie zieht ihre Handtasche aus dem Fach, stellt sie auf ihrem Schoß ab und kramt eine Mappe sowie ein Notizbuch mit Halter für mehrere Stifte daraus hervor. Dann stellt sie die Tasche zwischen ihre Füße, schlägt die Mappe auf und nimmt einen der Stifte zur Hand.

Verwundert schaue ich ihr dabei zu. »Wo ist dein Tablet?«

»Ähm ... ich habe keinen.«

»Wie bitte? Alle meine Bereichs- und Abteilungsleiter bekommen für ihre Außentermine ein Tablet.«

Sie lächelt schief. »Davon hat mir niemand etwas gesagt, sonst hätte ich nachgehakt. Liegt es vielleicht daran, dass ich eigentlich keine Außentermine mache?«

»Ich kläre das.« Verärgert greife ich nach dem Smartphone, wechsele vom Flugmodus ins Bord-Internet und schreibe dem Leiter der IT-Abteilung eine Mail.

»Ich hoffe, Andy bekommt jetzt keinen Ärger.«

»Wie gesagt, ich kläre das. In der Zwischenzeit wird es analog gehen müssen.«

Ich tausche Smartphone gegen Tablet, entsperre das Display und rufe meine Notizen zur Agenda auf. »Also gut, beginnen wir mit den Einstiegsfragen ...«

Wir gehen die Checkliste zusammen durch, erörtern Joshs bisherige Vorgehensweise sowie meine Erwartungen. Alyssa steuert interessante Anmerkungen und neue

Ansätze bei, die mir gefallen, also integrieren wir sie kurzerhand in den Ablauf.

Am Ende diskutieren wir über einige Verbesserungen, die sie bereits in der Zentrale etabliert hat, was die Bindung und Zufriedenheit der Mitarbeitenden angeht.

Ich nicke. »Ich habe die Auswertungen des dritten Quartals und die Vergleiche zum Vorjahr gesehen, die du mir vor Thanksgiving geschickt hast. Leider hat mir bisher die Zeit gefehlt, mit dir darüber zu sprechen, und bis zum Jahresende sieht es kaum besser aus.«

»Wie wäre es, wenn wir das auf Februar verschieben, wenn der Jahresabschluss durch ist? Dann habe ich auch die Zahlen für Q4 beziehungsweise das gesamte Jahr.«

»Klingt gut, lass uns gleich einen Termin dafür festlegen.« Ich nehme mein Smartphone, öffne den Kalender und biete ihr ein Datum Anfang Februar an, dem sie zustimmt.

Rita räumt unser Geschirr ab und lächelt mich an. »Der Captain lässt ausrichten, dass wir in zehn Minuten landen.«

»Danke.«

Alyssa schiebt ihre Sachen zusammen und in die Handtasche. Verstaut sie und legt den Sicherheitsgurt wieder an. Dann schaut sie aus dem Fenster und seufzt. »Wie wunderschön es dort unten aussieht. Das reinste Winterwunderland.«

»Mh-hm.« Abwesend überfliege ich die neuen E-Mails.

»Ich wünschte nur, es ginge ohne die Kälte.«

Ich sehe auf. »Empfindlich?«

»Ja, ziemlich.« Sie zuckt mit den Schultern. »Ich bin leider eine Frostbeule.«

Mir liegt auf der Zunge, dass es mit ihrem sehr schlanken Körper zu tun haben könnte, doch das lasse ich lieber. Frauen und ihr Körper sind ein minengespicktes Themenfeld, das ich meide. Erst recht auf beruflicher Ebene.

Folglich zwinge ich mich zu einem höflichen Lächeln. »Dann ist es ja gut, dass wir heute Abend wieder zurückfliegen.«

»Ja, genau.« Sie lacht und wendet den Blick ab, wirkt verlegen.

Ich schaue erneut auf mein Smartphone hinab und will gerade den Flugmodus wieder einschalten, als eine neue E-Mail angezeigt wird. Von Andy.

**Andy:** *Sorry, Brandon, aber da es keine anderslautende Information gab, habe ich mich an die Anweisungen bezüglich Alyssas Vorgänger gehalten. Und der sollte laut dir kein Tablet bekommen.*

Darunter hat er mir den Text meiner E-Mail von vor drei Jahren eingefügt.

Stimmt, zu dessen Stellenbeschreibung hat nicht die Aufgabe als Joshs Stellvertretung in diesem Bereich gehört. Und anscheinend habe ich versäumt, die IT über eine entsprechende Anpassung zu informieren.

Verärgert beiße ich die Zähne aufeinander, aktiviere den Flugmodus und verstaue die Geräte in dem Sicherheitsfach.

Steigt mir mein Unternehmen langsam über den Kopf?

*

»Brandon, guten Morgen!« Mein Agenturleiter von White River Springs hält mir zur Begrüßung die Hand hin.

»Hallo, Derek, guten Morgen!«

Ich ignoriere die Unhöflichkeit und weise stattdessen auf Alyssa. »Du kennst Alyssa Tate doch noch, oder? Sie vertritt heute Josh, der mit Grippe flachliegt.«

»Aber natürlich! Guten Morgen, Ms. Tate. Wie schön, Sie wieder hier begrüßen zu dürfen.«

Nun reicht er ihr die Hand, ein schmalziges Grinsen auf den Lippen.

Wie immer trägt er eine Fliege zu seinem Anzug und die Locken wirken künstlich. Womit er mich an einen Schauspieler erinnert, doch nie komme ich darauf, wie der heißt.

Alyssa schüttelt ihm die Hand. »Guten Morgen, Mr. Boone. Ich freue mich auch über das unverhoffte Wiedersehen. Wie geht es Ihrer Frau inzwischen? Hat sie sich gut von der OP erholt?«

Er lacht, ehrlich erfreut, und lässt ihre Hand los. »Dass Sie sich noch daran erinnern! Ja, sie hat es gut überstanden und keinerlei Beschwerden mehr.«

»Perfekt. Richten Sie ihr doch herzliche Grüße aus.«

»Das mache ich gern, danke.«

Dann wendet Derek sich mir zu und auch wir begrüßen uns mit Handschlag.

»Wollen wir? Mein Wagen steht gleich vor der Tür.«

Ich nicke und er dreht sich um, eilt vorweg.

Rasch umfasse ich den Griff des Trolleys und wir folgen ihm strammen Schrittes durch die Automatiktür. Draußen erwarten uns strahlender Sonnenschein, Eiseskälte und ein schneidender Wind.

»Gib mir den Koffer und dann schnell ins Auto.« Derek nimmt mir den Griff ab, ich gehe zur Beifahrertür und steige in den SUV mit dem Kentwood-Schriftzug auf der Seite.

Alyssa steigt hinter mir ein, wirft die Tür zu und stößt die Luft aus. »Brrr.«

Kurz darauf schiebt Derek sich auf den Fahrersitz und startet den Motor. »Keine Angst, in wenigen Minuten ist es angenehm warm hier drin.« Er dreht Temperatur und Lüftung hoch, lenkt den Wagen auf die Straße und fädelt sich wenig später auf die Landstraße ein.

»Seit zehn Tagen ächzen wir unter einer Kältewelle, selbst für White River Springs extrem. Aber bald soll die Temperatur ein wenig steigen. Und Schnee fallen.«

Ich werfe ihm einen Blick zu. »Mein Pilot meinte, heute Abend oder Nacht.«

»Da sind die Wetter-Apps sich nicht so einig, wenn das Mobilfunknetz mal funktioniert.« Er lacht. »Vielleicht auch in zwei Stunden oder morgen, in den Rockies ist alles möglich.«

In meinem Magen breitet sich Unruhe aus, doch ich schiebe das beiseite und betrachte die verschneite Landschaft zu beiden Seiten des Asphalts. »Erzähl mir lieber, wie die Geschäfte laufen.«

Was er als Startschuss für einen grenzenlosen Wortschwall versteht.

Ich kann nachvollziehen, dass er jede Gelegenheit nutzt, um glänzen zu wollen, doch die Details zur Kundschaft und den Abschlüssen sind für mich uninteressant. Trotzdem unterbreche ich ihn nicht und filtere nur die wichtigsten Informationen heraus. In der Zwischenzeit lasse ich die unendlichen Schneeweiten und Berge auf mich wirken, die leider den gegenteiligen Effekt auf mich haben und die Unruhe schüren. In meinem Büro wäre ich gerade um Längen effektiver, bis zum Jahresende habe ich Unmengen an Arbeit zu erledigen.

Nach einer Ewigkeit tauchen vereinzelt Häuser auf und hinter der Feuerwache biegen wir Richtung White River Springs ab.

Das Schild, das den Ortseingang verkündet, ist eher unscheinbar. Im Zentrum hingegen erwartet uns das genaue Gegenteil.

Monströse Hotel- und Ferienwohnungskomplexe, eine zentrale Wohnanlage mit Dorfcharakter sowie eine offene Shoppingmall, eine vierzig Jahre alte, hässliche Bausünde,

Die Touristen scheinen den Ort trotzdem zu lieben, vor allem in der Wintersportsaison. Weshalb jedes Jahr weitere Gebäude mit Eigentumswohnungen entstehen und regelmäßig Besitzerwechsel stattfinden. Hierzu ist Derek bestens informiert, wie er mit einigen inoffiziellen Neuigkeiten zu Bauvorhaben und Entwicklungen unterstreicht.

Ja, mein Unternehmen profitiert davon, die einzige Immobilienagentur vor Ort zu sein.

Am Ende der kurvigen Straße gelangen wir zurück auf die Hauptstraße, die in einem weiten Bogen bergauf und oberhalb des Ortskerns wieder Richtung Stadtgrenze führt.

Vom zentralen und einzigen Kreisverkehr aus biegen wir in den Verwaltungsbereich der Kleinstadt ab, wo man neben dem Rathaus so wichtige Einrichtungen wie die Bank, einen Anwalt, die Tankstelle oder die Post findet. Genauso wie unsere Geschäftsstelle.

Derek parkt direkt vor dem Haupteingang, holt mein Gepäck aus dem Kofferraum und wir betreten das urig gestaltete Gebäude aus regionalem Gestein und Holz.

Er öffnet seinen Mantel und bedeutet uns, ihm zu folgen.

»Im Besprechungsraum stehen Getränke und Weihnachtsgebäck bereit, zum Lunch habe ich einen Snack im *Base Camp Grill* bestellt. Und heute Nachmittag schließen wir, für eine gesellige Weihnachtsrunde mit dem großen Boss.«

Ich verabscheue diese Bezeichnung und anscheinend muss ich ihn erneut darum bitten, das zu unterlassen. Später, unter vier Augen.

Und darauf hinweisen, dass man Frauen zuerst begrüßt.

## Kapitel 3

»Und? Wie gefällt es Ihnen im beschaulichen White River Springs?«

Die Jüngste unter den Vermittlerinnen nippt an ihrem alkoholfreien Punsch und starrt mich über den Tassenrand hinweg neugierig an.

Ich lächele. »Ich habe leider kaum etwas vom Ort gesehen, bis auf die kleine Rundfahrt auf der Herfahrt.«

»Aber Sie waren doch schon im Frühjahr einmal da, habe ich gehört.«

»Ja, aber auch damals hatte ich keine Gelegenheit dazu.«

»Zu schade, es ist wirklich nett hier.«

»Kommen Sie aus White River Springs?«

»Oh, nein.« Sie lacht auf. »Mark und ich sind erst im Sommer aus Boulder hergezogen, er hat den Job als Leiter des gastronomischen Bereichs im *White Palace* übernommen.«

»Ein gutes Hotel?«

»Oh, ja! Fünf Sterne.«

»Und fühlen Sie sich hier wohl? Ist vermutlich ein krasser Gegensatz zu Boulder.«

»Ja, total. Aber wir sind sehr glücklich hier. Nächsten

Sommer wollen wir heiraten und eine Familie gründen.«

Ich ignoriere den feinen Stich in meiner Brust und drücke kurz ihren Arm. »Meinen Glückwunsch!«

»Danke.« Eine sanfte Röte überzieht ihre Wangen.

Irgendwo erklingt ein rhythmisches Klirren und ich sehe auf.

»Darf ich kurz um Ihre Aufmerksamkeit bitten?«

Brandon legt den Löffel, mit dem er gegen sein Punschglas gestoßen hat, zurück auf den Tisch mit den Kaffeetassen und schaut in die Runde. Das Lächeln auf seinen Lippen wirkt ein wenig gezwungen und ich runzele irritiert die Stirn.

»Ich freue mich, dass wir dieses Treffen so kurz vor Weihnachten noch einrichten konnten. Schließlich haben wir alle sehr arbeitsreiche Monate hinter uns.«

Hm, das stimmt. Das Arbeitspensum in der Zentrale in Denver hat sich von Monat zu Monat gesteigert, genauso wie für die Fachleute in den Außenstellen. Das Unternehmen ist gewachsen, durch zwei neue Agenturen an den Grenzen von Colorado, und ich habe Josh nur noch beim wöchentlichen *Jour fixe* getroffen. Wobei mir auffällt ... wann habe ich Brandon eigentlich das letzte Mal im Gebäude gesehen?

»*Kentwood Real Estate* hat einmal mehr seinen Platz als Nummer 1 der Immobilienagenturen in Colorado behauptet. Und zwar in allen Kategorien, und dazu haben Sie alle beigetragen.«

Die Anwesenden applaudieren und Derek, der ihm am nächsten steht, lächelt stolz.

Brandon erörtert ein paar Zahlen und Fakten sowie fachliche Details, zur Entwicklung der Branche im Allgemeinen und der Firma im Besonderen. Doch ich klinke mich gedanklich aus und mustere meinen obersten Vorgesetzten stattdessen genauer.

Er wirkt erschöpft und um seine Mundwinkel sind die Falten ein wenig deutlicher geworden. Außerdem hat er seit unserem gestrigen Treffen nicht einmal gelächelt.

Doch, halt, heute früh im Flugzeug, aber das hatte einen gezwungenen Beigeschmack. Tja, und wenn ich so höre, was er in diesem Jahr alles gestemmt hat, wird mir klar, woher das kommt.

Ich seufze stumm und trinke von meinem Punsch, noch so ein karrieresüchtiger Workaholic.

Wie Tyler.

Kurz blitzt das Lächeln meines Ex-Freundes vor meinem inneren Auge auf, aber es reicht aus, um mir einen weiteren, diesmal tieferen Stich zu versetzen.

*Himmel, jetzt reiß dich mal zusammen, Lys! Es ist Weihnachten, also genieß es!*

Ja, das sollte ich wohl.

Die Leute um mich herum lachen, weshalb ich mit einem Blinzeln in die Realität zurückkehre und verlegen umherschaue.

Glück gehabt, aller Augen sind auf Brandon gerichtet.

»Deshalb möchte ich Ihnen auf diesem Wege noch einmal ganz herzlich Danke sagen und zusätzlich ein Präsent überreichen.« Er wendet sich dem Tisch hinter sich zu, stellt sein Glas ab und schiebt seinen Arm durch die Schlaufen von acht Geschenktüten. Die verteilt er an die Mitarbeitenden der Agentur, wechselt mit allen ein paar persönliche Worte.

In deren Gesichtern erkenne ich die Freude und Dankbarkeit, die bereits in den Feedbackgesprächen angeklungen sind. Sie alle vergöttern ihren CEO und schätzen auch das gute Arbeitsklima mit ihrem Agenturleiter.

Nebenan klingelt ein Telefon, verstummt aber nach wenigen Malen, vermutlich ist der Anrufbeantworter angesprungen.

Sobald Brandon sämtliche Tüten verteilt hat, klatscht Derek in die Hände. »Zeit für den gemütlichen Teil.«

Er dreht sich zu einem Gerät um, das ich von meinem Platz aus nicht identifizieren kann. Gleich darauf erklingen Weihnachtspopsongs und mich durchströmt die bekannte Leichtigkeit.

Wie wunderbar!

Die Gruppe rückt enger zusammen und man unterhält sich in großer Runde statt unter vier Augen. Zwei der Frauen fallen sogar bei »Holly Jolly Christmas« mit ein und kurz darauf singen wir alle mit.

Alle bis auf Brandon.

Der verschanzt sich lieber hinter seiner Punschtasse.

Ist es wegen der Anspannung, unter der er gerade steht? Kann er diese besinnliche heitere Zeit deswegen nicht genießen?

Oder gehört er zur Gattung Weihnachtsgrinch?

In der kurzen Pause zum nächsten Song ist erneut das Telefonklingeln zu hören und Dereks Assistentin runzelt verärgert die Stirn. »Ich sehe mal nach, vielleicht ist es ein Notfall.«

Der nächste Weihnachtsklassiker beginnt, ein Teller mit Lebkuchenkeksen wird weitergereicht und eine der Mitarbeiterinnen fragt mit einem Rundumblick, welche unsere liebsten Filme oder Bücher zu Weihnachten sind. Wodurch sich ein angeregtes Gespräch entwickelt und ich sogar ein paar Ideen für meine Leseliste sammele.

Unvermittelt eilt Dereks Assistentin herein und direkt zu Brandon, flüstert ihm etwas ins Ohr.

Der zieht die Brauen zusammen, sein Gesicht erstarrt und er marschiert hinter ihr hinaus.

Nanu, ist etwas passiert?

Irritiert sehe ich ihnen nach und gehe zu Derek. »Was ist denn da los?«

Er zuckt mit den Schultern. »Keine Ahnung, lassen Sie uns nachsehen.«

Wir stellen unsere Punschtassen ab und verlassen ebenfalls den Raum, laufen zum zentralen Empfang. Von dort schallt uns Brandons Stimme entgegen.

»Wollen Sie mich verarschen?«

Verärgert sieht er auf, als wir vor dem Tresen stehenbleiben, gleich neben Dereks Assistentin.

»Sie haben gesagt, es würde unseren Flugplan nicht beeinflussen ... Hm ... Also dann morgen ... Wie bitte? Wie stellen Sie sich das vor? Aber das ist —«

Kurz verzieht sich sein Gesicht zu einer wütenden Fratze, dann schließt er die Augen und atmet tief durch. Mir hingegen wird flau, das hört sich nicht gut an.

»Also gut ... Ja, wir bleiben in Kontakt, meine Handynummer haben Sie ja ... Was?«

Hastig kramt er sein Smartphone aus der Innentasche des Jacketts. »Verdammt, Sie haben recht. Okay, dann läuft alles über diese Telefonnummer ... Gut, bis dann.«

Er legt auf, stößt die Luft aus und schaut von Derek zu mir. »Das war der Pilot, der Rückflug ist abgesagt.«

Erstaunt reiße ich die Augen auf. »Wie bitte? Warum?«

»Der angekündigte Schnee ist bereits da.«

Automatisch drehen wir uns zum Haupteingang um.

Tatsächlich, im Licht der Parkplatzlaternen fallen dicke Flocken vom Himmel und der Asphalt ist bereits unter einer dichten weißen Decke verschwunden.

»Mist«, entfährt es mir.

»Das kannst du laut sagen. Es wird nämlich noch schlimmer werden und für den morgigen Rückflug besteht nur eine zehnprozentige Chance.«

Ich wirbele zu ihm herum. »Das heißt, wir sitzen hier fest?«

Er presst die Lippen aufeinander und nickt.

»Ach, was, so schlimm wird es schon nicht werden.« Derek winkt ab.

Brandon hebt eine Braue. »Und wo, bitte, sollen wir unterkommen? Es ist kurz vor Weihnachten und bestimmt alles ausgebucht.«

»Lass mich mal machen.«

Der Agenturleiter umrundet den Tresen und verscheucht seinen Vorgesetzten.

Der gesellt sich mit versteinerter Miene zu mir, seine Kiefermuskeln spielen angespannt.

Intuitiv lege ich ihm eine Hand auf den Arm. »Es wird bestimmt alles gut.«

Er schaut auf meine Hand hinab, dann in meine Augen, und ich ziehe sie eilig fort.

Da beugt er sich ein wenig zu mir, senkt die Stimme. »Ich weiß nicht, wie überschaubar deine täglichen Aufgaben sind, aber ich habe einen Haufen Arbeit auf dem Schreibtisch, der keinen Aufschub duldet. Und auch keinen Vertreter, der meine Agenturbesuche übernehmen kann. Josh ist krank, wie du weißt.«

Ich höre und spüre seinen Zorn, lasse es aber an mir abprallen. Das ist in keiner Weise gegen mich persönlich gerichtet. »Tut mir leid, so war das nicht gemeint.«

»Wie dann?«

»Wir können nichts gegen das Wetter ausrichten und es ist sinnlos, sich deswegen aufzuregen. Es ist bestimmt möglich, so lange von hier aus zu arbeiten.«

Erneut schließt er die Augen, atmet tief durch und richtet sich auf. Schließlich nickt er und schaut mich an. »Entschuldige bitte, du hast recht. Ich weiß nur gerade kaum, wo mir der Kopf steht, und so etwas macht es noch schlimmer.«

»Das verstehe ich natürlich, ich kenne das. Früher habe ich mich von solchen Faktoren auch immer runterziehen lassen, bin dadurch in Stress und Hektik verfallen. Aber dann habe ich gelernt, damit umzugehen.«

»Und wie? Mit einer von diesen HR-Methoden?«

Ich lächele. »Das Personalwesen erfindet keine Methoden, sondern bedient sich erprobter Techniken und Ansätze.«

»Dafür fehlen mir Zeit und Nerven.«

»Vielleicht solltest du im Februar mal an einem der Seminare teilnehmen, die ich organisiert habe. Zeitmanagement, Resilienz und Achtsamkeit, zum Beispiel.«

Schnell hebt er eine Hand. »Bitte, verschone mich damit. Bei Arbeitnehmenden mögen solche Sachen funktionieren, aber als Unternehmer benötige ich vermutlich andere Herangehensweisen.«

»Gut, dann suche ich dir nach den Feiertagen etwas Passendes.«

Brandon kneift kurz die Augen zusammen. »Warum solltest du das tun?«

»Weil ich mich um alle Personen deines Unternehmens kümmere?«

»Das ...«

»Ja?«

»... vertagen wir auf nächstes Jahr.« Er wendet sich Derek zu, der kurz darauf sein Telefonat beendet und den Hörer auflegt. »Und?«

Der grinst. »Sämtliche Hotels sind voll, aber ich habe mit einem meiner Kontakte gesprochen, Paul McVey. Er ist Manager der Wohnanlage *White River Escape*, sie macht praktisch die Hälfte des Ortszentrums aus. Er meinte, für ein paar Tage bekommen sie euch schon unter.«

Erleichterung breitet sich in meiner Brust aus und Brandon seufzt.

»Perfekt, ich danke dir.«

»Paul meinte, ihr sollt in spätestens zwei Stunden

drüben beim *Base Village Check-In* sein, er trifft euch dort am Empfang.«

»Wie kommen wir da hin?«

Er deutet zur Fensterfront hinaus und dann nach links. »Einfach über den Parkplatz und hinter der Tankstelle über den Kreisverkehr, auf den Gebäudekomplex zu. Die Straße gabelt sich davor, geradeaus geht es ins öffentliche Parkhaus und rechts befindet sich der Haupteingang zum Check-in, mit Vorfahrt und Haltebuchten. Oder soll ich euch lieber rüberbringen?«

»Nein, zu Fuß geht es bei dem kurzen Weg vermutlich schneller. Oder?« Brandon schaut mich an, ich nicke.

»Klar, kein Problem. Ich habe mir eh in weiser Voraussicht die wärmsten Schuhe angezogen.«

Er sieht hinab und schnaubt. »Die scheinen tatsächlich besser geeignet zu sein als meine.«

Automatisch schaue ich auf seine Füße, die in eleganten Lederstiefeletten stecken. »Ach, was, die paar Minuten Weg werden sie schon überstehen.«

Ich grinse ihn an und er hebt stumm eine Braue.

Verlegen presse ich die Lippen aufeinander.

Kann ich nicht einmal meine vorlaut-optimistische Klappe halten?

»Ihr geht also zu Fuß rüber, ja?« Derek sieht von mir zu seinem Chef.

»Genau. Und morgen früh sehen wir uns hier wieder. Kannst du uns wenigstens zwei Laptops zur Verfügung stellen?«

Der Agenturleiter und seine Assistentin wechseln einen Blick. »Das kriegen wir hin.«

»Kontaktiert bitte schnellstmöglich die IT wegen der Serverfreigabe.«

»Natürlich.«

»Gut.«

»Und da ihr nun etwas mehr Zeit habt, gehen wir wieder hinüber und trinken noch ein oder zwei Tassen Punch.«

»Wir sollten —«

»... noch ein wenig mit uns feiern, ganz genau.« Derek deutet in den Besprechungsraum und lächelt.

Brandon stößt ergeben die Luft aus, seine Schultern sacken nach unten. »Natürlich.«

Die beiden Männer gehen vor, Dereks Assistentin und ich folgen ihnen.

Die sorgt auch für frischen heißen Punsch und der Agenturleiter bietet uns einen Schuss Rum auf den Schreck an, den wir dankend annehmen. Genauso wie ein paar weitere Anwesende. Dann prosten wir uns alle gegenseitig zu und trinken.

Die Gespräche werden fortgesetzt und ich entspanne mich, zumal es keinen Sinn hat, sich über die Situation zu ärgern.

Für Brandon jedoch ist das anscheinend unmöglich, er wirkt auf mich, als ob er am liebsten aus dem Ort flüchten würde.

Oder ist ihm nur die weihnachtliche Atmosphäre unangenehm?

Am Ende sieht er mich beinahe erleichtert an. »Wollen wir uns dann auf den Weg machen?«

»Mh-hm.«

Er nickt und wir gehen in Dereks Büro, wo wir Mäntel, Koffer und Handtasche deponiert haben. Dort ziehen wir uns an und der Agenturleiter eilt zu seinem Schreibtisch.

»Einen Moment.« Er beugt sich hinab, öffnet eine der Schubladen und taucht mit einer hellblauen Wollmütze wieder auf, die er Brandon hinhält. »Die hat meine Frau für mich gestrickt, obwohl sie genau weiß, dass ich diese Farbe hasse.«

»Aber das ist doch nicht nötig.«

»Willst du, dass dir auf dem Weg die Ohren abfrieren? Du kannst sie anschließend gern weiterverschenken oder verbrennen, aber auf diese Weise kann sie wenigstens einen guten Dienst leisten.«

»Na gut, danke.« Mein Boss nimmt sie entgegen, setzt sie auf und ich verkneife mir ein Lächeln.

Irgendwie verändert das blaue Ding ihn total.

Dann nehmen wir Koffer und Tasche, verabschieden uns bis zum nächsten Morgen von den Anwesenden.

Die wechseln verwirrte Blicke, bis ihr Vorgesetzter die Hände hebt. »Mr. Kentwood und Ms. Tate bleiben uns noch ein wenig erhalten, vermutlich bis Freitag. Ihr Flug wurde aufgrund des Wetters gestrichen.«

»Dann könnten Sie ja an unserer Weihnachtsfeier teilnehmen«, ruft die junge Frau, mit der ich mich vorhin über ihre Zukunftsplanung unterhalten habe.

Brandon hebt eine Hand. »Wir werden sehen, wie es sich entwickelt. Erst einmal noch einen schönen Abend und bis morgen.«

»Bis morgen!«, schallt es uns entgegen und ich verabschiede mich mit einem Winken.

Derek begleitet uns bis auf die Veranda des Haupteingangs, die der Wind bereits zur Hälfte mit Schnee bedeckt hat. »Schlaft gut, wir sehen uns morgen früh.«

»Bis morgen.«

Wir ziehen unsere Handschuhe an und ich streife Strickmütze sowie Kapuze über den Kopf, dann treten wir ins Schneetreiben hinaus und machen uns auf den Weg.

Der frische Schnee knirscht unter unseren Schuhen und die großen Flocken hüllen uns ein, sodass eine gedämpfte Stille entsteht. Die Tankstelle hat zwar geöffnet, liegt aber verlassen da, und auch auf den Straßen, die wir von dort aus sehen können, ist niemand unterwegs.

Der Wind weht uns eisig entgegen und ich friere schon nach wenigen Minuten. Wenigstens ist es nicht weit und ich versuche, mich mit der Aussicht auf ein warmes Bett zu trösten. Außerdem ist der viele Schnee irgendwie hübsch, wie er da von vereinzelten Straßenlaternen inselweise in Licht getaucht wird.

Als wir endlich den überdachten Eingangsbereich des *Base Village Check-In* erreichen, sehen wir fast aus wie Schneemänner, wie ich an unseren Spiegelbildern auf der Glastür erkenne. Wir schütteln das weiße Zeug von den Mänteln und Kopfbedeckungen, treten es mit festem Stampfen von unseren Schuhen und flüchten schließlich durch die Automatiktüren ins hell beleuchtete Innere.

Sogleich empfängt uns gemütliche Wärme und ich seufze erleichtert auf, sehe mich um.

Wir stehen in einem Korridor, von dem rechts Treppen und Fahrstühle nach oben führen, vermutlich zu Unterkünften. Geradeaus sind das *Base Village*, also der Ortskern, und diverse andere Lokalitäten ausgeschildert, und links gibt es einen riesigen hölzernen Empfangstresen, hinter dem uns eine ältere Frau und ein attraktiver Mann im Anzug entgegenlächeln.

Der wendet sich direkt an Brandon. »Mr. Kentwood?«

»Ja, genau.«

Ein Strahlen breitet sich auf dem Gesicht des Mannes aus und ich begreife, an wen er mich erinnert, Channing Tatum.

Wow!

Er kommt hinter dem Empfangstresen hervor, streckt meinem Chef die Hand hin. »Herzlich willkommen im *White River Escape*, Mr. Kentwood. Ich bin Paul McVey, der Manager dieser Anlage.«

Brandon schüttelt seine Hand. »Vielen Dank, Mr. McVey.«

»Und das ist Ihre Frau, nehme ich an?« Lächelnd wendet er sich an mich.

Verblüfft reiße ich die Augen auf, während er meine Hand ergreift. »Was? Oh, nein, nein, nein!«

Gleichzeitig wehrt auch Brandon das Missverständnis ab. »Nein, das ist meine Mitarbeiterin, Ms. Tate.«

Betroffen lässt Mr. McVey meine Hand los, macht zwei Schritte rückwärts und wendet sich Brandon zu. »Aber, das ...«

Sein Blick huscht zu mir und wieder zurück. »Himmel, es tut mir so leid.«

Mein Boss runzelt die Stirn. »Ich bitte Sie, das ist doch kein Problem. Hauptsache, Sie haben zwei Zimmer für uns, in denen wir diesen Schneesturm gut überstehen.«

»Nein, Sie verstehen nicht.« Der Manager breitet die Arme aus. »Wir haben nur noch eine einzige freie Wohnung, die ich Ihnen anbieten kann.«

»Ein Apartment ist auch in Ordnung, oder?« Brandon sieht mich an.

Ich nicke. »Natürlich, warum nicht?«

Mr. McVey verzieht das Gesicht. »Leider handelt es sich dabei um unser kleinstes Apartment.«

»Ja, und?«

»Mit nur einem Schlafzimmer.«

Ich halte erschrocken die Luft an, mein Blick wandert von ihm zu Brandon.

Der wirkt einen Moment fassungslos, fängt sich aber schnell wieder und strafft die Schultern. »Ich vermute, im Wohnzimmer steht eine Couch?«

»Natürlich, aber —«

»Dann wird es gehen, danke. Lassen Sie uns die Formalitäten erledigen.«

Seine Stimme klingt dermaßen frostig, dass ich mir verlegen auf die Lippe beiße.

»Gern.« Mr. McVey kehrt hinter den Empfangstresen zurück und weist die Empfangsmitarbeiterin an, den Check-in durchzuführen.

Die wendet sich mit unerschütterlich freundlichem Gesichtsausdruck an Brandon. »Auf welche Kreditkarte darf ich das Apartment buchen, Mr. Kentwood?«

»Oh, natürlich. Verzeihung.« Er fördert seine Brieftasche zutage, fischt eine Kreditkarte hervor und reicht sie über den Tresen.

»Vielen Dank.«

Ich räuspere mich und warte, bis der Manager mich ansieht. »Entschuldigen Sie, Mr. McVey. Es gibt in der Anlage doch sicherlich ein Geschäft, in dem ich das Nötigste für die Nacht besorgen kann.«

»Natürlich. Aber wegen des Schneesturms haben wir alle bereits geschlossen.«

Fassungslos starre ich ihn an, das wird ja immer schlimmer.

»Allerdings ...«

»Ja?«

»Haben Sie beide nichts dabei?«

»Nein, rein gar nichts. Wir wollten heute wieder zurückfliegen.«

»Ich denke, ich kann etwas organisieren.« Ein charmantes Lächeln breitet sich auf seinem Gesicht aus.

»Das wäre toll! Sollen wir so lange warten?«

»Nein, ich lasse es Ihnen bringen.«

Erleichterung wallt in meiner Brust auf und ich erwidere sein Lächeln. »Vielen lieben Dank.«

»Ach, was, ich bitte Sie! Wir tun, was wir können.«

»Und dafür sind wir Ihnen sehr dankbar, Mr. McVey.« Der kühle Unterton in Brandons Stimme irritiert mich, weswegen ich ihn ansehe und die Stirn runzele.

Ich kann verstehen, dass er angepisst ist, aber weder

der Manager noch seine Empfangsmitarbeiterin können etwas an unserer Situation ändern. Im Gegenteil, ohne sie wäre es vermutlich um einiges unangenehmer und wir müssten auf irgendeiner Lobbycouch übernachten.

»Wie steht es mit den Restaurants? Sind die ebenfalls geschlossen?«

»Ja, tut mir leid. Aber an den Hotelbars können Sie bis neun Uhr noch Snacks ordern.« Mr. McVey greift in ein Display auf dem niedrigen Schrank hinter sich und holt einen kleinen Plan hervor, den er zwischen uns auf der Theke entfaltet. Dann zieht er einen Kugelschreiber aus seinem Jackett und kreist ein zentral gelegenes Gebäude ein.

»Das hier ist die *Hayden Lodge*, in der sich Ihr Apartment befindet, und das ist der Eingang.« Er markiert die Stelle mit einem Kreuz.

»Wenn Sie da an den Fahrstühlen vorbeigehen, gelangen Sie in den Frühstücksraum, dort gibt es zwischen 7 und 9 Uhr ein kontinentales Frühstück. Und die Wohnung ist im vierten Stock, Nr. 4 D. Hier und hier befinden sich die nächsten Hotels, in deren Bars Sie noch etwas essen können.« Er malt Kreise um zwei weitere Gebäude.

»Und egal, wie das Wetter morgen wird, um neun Uhr öffnen die wichtigsten Ladengeschäfte im *Base Village* wieder. Dann können Sie sich mit allem eindecken, was Sie brauchen.«

Ich stoße die Luft aus. »Haben Sie vielen Dank.«

»Gern. Wenn irgendetwas ist, dort oben steht die Rufnummer des Empfangs, lassen Sie sich einfach zu mir verbinden.« Er tippt auf den obersten Rand des Papiers, sieht mir tief in die Augen und mit einem Mal wirkt sein Lächeln eine Spur aufmerksamer.

»Das ist sehr nett von Ihnen.«

»Aber ich bitte Sie, das ist doch selbstverständlich.

Bei der Notlage!«

Lächelnd nehme ich den Plan an mich, präge mir den Grundriss ein und falte ihn zusammen, um ihn in meine Handtasche zu stecken.

Brandon unterschreibt das Anmeldeformular und erhält im Gegenzug ein Heftchen mit zwei Key-Cards, von denen er mir gleich eines reicht.

»Danke.«

Die Empfangsmitarbeiterin schaut von ihm zu mir. »Brauchen Sie Hilfe mit dem Gepäck?«

Mein Boss bedenkt sie lediglich mit einer gehobenen Braue. »Der Koffer ist leer.«

Er umfasst den Griff und sieht mich an. »Können wir?«

Mann, hat der eine Laune!

»Natürlich.« Ich schenke den beiden hinter dem Tresen ein dankbares Lächeln. »Gute Nacht.«

»Gute Nacht. Und schlafen Sie gut.«

Ich nicke Mr. McVey zu, wende mich ab und gehe mit Brandon in den Korridor.

»Ich hoffe, du weißt, wie wir zu dem Apartment kommen.«

»Ja.«

Am anderen Ende des Gebäudes gelangen wir in eine weitere Halle und vor der Automatiktür setzen wir die Kopfbedeckungen wieder auf. Dann wagen wir uns ins Schneetreiben hinaus und stapfen an einigen Gebäuden entlang, bis wir besagte Lodge erreichen.

Im Eingangsbereich schütteln wir uns die Flocken ab und fahren mit dem Fahrstuhl hinauf.

»Dort entlang.« Brandon deutet auf den Wegweiser an der Wand und wendet sich nach links, ich folge ihm.

Am Ende des Flurs hält er die Key-Card an das Lesegerät einer Tür, es klickt und er dreht den Knauf, um sie zu öffnen. Hintereinander betreten wir das Apartment und ich drückte die Tür ins Schloss. Trete neben meinen Boss, der drei Schritte weiter stehengeblieben ist, und sehe mich um.

Links gibt es eine schmale, offene Küche mit Frühstückstheke, davor einen Esstisch mit einer länglichen Baumscheibe als Tischplatte. Dahinter beginnt das kleine Wohnzimmer mit einer Couch und zwei unterschiedlichen Sesseln gegenüber des geschlossenen Kamins, über dem ein Fernsehgerät hängt.

Er stößt die Luft aus. »O-kay.«

»Ist doch hübsch.« Ich gehe weiter und schaue nach rechts, wo zwei Türen von einem kleinen Vorraum abgehen. Bad und Schlafzimmer.

Beim Anblick des Kingsize-Bettes wird mir flau. Da ich ihn als Gentleman einschätze, gehe ich davon aus, dass er auf der Couch schläft, aber ...

»Wie wäre es, wenn wir erst einmal etwas essen gehen, bevor wir uns häuslich niederlassen?«

Erleichtert drehe ich mich um, Peinlichkeit vorerst abgewendet. »Gern.«

*

»Bitte sehr, die Herrschaften. Ein Bourbon, ein Gin Tonic. Zum Wohl!«

»Danke.« Ich lächele den Barkeeper an, greife nach dem Glas und hebe es in Brandons Richtung. »Cheers!«

»Cheers!« Er nimmt einen großen Schluck von der bernsteinfarbenen Flüssigkeit, während ich nur an dem Longdrink nippe. Behält ihn kurz im Mund und schluckt ihn dann mit verbissenem Gesichtsausdruck hinunter.

Aus einem Anflug von Verlegenheit drehe ich mich um und lasse den Blick durch die geräumige Bar schweifen, die mit mehreren Weihnachtsbäumen sowie Unmengen an passendem Schmuck dekoriert ist.

Sämtliche Sitzplätze sind belegt, sowohl an den normalen wie hohen Tischen als auch in den Nischen. Auf der anderen Seite des Raums, neben dem Durchgang zum Foyer, brennt ein Feuer in dem breiten geschlossenen Kamin und auf halber Höhe bereiten sich auf der kleinen Bühne vor dem Fenster ein paar Musiker auf ihren Auftritt vor.

Es summt vor Stimmen und Gelächter, sodass die jazzigen Weihnachtslieder aus den Deckenlautsprechern kaum zu hören sind. Insgesamt eine gemütliche Stimmung und der absolute Gegensatz zu dem vielen Schnee, der schräg vom Himmel fällt.

Schade, dass wir es nicht genießen können. Jetzt hier Urlaub zu machen, bloß ein Wochenende, stelle ich mir sehr kuschelig und intim vor.

Natürlich nur mit der richtigen Begleitung.

»Es tut mir sehr leid, dass ich dich in diese Situation gebracht habe.«

Überrascht wende ich mich Brandon zu. »Aber du bist doch nicht schuld an dem Wetter oder dass der Flug ausfällt.«

»Wenn ich nicht entschieden hätte, dass du Josh vertreten sollst, könntest du dich jetzt mit deiner Freundin treffen.«

»Ach, das ist halb so wild.«

»Vermutlich wäre es besser gewesen, den Termin allein wahrzunehmen.«

»Das hättest du doch zeitlich gar nicht alles geschafft.«

Er sieht mir in die Augen. »Ich hätte es managen *müssen*, schließlich bin ich der Kopf des Unternehmens.«

Ich ringe mit mir und wage es schließlich doch. »Darf ich offen sein? Nur unter uns?«

»Natürlich.«

»Du siehst ziemlich gestresst aus. Vielleicht solltest du überlegen, einige Aufgaben zu delegieren.«

Prompt verschließt sich sein Gesicht und er schaut in sein Glas. »Danke für den Hinweis.«

»Ich wollte dir damit nicht zu nahe treten, Brandon, aber es nützt weder dir noch der Firma etwas, wenn du dich überarbeitest. Oder sogar einen Burn-out erleidest.«

Mit einem gezwungenen Lächeln sieht er mich an. »Ich hab's verstanden.«

Wohl kaum.

Ich seufze stumm, trinke noch einen Schluck und angele in meiner Handtasche nach dem Handy, um Sarah und meinen Eltern eine kurze Nachricht zu schreiben.

Doch als ich das Display entsperre, erwartet mich eine Überraschung.

»Verdammt, kein Netz. Nicht einmal mobile Daten.«

Brandon greift in die Innentasche seines Jacketts. »Hier, nimm meines.« Er wischt in einem Muster über das Display und stutzt. »Seltsam, ich habe auch keinen Empfang.«

»Mist.«

»Du wolltest bestimmt deinem Freund mitteilen, was los ist.«

»Wie bereits erwähnt, ich habe keinen Freund.«

»Entschuldigung, das habe ich wohl verdrängt.«

»Schon gut, ist ja unwichtig. Auf jeden Fall wollte ich sicherheitshalber meinen Eltern Bescheid sagen, was los ist.«

Da hebt er den Kopf und winkt den Barkeeper zu sich heran. »Sagen Sie, können wir hier irgendwo telefonieren? Die Handys haben kein Netz.«

»Vorn an der Rezeption.«

»Danke.«

Ich lächele schief. »Hätte ich auch von selbst darauf kommen können, oder?«

Er zuckt mit den Schultern.

»Bin gleich wieder da.« Eilig schnappe ich mir meine Handtasche und rutsche vom Hocker, durchquere die Bar und bleibe vor der Rezeption stehen.

»Guten Abend! Mein Handy hat leider keinerlei Empfang, könnte ich vielleicht kurz telefonieren?«

»Natürlich, Madame.« Der junge Mann greift nach einem Telefonapparat und stellt ihn mir umgedreht auf den Tresen. »Für Nummern außerhalb von White River Springs bitte die Null vorwählen.«

»Alles klar, danke.« Ich hebe den Hörer ans Ohr, drücke die Null und lausche, doch es ertönt nur das regelmäßige Tuten.

Irritiert lege ich auf und sehe den Mitarbeiter an. »Es ertönt kein Freizeichen.«

»Dann ist der Schneesturm vermutlich irgendwo besonders schlimm, versuchen Sie es später noch einmal.«

»Okay, danke.«

Enttäuscht kehre ich zur Bar zurück, schiebe mich wieder auf den Hocker.

»Das ging ja schnell.«

»Das Telefon funktioniert auch nicht.«

Brandon schüttelt verärgert den Kopf. »Das schreit förmlich danach, früh ins Bett zu gehen.«

»Ja, vermutlich.«

»Morgen Vormittag ist bestimmt alles wieder in Ordnung, dann kannst du es noch einmal versuchen.«

»Mh-hm.« Ich trinke von meinem Gin Tonic. »Hast du niemanden, den du anrufen willst?«

»Nein. Nur Laura muss morgen früh Bescheid wissen.«

Verlegen werfe ich ihm einen schnellen Blick zu und eine Welle von Mitgefühl schwappt durch meine Brust.

Also stimmt das Gerücht wohl, dass er wieder Single ist.

»Guten Abend, zusammen!« Auf der anderen Seite des Tresens taucht eine Kellnerin mit zwei Tellern und einem Krug voller Besteck auf. »Wer bekommt das Pulled Pork?«

Mein Boss hebt die Hand. »Ich.«

Ich werfe einen Blick auf die riesige Portion French Fries mit Pulled Pork und diversen Saucen, die sie vor ihm auf den Tresen stellt. Kämpfe gegen die Übelkeit, die der Anblick des zerrupften Schweinefleischs in mir auslöst, und bedanke mich für meinen Teller mit Süßkartoffelpommes, Avocado-Dip, Mayonnaise und Ketchup.

»Guten Appetit.«

»Danke.«

Abwesend greife ich nach dem Besteck, das setweise mit einer Serviette in einer Papiertasche steckt. Doch statt der Tüte berühren meine Finger warme Haut und ich ziehe sie hastig zurück. »Tut mir leid.«

»Ist doch nichts passiert.« Lässig zieht er ein Besteck-Set heraus und reicht es mir, nimmt sich dann selbst eines.

»Danke. Und guten Appetit.«

»Auch so.«

Eine Weile essen wir schweigend und ich suche krampfhaft nach einem unverfänglichen Gesprächsthema.

»Wie sind eigentlich die Feedbackgespräche gelaufen?«

Erleichtert über seine Frage schlucke ich den Bissen herunter. »Oh, sehr gut, finde ich. Soll ich sie dir grob zusammenfassen?«

»Ja, warum nicht.«

Folglich tue ich das und bemerke, dass ihn die durchweg positiven Rückmeldungen sichtbar freuen. Darüber entspinnt sich ein Gespräch bezüglich der Themen, die ihm hinsichtlich seiner Angestellten wichtig sind, und ich nehme mir vor, die Fragebögen für die nächsten Gespräche anzupassen, sobald ich wieder in meinem Büro bin.

Zum Abschluss trinken wir einen Kaffee und stapfen

entspannt zu unserem Apartment.

Kaum haben wir das betreten, kehrt meine Verlegenheit zurück und ich kann nur noch daran denken, wie es heute Nacht ablaufen könnte.

Brandons Jacke hängt als Erste im Garderobenschrank und er geht zum Esstisch, wo er sein Jackett abstreift und es über eine Stuhllehne wirft.

»Ich schaue mal nach, ob ich im Schlafzimmer ein zweites Laken finde.« Er deutet in besagte Richtung und geht los.

»Okay.« Ich stoße die Luft aus und schließe den Garderobenschrank.

Da klopft es an der Apartmenttür und ich schrecke zusammen.

Großer Gott!

Mit wild hämmerndem Herzen öffne ich die Tür und sehe mich Mr. McVey gegenüber, der die mit Fell gefütterte Kapuze seines Parkas abstreift. Seine Schultern sind voller Schnee, sein Gesicht ist vom eisigen Wind gerötet, doch er lächelt. Noch eine Spur charmanter als vorhin.

Ich erwidere es. »Hallo, Mr. McVey. Wie kann ich Ihnen helfen?«

»Oh, bitte, nennen Sie mich Paul.«

»Gern, ich bin Alyssa.«

»Welch wunderschöner Name, er passt zu Ihnen.«

Ich lächele irritiert.

Flirtet er gerade mit mir?

»Danke schön.«

Er hebt eine Hand, darin hält er eine kleine wetterfeste Reisetasche, auf deren Seite Logo und Schriftzug der Wohnanlage prangen. »Ich habe doch versprochen, etwas zu organisieren. Drogerieartikel für Sie und Ihren Chef. Und Pyjamas aus unserem Fundus.«

»Fundus?«

»Zurückgelassene Sachen.« Er zuckt mit den Schultern, das Lächeln wird breiter. »Nicht unbedingt hübsch, aber besser als nichts.«

»Stimmt.«

Paul reicht mir die Tasche und ich nehme sie entgegen. »Danke noch mal.«

»Kein Problem, gern geschehen. Wissen Sie denn schon, wann Sie nach Denver zurückfliegen können?«

Im ersten Moment überrascht mich, dass er weiß, woher wir kommen. Aber vermutlich hat Derek es ihm verraten.

»Nein, aber wir hoffen, spätestens am Freitag.«

Da schnalzt er mit der Zunge und verzieht bedauernd das Gesicht. »Das wünsche ich Ihnen sehr, aber ich glaube kaum, dass in zwei Tagen alles wieder beim Alten ist.«

»Warum nicht?«

»Der Wetterdienst hat den Schneefall zu einem Blizzard hochgestuft und er zieht anders als vorherberechnet.«

»Und was bedeutet das für uns?«

»Dass Sie eventuell etwas länger hier festsitzen.«

»So schlimm?« Ich reiße die Augen auf.

»Vielleicht, ja. Wir müssen abwarten, was die Meteorologen sagen, es ändert sich jeden Tag, manchmal sogar stündlich. Und am Ende tritt vermutlich nicht einmal das ein.«

Meine Laune sinkt. »Klingt nach Erfahrungswerten.«

»Ja, leider. In den Rockies ist *alles* möglich.«

Ich seufze. »Na, herzlichen Glückwunsch.«

»Wir müssen eben das Beste daraus machen.«

»Besteht denn die Möglichkeit, dass noch ein Hotelzimmer frei wird? Oder ein Apartment mit zwei Schlafzimmern?«

»Wohl kaum. Bei diesem Sturm reisen zwar einige Gäste erst später an, aber die alten bleiben so lange hier.«

»Logisch.«

»Ich wünschte wirklich, ich hätte positivere Nachrichten für Sie.«

»Schon okay.«

»Wenn Sie möchten, halte ich Sie gern auf dem Laufenden. Melden Sie sich einfach über das Haustelefon.«

»Okay.«

»Moment, ich gebe Ihnen meine Karte, da steht meine Durchwahl drauf.« Paul öffnet den Reißverschluss seiner Jacke, greift in die Innentasche und fischt eine Visitenkarte daraus hervor, die er mir reicht.

»Danke.«

»Und zögern Sie nicht, mich anzurufen, falls Sie etwas brauchen. Oder einen Wunsch haben. Oder vielleicht haben Sie ja Lust auf einen Drink?«

Mir entschlüpft ein leises Lachen und ich werfe einen verlegenen Blick auf die Karte. »Ja, vielleicht.«

»Es würde mich sehr freuen.«

»Okay.«

»Gut, dann lasse ich Sie jetzt mal in Ruhe. Gute Nacht, Alyssa.«

»Gute Nacht, Paul.«

Er hebt noch einmal die Hand, dann dreht er sich um und läuft Richtung Fahrstuhl.

Lächelnd drücke ich die Tür ins Schloss und gehe zum Esstisch, um in die Tasche zu schauen. Halte aber überrascht inne, als ich Brandon vor der Couch entdecke, wie er energisch ein Spannbettlaken aufschüttelt.

»Wie es aussieht, hat dieser Magic-Mike-Verschnitt Interesse an dir.«

»*Du* kennst Magic Mike?«

»Sagen wir, ich habe schon mal von ihm gehört.« Er beugt sich hinab und stülpt an einer Seite unbeholfen das Laken über das erste Sitzkissen.

Ich verkneife mir ein Grinsen und setze meinen Weg fort, stelle die Tasche auf der Holzplatte ab und ziehe den Reißverschluss auf.

Wüsste ich es nicht besser, würde ich sagen, es geht ihm gegen den Strich, dass Paul mit mir flirtet.

»Wie auch immer, er hat uns ein paar Sachen gebracht.«

»Und das wäre?«

Ich ziehe die beiden Seiten der Tasche auseinander und entdecke zwei durchsichtige Waschbeutel. »Oh, zum einen das Wichtigste fürs Badezimmer.«

In der ersten Tüte befinden sich Zahnbürste, Pasta, ein Einwegrasierer mit Rasiergel und Proben von Aftershave sowie Eau de Toilette. Der Inhalt des zweiten Beutels ist definitiv für mich bestimmt und umfasst mindestens doppelt so viele Utensilien.

Himmel, er hat sogar an Wattepads und Make-up-Entferner gedacht. Wie zuvorkommend.

»Und was noch?«

»Pyjamas, die andere Gäste zurückgelassen haben.«

»Wie bitte? Ich soll Sachen anderer Leute anziehen?«

Mir liegt auf der Zunge, er könne auch nackt schlafen, doch das Bild, was daraufhin vor meinem inneren Auge auftaucht, ist so heiß, dass ich mir die Bemerkung lieber verkneife.

Vor allem, weil mich diese Vorstellung kein bisschen kaltlässt.

Was es eigentlich sollte.

Oder?

Ich räuspere mich schnell. »Das bleibt dir überlassen. Ich bin froh, dass er etwas für uns gef–«

Beim Anblick des ersten Schlafanzuges bleibt mir einen Moment die Spucke weg.

»Ach, du Scheiße.«

»Was ist denn?«

Brandon tritt neben mich und ich halte ihm das Stoff-
bündel hin.

Dunkelgrüner Flanell mit Zuckerstangen und Schnee-
männern darauf.

Er reißt die Augen auf, starrt mich an.

Und in der nächsten Sekunde prusten wir beide los.

## Kapitel 4

Was war das?

Erschreckt reiße ich die Augen auf.

Und starre auf einen geschlossenen Kamin, daneben ein Fenster mit offenen Jalousielamellen, hinter denen alles weiß ist.

Ach ja, White River Springs.

Schneesturm, Flug gestrichen, Apartment.

Mit Alyssa.

Hinter der Wand in meinem Rücken ertönt Wasserrauschen.

Womit auch klar ist, was mich geweckt hat.

In der nächsten Sekunde meldet sich mein Handywecker und ich deaktiviere ihn. Schlage die Bettdecke zurück und stemme mich in eine sitzende Position hoch, stehe auf und strecke mich.

Fuck, diese Couch ist die reinste Hölle. Nicht nur wegen der zum Schlafen ungeeigneten Polster, sondern vor allem, weil sie trotz der drei vorgesehenen Sitzplätze zu kurz für mich ist.

Nun ja, für ein oder zwei Nächte wird es schon gehen. Und sobald wir zurück in Denver sind, mache ich einen zusätzlichen Massagetermin beim Physiotherapeuten aus.

Ich tappe zum größeren Fenster rechts, ziehe die geschlossene Jalousie hoch und sehe hinaus.

Das Schneetreiben hat kein bisschen nachgelassen und die Gebäude bis zur Bergkette, die hinter dem Ort aufragt, versinken immer weiter in der weißen Masse, die schon vorher in ausreichender Menge vorhanden war.

Sieht ganz so aus, als ob wir auch heute noch hier festsitzen.

Was meine innere Unruhe befeuert, also schiebe ich den Couchtisch beiseite und lasse mich vor dem kalten Kamin auf den Boden sinken, um Liegestütze zu machen. Es folgen Crunches sowie Sit-ups, danach fühle ich mich besser.

Ich ziehe den Tisch an seine alte Position zurück, schüttele Kissen sowie Bettdecke auf und falte sie ordentlich. Zusammen mit dem gefalteten Laken lege ich das Bettzeug auf den Ledersessel neben dem Kamin, der durch seine Form und die seltsamen Holzarmlehnen verdammt unbequem wirkt.

Unerwartet ertönt ein Klicken hinter mir und ich drehe mich danach um. Sehe gerade noch, wie Alyssa im Bademantel und mit einem Handtuchturban auf dem Kopf ins Schlafzimmer eilt. Gleich darauf fällt die Tür hinter ihr zu und ich gehe hinüber, um anzuklopfen.

»Guten Morgen. Ist das Bad frei?«

»Oh, ähm, guten Morgen.« Sie lacht leise. »Sorry, ja, ich bin fertig.«

»Gut, danke.«

Ich laufe zurück ins Wohnzimmer, nehme meine gestrige Kleidung mit ins Bad und werfe die Tür ins Schloss. Streife den furchtbaren Pyjama ab und widme mich meiner Morgenroutine.

Da ich mich schon seit dem Wochenende nicht mehr rasiert habe, verzichte ich auch heute darauf. Vielleicht steht mir ja ein Vollbart, der würde mir morgens sogar Zeit sparen.

Dafür lasse ich beim Zähneputzen den Blick schweifen und bin überrascht, wie ordentlich Alyssa ihre Sachen auf einer Seite zusammengeräumt hat.

Ob sie das zu Hause genauso tut?

Es ist auf jeden Fall ein angenehmer Kontrast zum Verhalten meiner bisherigen Beziehungen, die haben ein Vielfaches mehr an Platz gebraucht als ich.

Aber das ist zum Glück Vergangenheit.

Ich kann und will keine Frau an meiner Seite ertragen, die mich ausbremst und kein Verständnis dafür hat, dass ich ein Unternehmen zu führen habe. Eine Firma, die ich aus dem Nichts und eigener Kraft gegründet, aufgebaut und großgemacht habe.

Fertig angezogen gehe ich in den Wohnbereich, wo ich Alyssa am Esstisch treffe, die enttäuscht auf ihr Handy starrt.

»Immer noch kein Empfang?«

»Nein.«

»Verdammt.«

»Ja.«

»Wie weit bist du, wollen wir frühstücken gehen?«

»Ich muss nur noch meine Haare föhnen.«

»Okay.«

Damit verschwindet sie Richtung Bad und löst unterwegs das Handtuch von ihrem Kopf. Kurz darauf ertönt das Rauschen des Haartrockners und ich kehre zu meinem Ausguck am Wohnzimmer zurück.

Überlege, ob wir in Dereks Agentur telefonieren und arbeiten können. Ob ich von hier aus mein Arbeitspensum schaffe. Und wann, zur Hölle, wir nach Hause können.

»So, fertig.«

Überrascht drehe ich mich um und betrachte Alyssas

hellblondes Haar, das ihr in Wellen bis zu den Schultern fällt. Ihr dezentes Make-up ist ein erfrischender Gegensatz zu den perfekt gestylten Frauen der Kreise, in denen ich mich bewege. Genauso wie zu den größtenteils herausgeputzten Kolleginnen unserer Branche.

»Okay.« Ich gehe zum Tisch, nehme mein Jackett vom Stuhl und streife es über. »Aber ich muss dich warnen. Viel mehr als einen Kaffee bekomme ich um diese Uhrzeit normalerweise nicht herunter, an Arbeitstagen bin ich niemand für ein geselliges Frühstück.«

Da lächelt sie und schlüpft ebenfalls in ihren Blazer. »Passt doch gut, zu der Gattung gehöre ich ebenfalls.«

Ich grinse und zupfe an den Manschetten. »Perfekt.«

Wir nehmen unsere Mäntel aus dem Schrank, verlassen das Apartment und fahren ins Erdgeschoss hinunter. Gönnen uns neben Kaffee und ein wenig Gebäck noch einen frischgepressten Orangensaft. Dann machen wir uns auf den Weg zur Agentur.

Der Schnee liegt inzwischen bestimmt zwei Fuß hoch und der Fußmarsch über ungeräumte Wege ist um einiges anstrengender als gestern Abend.

Weswegen wir unter dem Vordach unserer Außenstelle erst einmal erleichtert aufseufzen und uns den Schnee abschütteln.

»Das hört ja gar nicht mehr auf!« Sie schaudert und zieht die Schultern bis zu den Ohren hoch.

Ich blicke zum Himmel und über das, was von dem kleinen Tal durch den dichten weißen Vorhang zu sehen ist. »Das befürchte ich allerdings auch.«

»Ach, komm schon, wo bleibt dein Optimismus?« Sie grinst und boxt mir leicht auf den Oberarm.

Ich mustere sie verwirrt.

Woraufhin sie ernst wird und sich verlegen abwendet. »Tut mir leid.«

Abrupt fliegt die Tür auf und Derek tritt zu uns nach draußen. »Guten Morgen.«

Ich nicke. »Morgen, Derek. Hast du die IT bereits erreicht? Klappt alles mit unserem Zugriff auf den Server?«

»Tut mir leid, die Telefonleitungen sind tot und das Internet funktioniert nur mit der Geschwindigkeit eines Uralt-Modems. Ich habe ein paar Mails geschrieben, aber alles in allem sieht es schlecht aus.«

Ich presse die Lippen aufeinander, verziehe den Mund, doch am Ende kann ich die Wut nicht zurückhalten. »Verfluchte Scheiße!«

»Kommt erst einmal rein und trinkt einen Kaffee.« Er tritt zur Seite und hält uns die Tür auf.

Ich lasse Alyssa den Vortritt und folge ihr hinein.

»Wir gehen in mein Büro.«

Derek überholt uns und geht voran. Bittet seine Assistentin um Kaffee und ein paar Plätzchen.

In seinem Arbeitszimmer hängen wir die Mäntel auf und nehmen rund um den kleinen Besprechungstisch Platz.

Meine Gedanken rotieren, türmen sich zu Sorgenmauern auf.

In einer dermaßen ausweglosen Situation habe ich noch nie gesteckt und deshalb auch keine Ahnung, wie ich damit umgehen soll.

Vor allem mit der rasch wachsenden Anspannung in mir selbst.

Dabei bin ich der Kopf der Firma, ich muss ruhig bleiben und entscheiden, was zu tun ist.

Derek lehnt sich zurück, stützt die Ellbogen auf die Armlehnen und faltet lässig die Hände vor seinem Bauch. »Tja, so ist das hier. Was die Technik angeht, liegt alles in der Hand des Wettergottes. Zum Glück können wir noch lokal auf unseren Rechnern arbeiten und einiges analog erledigen. Aber am Ende werden das ein paar verdammt ruhige Tage.«

In mir steigt Unmut wegen seiner Sorglosigkeit auf, doch ich kämpfe dagegen an. In allererster Linie muss ich cool bleiben und das Ganze hier managen.

So schwer es mir fällt.

»Was sagt denn der Wetterdienst? Gibt es überhaupt noch Radio oder so etwas?«

»Oh, ja, wir haben einen eigenen Sender in White River Springs, der ehrenamtlich betrieben wird. Nur Musik, Nachrichten und Wettervorhersagen. Der Blizzard hängt praktisch vor den Berggipfeln Richtung Osten fest und tobt sich hier so richtig aus.«

Und der Flughafen Aspen liegt mittendrin.

Verfluchte Scheiße.

»Wer könnte denn über verlässliche Informationen verfügen, was die Situation angeht?«

»Gute Frage.« Derek sieht zu seiner Assistentin auf, die den Kaffee serviert. »Hast du eine Idee?«

»Frag doch mal drüben im Rathaus nach, bei der Polizei. Deren Funk sollte stark genug sein.«

»Gute Idee, danke.« Sobald sie weg ist, schaut er mich an. »Nach dem Kaffee könnten wir rübergehen und nachfragen, ob der Chief etwas weiß oder in Erfahrung bringen kann.«

Alles ist besser, als tatenlos hier herumzusitzen. »Sehr gut, machen wir.«

Ich greife nach meiner Tasse und nippe an dem heißen Gebräu.

Alyssa räuspert sich. »Sind denn gestern alle Kolleginnen und Kollegen gut nach Hause gekommen?«

Derek nickt und stellt seine Tasse wieder ab. »Ja, aber die vier aus Aspen haben es heute Morgen nicht geschafft. Sie haben eine Mail geschrieben, die Owl Creek Road, also die Straße nach Aspen, ist komplett zugeschneit. Und der Schneepflug ist gleich hinter dem Flughafen liegengeblieben, Hydraulikschaden.«

Mein Magen verkrampft sich. »Und wie lange kann so eine Reparatur dauern?«

Er zuckt mit den Schultern. »Keine Ahnung.«

Alyssa seufzt. »Hat White River Springs kein eigenes Gerät? Oder die Feuerwehr, an der wir auf der Herfahrt vorbeigekommen sind?«

»Doch, aber wesentlich kleiner. Und sie werden erst mit dem Räumen anfangen, wenn es aufgehört hat, zu schneien.«

Herrgott, ich könnte gerade ...

Verzweifelt beiße ich die Zähne so fest wie möglich aufeinander und atme langsam tief durch.

»Okay, ich gehe rüber.« Ich springe auf und marschiere zum Garderobenständer.

»Warte, ich komme mit.« Derek stemmt sich hoch.

»Nicht nötig, ich schaffe das schon.«

Eilig werfe ich den Mantel über und verlasse sein Büro. Unter dem Vordach ziehe ich den Reißverschluss hoch, die Mütze an und gehe los. Stapfe über den Parkplatz zur Straße, ein Stück daran entlang und die Straße zum Rathaus hinauf.

Dort folge ich den Stufen zum Eingang des Police Departments, öffne die Tür und entledige mich gleich dahinter des Schnees.

»Guten Morgen, Sir. Kann ich Ihnen helfen?«

Ich schaue auf, begegne dem freundlichen Lächeln eines Polizisten und gehe zum Tresen, hinter dem er steht. »Das hoffe ich.«

Schnell werfe ich einen Blick auf sein Namensschild. »Guten Morgen, Officer Rockwell. Mein Name ist Brandon Kentwood, CEO von *Kentwood Real Estate*. Sie kennen die Agentur gleich neben der Tankstelle?« Mit dem Daumen deute ich über meine Schulter.

»Natürlich, Mr. Kentwood, unser Städtchen ist nicht besonders groß, wenn die Touristen weg sind.«

»Habe ich mir gedacht.« Ich zwinge mich zu einem Lächeln. »Nun, eine Kollegin und ich sind gestern für einen Besuch hergekommen und gestrandet, weil unser Rückflug von Aspen aus gestern gestrichen wurde.«

»Tut mir leid zu hören.«

»Ja. Danke. Wie auch immer ... da die Telefonleitungen und Mobilfunknetze tot sind, wollte ich Sie fragen, ob Sie Informationen vom Flughafen haben oder einholen können. Wann kann ich damit rechnen, hier wegzukommen?«

»Erst einmal nicht.«

Der Officer dreht sich um und ich schaue an ihm vorbei zu einer Kollegin, die an einem Schreibtisch sitzt und aus einer großen Polizeitasse trinkt.

»Entschuldigung? Wie meinen Sie das?«

»Der Flughafen hat vorhin eine Mitteilung rausgeschickt, dass er bis Sonntagabend geschlossen bleibt.«

»Wie bitte?« Mir wird kalt.

Sie nickt. »Und Montagfrüh wird die Lage neu bewertet.«

»Das kann nicht sein. Das heißt, wir sitzen noch drei Tage hier fest?« Mir versagt die Stimme.

»Sieht ganz so aus.«

Kein Telefon, kein Internet, keine Verbindung zur Außenwelt.

Für mindestens einhundert Stunden.

»Alles in Ordnung, Sir? Möchten Sie sich setzen?«

Ich blinzele und schaue den Officer an. »Oh, ähm. Nein, danke, es geht schon.«

Das ist eine Katastrophe.

»Ich werde dann mal wieder zurückgehen.«

»Passen Sie gut auf sich auf, Sir. Und frohe Weihnachten.«

»Frohe Weihnachten«, murmele ich, wende mich ab und verlasse das Polizeirevier.

Wie in Trance stapfe ich die Stufen hinab und die Straße entlang.

In meinem Kopf herrscht Chaos und blockiert alles, aus der inneren Unruhe wird Panik, dann Wut.

Mitten auf der Straße Richtung Agentur bleibe ich stehen, balle die Hände zu Fäusten und schreie alles hinaus, bis mir die Luft wegbleibt.

Zum Glück verschluckt der Schnee den Schall.

Verzweifelt beuge ich mich vor und stütze die Hände auf die Knie.

Ringe um Luft und Beherrschung.

Noch nie in meinem Leben habe ich mich dermaßen hilflos gefühlt. Es gab immer eine Möglichkeit, zu handeln. Aber das hier ist ...

»Gottverfickte Scheiße noch einmal!«, brülle ich, umfasse meinen Kopf mit beiden Händen und laufe ein paar Schritte hin und her.

In meinem Büro wartet Arbeit.

Deadlines, die eingehalten und Dokumente, die unterzeichnet werden müssen.

Und was weiß ich noch alles.

Stattdessen stehe ich hier rum und kann vier Tage nicht weg oder wenigstens eingreifen.

Geht es noch schlimmer?

Nein.

*Herrgott, reiß dich zusammen!*

Ich bleibe stehen, schließe die Augen und stemme die Hände in die Hüften. Atme mehrmals tief durch, bis ich mich halbwegs im Griff habe und klarer denken kann.

Okay.

Es nützt nichts, hier draußen kopflos herumzulaufen.

Vielleicht hat Derek ja eine Idee, wie ich trotzdem arbeiten kann.

Deshalb stapfe ich zurück zur Agentur, trete und schüttele unter dem Vordach sämtlichen Schnee ab, reiße mir die Mütze vom Kopf. Fahre mir mit den Fingern durchs Haar und marschiere hinein.

Dereks Assistentin wirft mir einen mitfühlenden Blick zu, als ich an ihr vorbei das Büro ihres Chefs betrete und den Mantel am Garderobenständer aufhänge.

»Konntest du etwas in Erfahrung bringen?«

Alyssa beobachtet mich erwartungsvoll, als ich zum Tisch gehe und mich auf den Stuhl fallen lasse.

»Ja.«

»Und? Wann können wir los?«

Ich schaue ihr direkt in die Augen. »Montag.«

Ihre Gesichtszüge entgleisen. »Wie bitte?«

Ich nicke und schildere, was ich bei der Polizei erfahren habe.

Dann zucke ich mit den Schultern, greife nach meiner Tasse und stürze den eiskalten Rest Kaffee hinunter.

Wobei mir ein Drink lieber wäre.

»Aber was ... was sollen wir denn so lange hier machen?«

Automatisch sehe ich zu Derek. »Keine Chance, auf dem Server in Denver zu arbeiten?«

Er schüttelt den Kopf. »Nein, tut mir leid.«

»Und die Telefonleitungen sind noch immer tot.«

»Ja.«

Fuck.

»Tja, da bleibt euch wohl nur eines übrig.«

Überrascht hebe ich die Brauen. »Und das wäre?«

Derek zuckt mit den Schultern und lächelt.

»Urlaub machen.«

*

Kaum haben wir den Empfangsbereich des White River Escape betreten und den Schnee abgeschüttelt, legt Alyssa mir eine Hand auf den Arm.

»Wie soll es denn jetzt weitergehen?«

Ich zucke mit den Schultern und verziehe das Gesicht. »Frag mich was Leichteres. Auf jeden Fall brauchen wir beide ein paar Sachen, deswegen ...« Ich schiebe die Hand hinten unter Mantel und Jackett, ziehe meine Brieftasche hervor und klappe sie auf. Im zweiten Fach steckt die Firmenkreditkarte, die ich ihr hinhalte.

»Kauf dir, was du bis einschließlich Montag brauchst. Kleidung, Parfüm, Drogerieartikel, einfach alles. Und mach dir keine Gedanken über die Kosten.«

»Aber ...« Verblüfft nimmt sie mir die Karte ab. »Danke, das ist sehr großzügig von dir.«

»Nein, das Mindeste.«

Sie lächelt schief. »Okay. Und was ist mit dir?«

»Ich nehme meine private Karte.«

»Nein, ich meine ... gehst du nicht mit?«

»Ich will nur eben wegen unseres Aufenthalts Bescheid sagen. Wie wäre es, wenn wir uns in zwei Stunden treffen? Zum Mittagessen? Oder brauchst du länger?«

»Das reicht, kein Problem. Wo denn?«

»Keine Ahnung. Hast du den Plan zur Hand?«

Alyssa nickt und greift gezielt in ihre Handtasche, zieht ihn hervor und tritt neben mich, sodass wir gleichzeitig auf den Plan der Anlage schauen können. »Wie wäre es mit dem *Base Camp Grill*? Das wäre praktisch am Ende der Runde.« Sie deutet auf ein Gebäude, gleich neben dem ersten Skilift.

»Perfekt. Also in zwei Stunden, an der Bar.«

»Gut. Bis später.«

»Bis dann.« Ich schaue zu, wie sie den Plan und die Kreditkarte einsteckt, den Korridor entlangläuft und am anderen Ende das Gebäude wieder verlässt.

Schließlich stoße ich die Luft aus und gehe zum Empfang, hinter dem heute ein junger Mann steht.

»Guten Morgen, Sir, wie kann ich Ihnen helfen?«

»Hallo. Ist Mr. McVey zu sprechen?«

»Der ist auf dem Gelände unterwegs. Ist es dringend? Soll ich ihn anfunken?«

»Nein, schon okay. Ich wollte nur Bescheid sagen, dass wir bis Montag hierbleiben müssen.«

»Wie lautet ihr Name?«

»Brandon Kentwood.«

Er tippt, sieht auf den Monitor. »Ah, ja. *Hayden Lodge*, Apartment 4 D.«

»Genau.«

»Kein Problem, ich trage das ein.«

»Sie haben nicht zufällig noch ein anderes Apartment frei? Mit zwei Schlafzimmern?«

»Ich bedauere, wir sind vollkommen ausgebucht.«

»Bitte, schauen Sie trotzdem nach.«

Er tut mir den Gefallen, tippt und scrollt, schürzt aber letztlich die Lippen. »Nein, Sir, erst ab Silvester wieder.«

»Bis dahin sind wir hoffentlich wieder zu Hause. Trotzdem danke. Wenn sich etwas ändert, melden Sie sich bitte.«

»Natürlich, Sir.«

»Danke.«

Damit wende ich mich ab und marschiere ebenfalls Richtung *Base Village*.

Auch hier türmt sich der Schnee und alles wirkt verlassen.

Bis auf eine Handvoll Kinder, die neben der Eislaufbahn mit hörbarem Spaß einen Schneemann bauen.

Ich meide das Schneetreiben und laufe direkt an den Gebäuden entlang. Nutze jedes Vordach und jeden Balkon, unter dem es ruhiger ist.

Zum Glück sind sämtliche Geschäfte ausgeschildert, sodass ich nicht lange nach einem Laden suchen muss, in dem ich Kleidung bekomme. Dort decke ich mich mit allem ein, was ich für die anstehenden Tage brauche, von der Unterwäsche bis zu Schuhen. Erkundige mich nach einer Parfümerie oder Ähnlichem, erstehe auch dort das Nötigste. Und einen von diesen Antistressbällen, die man ordentlich kneten kann.

Am Ende sitze ich eine halbe Stunde vor der Zeit an der Bar des weihnachtlich geschmückten *Base Camp Grill* und ordere einen doppelten Bourbon.

Normalerweise trinke ich tagsüber höchstens ein Glas Wein zum Essen, doch diesen Drink habe ich nach all dem Mist verdammt nötig.

Und wegen der gutgelaunten Weihnachtspopsongs, die sowohl das Gelände als auch diese Bar beschallen, erst recht.

Ich stürze den Bourbon in drei Schlucken hinunter und bestelle direkt einen einfachen Drink hinterher.

In mir herrscht ein verwirrendes Chaos und ich fühle mich auf eine seltsame wie unangenehme Weise ausgebremst. Alles steht gespenstisch still und ich komme genauso wenig vom Fleck.

Der Barkeeper stellt mir das Glas hin, ich nicke ihm zu.

»Danke.«

»Bekomme ich auch einen?«

Überrascht drehe ich den Kopf nach rechts, Alyssa legt zwei große Tüten ab und schiebt sich auf den Hocker neben mir.

»Natürlich. Einen Bourbon?«

»Nein, lieber einen Likör.«

Der Barkeeper lächelt. »Welcher darf es denn sein?«

»Haben Sie Orangenlikör?«

»Ja.«

»Dann nehme ich einen, bitte.«

Wir beobachten, wie er ein Glas bereitstellt, hinter sich ins Regal greift und schwungvoll einschenkt. Das serviert er ihr mit einem energiegeladenen »Bitte sehr!« und läuft ans andere Ende der Bar, um die Bestellung einer Kellnerin zu bearbeiten.

Ich drehe mich auf dem Hocker ein Stück in Alyssas Richtung. »Worauf wollen wir trinken? Den Scheißtag? Das miese Schicksal?«

»Wie wäre es mit der hiesigen Gelassenheit? Wir können eh nichts daran ändern, also lass uns das Beste daraus machen.«

»Von mir aus ... Cheers!«

»Cheers!«

Wir stoßen miteinander an und trinken einen Schluck.

Meine Gedanken wandern zurück zu Dereks letzten Bemerkungen und ich schnaube. »Von wegen Urlaub machen, Derek hat gut Reden!«

»Was sollen wir sonst tun, wenn wir nicht arbeiten können?«

»Ich kann mich kaum daran erinnern, wann ich das letzte Mal Urlaub gemacht habe, aber das war ganz sicher nicht im Schnee.«

»Da wir gerade darüber reden ...«

»Ja?«

Sie zuckt verlegen mit den Schultern. »Ich habe eigentlich keine Urlaubstage mehr für heute und morgen.«

Ich winke ab. »Mach dir keine Sorgen, die gehen aufs Haus.«

»Das ist wirklich sehr fair von dir.«

»Ich bitte dich! Immerhin stecken wir aufgrund betrieblicher Belange in der Klemme. Oder du wegen mir, schließlich hätte ich allein fliegen können.«

»Anderen Arbeitgebenden oder CEOs wäre das vollkommen egal.«

»Mir sind meine Mitarbeitenden eben wichtig.«

»Das habe ich bereits bemerkt. Und die wissen es sehr zu schätzen.«

Stolz breitet sich in meiner Brust aus, hebt meine Mundwinkel. »Das freut mich.«

»In der Firmen-Chronik steht, du hast das Unternehmen aus dem Nichts aufgebaut. Bist du in der Branche aufgewachsen?«

»Nicht ganz. Meine Eltern sind Generalunternehmer und besitzen in San Francisco eine eigene Firma. Was ich natürlich genutzt habe, um mir in den Ferien etwas dazuzuverdienen. Daraus ist mein Interesse für die Immobilienbranche entstanden und ich habe es an der *University of Denver* studiert.«

»Warum ausgerechnet Denver?«

»Das Programm und die angebotenen Schwerpunkte haben mich überzeugt. Die Konstellation habe ich nirgendwo anders gefunden. Oder besser gesagt, nirgends, wo ich auch hingewollt hätte.«

»Und dann hat es dir so sehr bei uns gefallen, dass du hängengeblieben bist.«

»So könnte man es ausdrücken. Was ist mit dir? Stammst du aus Denver?«

»Ja.«

»Wo hast du studiert?«

»Auch an der *DU*, mit Teilstipendium. Und mir ging es ähnlich wie dir, die Themenbereiche waren unschlagbar.«

»Darauf trinke ich.«

Ich halte ihr das Glas hin, wir stoßen an und trinken aus.

»Noch einen?«

»Ausnahmsweise.«

»Hoffentlich nicht, weil ich dein Vorgesetzter bin.«

»Nein, generell.«

»Glück gehabt.«

Ich drehe mich nach dem Mann hinter dem Tresen um und warte, dass er herüberschaut. Deute mit dem Finger zwischen unseren Gläsern hin und her.

Er nickt und ich wende mich wieder nach vorn. »Wie wäre es, wenn wir zum Mittagessen gleich hier bleiben?«

»Klar, gern.«

Der Barkeeper kommt mit beiden Flaschen und schenkt uns nach.

»Danke. Sagen Sie, ist es okay, wenn wir die Getränke zum Tisch mitnehmen? Wir würden gern etwas essen.«

»Natürlich, ich schicke Sandy gleich vorbei.«

»Perfekt, danke.« Ich wende mich Alyssa zu. »Dann mal los.«

Wir rutschen von den Hockern, nehmen unsere Jacken, Einkäufe sowie Gläser und machen uns auf den Weg.

In dem Grill ist kaum etwas los, aber auf vielen Tischen stehen Reserviert-Schilder. Trotzdem finden wir einen Zweiertisch am Fenster und lassen uns dort nieder.

»Oh, bevor ich es vergesse.« Sie greift in die Innentasche ihres Mantels, der über ihrer Stuhllehne hängt, und fördert etwas zutage, das sie mir hinlegt. Die Firmenkreditkarte und die Belege.

Ich schiebe sie unbesehen in die Außentasche meines Jacketts, da bleibt die Kellnerin am Tisch stehen und strahlt uns an.

»Hallo, zusammen. Wissen Sie schon, was Sie trinken möchten?«

Alyssa nimmt die schmale Mappe entgegen. »Haben Sie Früchtetee?«

»Natürlich. Darf ich Ihnen die Weihnachtsmischung empfehlen?«

»Schon überredet.«

»Gern. Und für Sie, Sir?«

Auch ich nehme die Speisekarte entgegen. »Erst einmal ein Wasser.«

»Kommt sofort.«

Schweigend lesen wir das überschaubare Angebot zum Lunch. Meine Entscheidung fällt ziemlich schnell und auch Alyssa klappt bald die Karte zu.

Sie lässt den Blick durch den urigen Raum schweifen und ich mustere automatisch ihr Profil. Im Gegensatz zu mir wirkt sie entspannt.

»Dir scheint es kaum etwas auszumachen, dass wir hier festsitzen.«

Das schiefe Lächeln breitet sich auf ihrem Gesicht aus und ich bemerke, dass es mir irgendwie gefällt.

»Ich habe vor einiger Zeit erkannt, dass es sinnlos ist, sich über Dinge zu ärgern, die man nicht ändern kann. Und seine gesamte Energie darauf zu verschwenden. Oder deswegen in Trauer zu versinken. Deshalb bemühe ich mich um eine entspannte Grundhaltung, im Hier und Jetzt zu leben.«

»Erfolgreich?«

»Meistens.«

»Respekt.«

»Du solltest es versuchen.«

»Du meinst diese Methoden, die du gestern erwähnt hast?«

»Zum Beispiel, ja.«

Ich verziehe das Gesicht. »Okay, ich denke darüber nach. Aber mach dir keine Hoffnungen, ich bin eher der rastlose Typ.«

»Und mit der Arbeit verheiratet? Kenne ich.« Ein Ausdruck von Traurigkeit huscht über ihr Gesicht.

Ich öffne den Mund, um darauf einzugehen, doch in dem Moment taucht die Kellnerin auf und serviert unsere Getränke.

Danach stemmt sie das leere Tablett in ihre Seite und schaut von mir zu Alyssa. »Möchten Sie bestellen?«

Alyssa nickt und reicht ihr die Karte. »Ich nehme eine Poke Bowl mit Thunfisch, bitte.«

»Gern. Und für Sie?«

»Ich nehme den Truthahn-Avocado-Burger plus Cheddar.«

»Danke schön.« Sie nimmt meine Karte entgegen und geht.

Ich trinke einen Schluck Wasser, stelle das Glas ab und mustere Alyssa unauffällig, die nachdenklich aus dem Fenster schaut. Die Niedergeschlagenheit ist wieder da.

Weshalb ich mich räuspere und einen extra lockeren Ton anschlage. »Was machst du denn so in deiner Freizeit? Also, außer dich mit Freunden zu treffen.«

Sie blinzelt. »Oh, ähm, nicht viel. Ich bin ein absoluter Bücherwurm und nutze jede freie Minute zum Lesen. Ansonsten mache ich Fitness und gebe ehrenamtlich Kurse für Frauen. In dem Gemeindezentrum, in dem meine Mutter sich engagiert.«

Meine Brauen schießen nach oben. »Fitnesskurse!«

»Ja, jeden zweiten Samstagvormittag, abwechselnd mit einer Bekannten.«

»Klingt nach Spaß.«

»Ist es. Diese Frauen scheuen sich vor Fitnessstudios oder können sie sich nicht leisten und nehmen das Angebot gern an.«

»Ich bewundere Menschen, die sich sozial engagieren.«

»Das tust du doch auch.«

»Ja, mit dem Geld der Firma, aber nicht persönlich.«

»Weil dir die Zeit fehlt.«

»Zum einen.«

»Und zum anderen?«

Ich zucke mit den Schultern. »Das liegt mir nicht.«

»Es gibt immer eine Möglichkeit, sich einzubringen. Meine Mutter zum Beispiel ist Hausfrau und verbringt jeden Tag mehrere Stunden in der Gemeinde, seitdem mein Bruder und ich ausgezogen sind. Sie hilft bei fast allem und spannt auch meinen Dad noch ein, wenn mal handwerkliches Geschick gefragt ist.«

Ein Bild blitzt vor meinem inneren Auge auf, wie ich meinen Eltern auf den Baustellen geholfen habe, und ohne Vorwarnung sehne ich mich danach, mal wieder etwas mit den Händen zu machen. Bauen, schnitzen, irgendetwas.

Schnell verdränge ich das und besinne mich auf ihren letzten Satz. »Was macht dein Dad beruflich?«

»Er ist Finanzbuchhalter und Stellvertreter der Abteilungsleitung bei einem Sportartikelhersteller.«

»Und dein Bruder?«

»IT-Fachmann bei *Datadog*.«

»Die Firma für Cloud Software?«

»Ja.«

»Gut zu wissen. Falls es bei uns mal wieder hakt.«

Sie lacht. »Als ich mich das letzte Mal vor ihm darüber aufgeregt habe, welche Probleme wir manchmal mit dem Server haben, hat er schon gemeint, wir sollten mal über eine Cloud-Lösung nachdenken.«

Ich hebe einen Finger. »Guter Punkt. Erinnere mich beim nächsten Ausfall daran.«

»Mache ich. Hast du eigentlich noch Geschwister?«

»Ja, eine ältere Schwester. Die kümmert sich bei meinen Eltern um die Verwaltung, zusammen mit ihrem Mann.«

»Oh, toll, dann werden sie die Firma bestimmt einmal übernehmen.«

»Vermutlich.«

»Ich finde es so schade, wenn derartige Familienunternehmen keine Nachfolger haben, aus welchen Gründen auch immer.«

»Besser, als wenn es mehrere Erben gibt und die sich um den Nachlass streiten.«

»Auch wieder wahr. Hat sie auch von klein auf dort mitgeholfen?«

»Eher selten. Aber im Studium und diversen Praktika hat sie verstanden, dass ihre Stärken auf diesen Erfahrungen beruhen. Also hat sie sich eine Art Entwicklungsplan erstellt, sich entsprechend weitergebildet und auf Themen spezialisiert, die ihr sozusagen im Blut liegen.«

Alyssa stockt, richtet sich auf. »Du bringst mich auf eine Idee.«

»Ach, ja?«

»Wir könnten die Zeit nutzen und uns mit der Personalentwicklung beschäftigen. Ein Konzept erstellen, wie ich es schon auf dem Hinflug angerissen habe.«

»Ohne Computer?«

Da grinst sie. »Du glaubst gar nicht, was ich alles in meiner Mappe habe. Und zur Not bitte ich Paul, uns einen Laptop zu besorgen, auf dem wir wenigstens die Office-Programme verwenden können.«

Hilfe von Magic Mike?

Nur über meine Leiche, ich kann den schleimigen Kerl nicht ausstehen.

»Ich glaube, Stift und Papier sind da die bessere Variante. Lass uns gleich nach dem Essen an die Arbeit gehen.«

# Alyssa

## Kapitel 5

»Ich glaube, das kann sich sehen lassen.«

Ich betrachte die großen Notizblätter, die ich mit unseren Konzeptideen gefüllt und zum Schluss auf dem Esstisch verteilt habe. Nun glühen sie förmlich im warmen Licht der Lampe über uns und ich möchte vor lauter Begeisterung direkt loslegen.

»Auf jeden Fall. Und deshalb haben wir uns ein gemütliches Abendessen verdient.«

Ich werfe einen Blick zum Fenster, hinter dem es dunkel ist, und einen auf die Uhr. Schon 18 Uhr durch, kein Wunder, dass mein Magen knurrt.

»Für wann hast du den Tisch bestellt?«

»19 Uhr.«

»Okay, das sollten wir schaffen.« Ich schiebe alles zusammen, schlage den Stapel mit einem Ende auf den Tisch und lege ihn anschließend in meine Mappe.

»Möchtest du noch Wasser?«

Kurz sehe ich auf, Brandon hält die fast leere Flasche hoch.

»Gern.«

Er teilt den Rest auf unsere Gläser auf und schraubt sie zu. »War übrigens eine gute Idee, auf dem Weg hierher

74

noch ein paar Getränke zu besorgen. Mir fehlt der Kopf für so etwas.«

»Weil vermutlich deine Haushälterin daran denkt, deine Vorräte aufzufüllen.«

»Schuldig.«

»Bestimmt hast du andere Qualitäten.«

»Meinst du?«

»Davon gehe ich aus.«

»Siehst du immer alles von der positiven Seite?«

»Seit geraumer Zeit bemühe ich mich darum, ja.«

Da neigt er den Kopf zur Seite, kneift die Augen ein wenig zusammen und mustert mich.

Ich sehe ihm die Neugier an und bereite mich darauf vor, seine Frage höflich abzuschmettern.

Doch zwei Sekunden später leert er sein Glas und steht auf, bringt es in die Küche. »Ist es okay, wenn ich zuerst ins Bad gehe?«

»Natürlich. Ich muss eh noch alles wegräumen und so.«

»Okay.« Er geht zu dem Sessel, auf dem sein Bettzeug liegt, und greift nach den Taschen, die daneben auf dem Boden stehen. Damit läuft er ins Bad und schließt die Tür hinter sich.

Ich stoße die Luft aus und wende den Blick von der Tür ab, starre nachdenklich vor mich hin.

Die paar Tage mit ihm werde ich problemlos überstehen, aber ich freue mich jetzt schon auf zu Hause. Darauf, das Arbeits-Ich abstreifen und nur noch Alyssa sein zu können.

*Oder du nimmst dir einfach mal Zeit für dich.*

Hier? Sehr witzig!

Beherzt trinke ich mein Wasser aus, schnappe mir Mappe, Handtasche, Glas und Flasche. Die letzten beiden stelle ich neben der Spüle auf die Arbeitsfläche, dann gehe ich ins Schlafzimmer und mache die Tür hinter mir zu.

Ein paar Minuten für mich kann ich jetzt gut gebrauchen.

Handtasche und Mappe landen im unteren Fach des Nachtschränkchens, mein Smartphone obenauf und am Ladekabel. Zur Untermalung starte ich die gespeicherte Weihnachtsplaylist, widme mich dem Inhalt meiner Tüten.

Den verteile ich auf dem Bett, sortiere Thermostiefel, Kleidung und Badartikel.

Ach ja, und das neue Buch wandert ebenfalls auf den Nachttisch, unter »The Noel Diary«, bei dem mir nur noch drei Kapitel fehlen.

Tatsächlich habe ich die meiste Zeit meiner Shopping-Tour in *Carol's Books & Café* verbracht, einem unglaublich gemütlichen Buchladen mit Café und einer herzlichen Besitzerin. Ich habe ihn auf der Rückseite des Gemeinschaftszentrums entdeckt, das neben der Eisfläche liegt, konnte mein Glück kaum fassen. Und ich will auf jeden Fall noch einmal hin, bevor wir nach Denver fliegen.

Für das Abendessen wähle ich eine Jeans und einen grauen Wollpullover in Wickeloptik, den Rest verstaue ich im Kleiderschrank. Dann ziehe ich die Bluse aus der Anzughose und will sie aufknöpfen, doch in der letzten Sekunde fällt mir ein, dass ich mich vor dem Umziehen im Bad frisch machen will.

Und wo ist überhaupt mein Jackett? Das sollte ich zum Lüften aufhängen.

Ich schaue mich um, auch im Schrank, finde es aber nirgends. Vermutlich hängt es noch über einem der Stühle am Esstisch.

Folglich gehe ich zur Tür, öffne sie, trete auf den Miniflur hinaus.

Und pralle zurück.

Weil Brandon im gleichen Moment aus dem Bad kommt.

Mit nacktem Oberkörper.

»Sorry, ich wollte nur etwas holen.«

Ich schlucke. »K-kein Problem.«

Eilig läuft er ins Wohnzimmer und ich starre ihm nach. Kann die Augen nicht von seinem trainierten Rücken abwenden und dem Knackarsch in einer eng anliegenden Jeans.

Er kehrt mit einer Tüte zurück und mein Blick fällt unweigerlich auf seine muskulöse Brust. Die dunklen Haare, die von dort aus in einem Streifen über seinen Waschbrettbauch verlaufen, um im Bund seiner Jeans zu verschwinden.

Dann betritt er schon wieder das Badezimmer und ich presse die Augen zusammen, atme langsam und tief durch.

Leider hilft es nicht, das Bild seines Körpers aus meinem Hirn zu tilgen. Den dunklen Teint seiner Haut, die Wölbungen seiner Muskeln.

»Bin in zwei Minuten fertig«, ruft er von drinnen und ich reiße die Augen auf.

»Lass dir Zeit.«

Hastig weiche ich ins Schlafzimmer zurück und schließe möglichst leise die Tür. Lehne mich rücklings dagegen und schlage die Hände vors Gesicht.

*Bist du verrückt geworden? Er ist dein Boss!*

Oh, ja, und so verboten sexy, dass der bloße Anblick mein Lustzentrum aus dem Dornröschenschlaf weckt.

*Nein, nein, nein!*, schreit mein Verstand.

*Doch, doch, doch!*, antwortet mein Schoß mit einem sehnsuchtsvollen Pochen.

Unvermittelt klopft es an meiner Tür und ich mache einen Satz nach vorn.

»Das Bad ist frei.«

Zittrig stoße ich die Luft aus. »Danke.«

Ich gehe zum Bett und raffe alles zusammen, eile ins

Badezimmer hinüber und schließe die Tür hinter mir ab.

Mit dem nächsten Atemzug nehme ich den Duft seines Parfüms wahr und seufze verzweifelt auf. Das macht es nur noch schlimmer.

Weswegen ich mich beeile und keine zehn Minuten später wieder ins Schlafzimmer laufe. Dort hänge ich die alte Kleidung auf, schlüpfe in die neuen Winterstiefel, atme noch einmal tief durch und verlasse den Raum.

Brandon steht neben dem Esstisch und wirft gerade mit einem frustrierten Laut das Smartphone hin. Mit der linken Hand knetet er den Ball, den er schon in den letzten Stunden dauernd bearbeitet hat.

»Ist etwas passiert? Hast du wieder Empfang und eine schlechte Nachricht bekommen?« Zwei Schritte vor ihm bleibe ich stehen.

»Ach, ich ziehe es nur immer wieder automatisch aus der Tasche und will etwas nachschauen oder eine Nachricht schreiben. Was mir bewusst macht, wie viel Zeit ich normalerweise am Handy verbringe.«

»Ich lasse meines hier, dann kann das gar nicht erst passieren. Ist eh gerade nur ein sinnfreies Stück Technik.«

Seine Mundwinkel verziehen sich zu einem sanften Lächeln. »Irgendwie hast du recht.«

Ich erwidere es und zucke mit den Schultern. »Wollen wir los? Ich habe ziemlichen Hunger.«

»Ja, ich auch, lass uns gehen.« Er legt den Anti-Stress-Ball auf den Tisch, neben sein Telefon, und folgt mir zur Garderobe.

Wir nehmen unsere Jacken, schlüpfen hinein und machen uns auf den Weg zu dem italienischen Restaurant, das sich zwischen den beiden Skiliften befindet.

Eine Kellnerin nimmt uns in Empfang und führt uns zu dem letzten freien Tisch unterhalb einer Wand voller Fotostreifen.

»Das sind Fotos aus einem Automaten, oder?« Ich betrachte sie eingehend, streife den Mantel ab. »Was hat es damit auf sich?«

»Ach, das ist so eine seltsame Tradition, aber ich habe keine Ahnung, wer damit angefangen hat. Oder warum.« Die Kellnerin lacht. »Der Fotoautomat befindet sich im Vorraum zu den Waschräumen, falls Sie Lust haben, sich zu verewigen.«

Ich lächele lediglich zur Antwort, schiebe den Schal in einen Mantelärmel.

Brandon streckt den Arm aus. »Gib mir deinen Mantel.«

»Danke.« Ich reiche ihn rüber, setze mich und er läuft die wenigen Schritte zur Garderobe.

Die Kellnerin hält mir eine der länglichen Menükarten hin, wartet, bis auch Brandon Platz genommen hat und empfiehlt uns das Tagesgericht.

»Darf ich Ihnen einen Aperitif bringen?«

Ich winke ab. »Nein, danke.«

»Für mich auch nicht, aber bitte bringen Sie uns vorab eine große Flasche Wasser. Medium.«

»Sehr gern.«

Damit entfernt sie sich und wir widmen uns dem Speisenangebot.

Abrupt schnalzt er mit der Zunge. »Himmel, das vegetarische Angebot ist ja fast größer als das normale.«

»Hast du ein Problem damit?«

»Höchstens mit militanten Veganern, die jegliche Form von Massentierhaltung ablehnen und uns Fleischfressern jedes Steak vermiesen wollen.« Er zwinkert mir zu.

»Na, da habe ich ja noch einmal Glück gehabt.«

»Warum?«

»Weil ich Vegetarierin bin.«

Er stutzt, zieht die Brauen zusammen.

»Jetzt, wo du es sagst ... Tut mir leid, ich hoffe, ich habe dich nicht beleidigt.«

Ich lächele schief. »Ach, was, nein. Ich bin ja nicht militant, ich esse nur kein Fleisch.«

»Warum eigentlich nicht?«

»Weil ich es nicht vertrage, mein Magen rebelliert.«

»Woran liegt das? Gibt es eine Diagnose? Vielleicht eine Unverträglichkeit?«

»Nein, nichts. Mein Magen war schon immer empfindlich und am Ende des Studiums war es megastressig für mich. Seitdem lehnt er jegliches Stück Fleisch ab, egal, in welcher Form.«

»Wie äußert sich das?«

»Mir wird übel. Manchmal schon vom Geruch.«

Erneut runzelt Brandon die Stirn, dann nickt er und senkt den Blick auf die Karte.

Nachdem die Kellnerin uns das Wasser serviert hat, bestelle ich Bruschetta und Linguini mit Riesengarnelen, Brandon nimmt Antipasti sowie anschließend eine Pizza mit Lachs und Spinat.

Er gibt seine Karte zurück und schaut mich an. »Trinkst du eine Flasche Rotwein mit mir? Ich habe einen richtig guten Brunello aus der Toskana entdeckt.«

»Ja, gern.«

Also nickt er der Kellnerin zu. »Dann eine Flasche Brunello dazu.«

»Kommt sofort.« Sie nimmt die Karte und geht.

Ich beuge mich vor und verschränke die Arme auf dem Tisch. »Ich hoffe, ich habe dir nicht gerade die Lust auf ein Steak versaut.«

Er schüttelt den Kopf. »Nein. Ich möchte nur vermeiden, dass dir wegen meines Essens übel wird.«

Ein seltsam warmes Gefühl breitet sich in meiner Brust aus. »Das ist sehr li– rücksichtsvoll von dir, danke.«

»Keine Ursache, das tue ich gern.« Der Blick, mit dem er mir in die Augen sieht, steigert die Wärme noch und im nächsten Moment habe ich wieder seinen nackten Oberkörper vor Augen.

*Du verwechselst seine Höflichkeit mit Interesse. Lass das!*

Hastig räuspere ich mich. »Kennst du dich mit Weinen aus?«

»Nur mit denen, die ich gern trinke.«

»Geht mir ähnlich.«

»Welche Anbaugebiete bevorzugst du?«

»Kalifornien. Und dann hört es auch schon auf.«

»Du hast noch nie europäische Weine probiert?«

»Nein.«

»Keine Gelegenheit?«

»Nein. Und auch keine Muße. Vermutlich müsste ich mal eine Weinverkostung besuchen, bei der einem die Unterschiede und Besonderheiten nahegebracht werden.«

»Trotzdem teilst du eine Flasche mit mir.«

»Schätze, ich vertraue deiner Wahl.«

Ein Schmunzeln umspielt seine Lippen. »Welche Ehre.«

Ich verdrehe theatralisch die Augen. »Bild dir bloß nichts darauf ein.«

»Zu spät.«

Wir schauen uns an, lachen leise und in mir steigt Verlegenheit auf.

Weshalb ich eilig nach der Wasserflasche greife und uns beiden einschenke.

Warum, zum Teufel, fühle ich mich auf einmal so befangen? Die bisherigen Mahlzeiten waren doch auch kein Problem.

Leider fällt mir nur ein Ausweg ein, ich flüchte mich auf sicheres Terrain.

»Ich glaube übrigens, dass dir alle leitenden Angestellten vertrauen. Genauso wie die Agenturleitungen.«

»Ach ja? Woran machst du das fest?«

Ich zucke mit den Schultern. »Zum einen Bauchgefühl, zum anderen die Befragung der Mitarbeiterinnen und Mitarbeiter im Oktober.«

»Ja, die Ergebnisse fand ich sehr aufschlussreich.« Brandon beugt sich vor. »Ich glaube sogar, den einen oder anderen an der Wortwahl erkannt zu haben.«

»Das überhöre ich jetzt mal geflissentlich.«

»Keine Angst, ich bestrafe niemanden für seine oder ihre Kritik an meiner Person.«

»Welche der Aussagen empfindest du denn als Kritik?«

»Zum Beispiel Dereks, dass ich nicht oft genug vor Ort bin. Womit er recht hat, andere Geschäftsstellen besuche ich definitiv öfter.«

»Vermutlich, weil du sie besser erreichst.«

»Genau. Und nach der aktuellen Erfahrung weiß ich nicht, ob ich so kurz vor Weihnachten noch einmal herkomme.«

Ich lache auf, verspüre aber einen feinen Stich. »Oh, vielen Dank auch!«

»Was? Nein! Das verstehst du falsch.« Er streckt mir beide Handflächen entgegen. »Es geht nur darum, hier festzusitzen. Ums Prinzip. Nicht, wegen dir oder des Apartments.«

»Da hast du ja noch einmal die Kurve gekriegt.«

»Ehrlich, ich glaube, mit Josh wäre es weniger angenehm.«

Unvermittelt flattert es sanft in meinem Bauch. »Ach, ja? Wie kommst du darauf?«

»Keine Ahnung, Bauchgefühl.« Er zuckt mit den Schultern. »Und damit reicht es auch mit dem Job, okay? Wir finden sicherlich genug anderen Gesprächsstoff.«

»Sieh an, es geschehen noch Zeichen und Wunder.«

Lächelnd greife ich nach meinem Glas und trinke einen

Schluck Wasser.

»Wie meinst du das?«

»Na, dass du als Workaholic so etwas sagst, hätte ich nie für möglich gehalten.«

»Also, erstens haben wir heute schon genug gearbeitet, und zwar erfolgreich, wie ich finde. Und zweitens ...« Er nimmt ebenfalls sein Glas und hält es mir hin.

»Ja?«

»Wie sagtest du so schön? Lass uns das Beste daraus machen.«

»Darauf trinke ich.«

Wir stoßen an und trinken. Und aus meinem Bauch steigt eine leichte Nervosität auf.

Mal sehen, was die Tage so bringen.

*

»Auf Wiedersehen. Einen schönen Abend noch.«

»Danke!«

Wir verabschieden uns von dem Servicepersonal neben und hinter der Bar, ziehen die Reißverschlüsse hoch und gehen zur Tür. Die hält Brandon mir auf und ich laufe als Erste die Treppe hinab. Dort stoße ich eine der Doppeltüren auf und warte, bis er neben mir unter das Vordach tritt, um sie loszulassen.

Ich setze meine Wollmütze auf und betrachte die dicken Flocken, die im Schein der drei Spots an der Dachkante herabfallen. Der Weg, den die Angestellten der Anlage im Laufe des Tages freigeräumt haben, ist längst wieder beachtlich zugeschneit und an den Seiten türmt sich die weiße Masse mannshoch.

»Gehen wir noch etwas trinken? In der Hotelbar, in der wir gestern waren?«

Ich wende mich ihm zu und lächele entschuldigend.

»Sei mir nicht böse, aber ich mache es mir lieber mit meinem Buch gemütlich.«

»Komm schon, nur ein oder zwei Absacker, wir müssen morgen nicht arbeiten.«

»Nein, danke, heute nicht. Aber geh du nur.«

»Wirklich?«

»Natürlich! Du musst dich nicht rund um die Uhr um mich kümmern.«

»Okay, dann … gehe ich mal.«

»Viel Spaß.«

»Danke. Bis später.«

»Ja, bis später. Oder gute Nacht, falls wir uns nicht mehr sehen.«

»Gute Nacht.« Damit läuft er die Stufen hinab und nach links.

Ich sehe ihm nach, bis er im Schneetreiben um die nächste Ecke verschwindet, setze zusätzlich meine Kapuze auf und wende mich nach rechts.

Gemütlich spaziere ich die zwei Minuten bis zu unserer Lodge und genieße die dumpfe Stille. Die weihnachtlich geschmückten und beleuchteten Gebäude verströmen eine festliche Stimmung, die mir ein Lächeln aufs Gesicht zaubert.

Was gibt es Schöneres als die Weihnachtszeit?

Die gastronomischen Einrichtungen, an denen ich vorbeikomme, sind voller fröhlicher Touristen, wie ich durch die Fenster sehe, und als sich eine der Türen öffnet, weht sogar der Fetzen eines poppigen Weihnachtsliedes herüber. In der kurzen Zeit erkenne ich ihn nicht, aber unzählige Stimmen singen ihn lauthals mit.

Weshalb ich noch breiter grinse.

Ich liebe das so sehr.

Zurück im Apartment schlüpfe ich in die hässliche Pyjamahose und das neue Shirt, das ich mir dazu gekauft habe, ziehe dicke Socken sowie die Kapuzenjacke über und gehe mit meinem Buch ins Wohnzimmer.

Dort schalte ich das Fernsehgerät ein, wechsele zu den Kabelradiosendern und zappe so lange, bis ich einen mit entspanntem Christmas-Jazz finde. Anschließend koche ich mir eine Tasse Tee, mache es mir auf dem freien Sessel gemütlich und schlage das drittletzte Kapitel auf.

Wie jedes Mal tauche ich direkt in den Roman ein und die Seiten fliegen nur so dahin. Ehe ich es mich versehe, lese ich das Wörtchen Ende und klappe das Buch mit einem Seufzer zu.

Mandy hatte recht, die Geschichte war bezaubernd.

Unvermittelt ertönt ein Klicken an der Tür und mein Herz rast los.

Doch zum Glück ist es nur Brandon, der eine Sekunde später die Tür öffnet und hereinkommt.

»Du bist noch wach.« Er schließt die Tür hinter sich, zieht den Mantel aus.

»Ja, ich habe bis gerade eben gelesen. Jetzt bin ich fertig mit dem Buch.«

»Heißt das, du sitzt auf dem Trockenen?«

»Von wegen! Ich habe beim Einkaufen ein Buchcafé entdeckt und mir direkt Nachschub mitgenommen.«

Mit gerunzelter Stirn kommt er herüber und setzt sich an das Ende der Couch, das meinem Sessel am nächsten liegt. »Ich kann mich nicht erinnern, ein Buchcafé gesehen zu haben.«

Ich erkläre ihm die Lage und er schüttelt den Kopf. »Bis dahin bin ich noch gar nicht gekommen.«

»Du liest nicht, oder?«

»Nein, dazu fehlt mir inzwischen die Zeit.«

»Früher?«

»Auch eher selten. Vielleicht mal eine inspirierende Bio-grafie.«

»Dann nutz die Zeit und komm mit mir in den Buchladen.«

»Ich überleg's mir.«

Ich stelle die Füße auf den Boden, lege das Buch auf den Tisch und nehme stattdessen die Tasse. Natürlich ist der Tee kaltgeworden. »Wie war es denn in der Bar? Voll?«

»Ja, ziemlich. Und langweilig.«

»Das tut mir leid.«

»Mir hat deine Gesellschaft gefehlt.«

»Oh!« Da ist wieder dieses schwache Flattern in meinem Bauch. »Ich mag es eben lieber gemütlich. Ich bin nicht so der Typ, der ständig ausgeht.«

»Sag nicht, am Wochenende bleibst du auch vornehmlich zu Hause.«

Ich lächele schief. »Doch.«

Er neigt den Kopf zur Seite, schmunzelt. Blinzelt dann und zuckt mit den Schultern. »Mir würde die Decke auf den Kopf fallen. Das ist doch total trostlos.«

»Tja, da sind wir wohl ziemlich verschieden.«

»Und was ist mit morgen?«

»Was meinst du?«

»Ich weigere mich, den ganzen Tag hier herumzusitzen und abends zu Dereks Weihnachtsfeier zu gehen.«

»Du findest bestimmt irgendeine Beschäftigung.«

»Lass uns zusammen etwas unternehmen.«

»Und was?«

»Kommt darauf an, was bei dem Wetter möglich ist. Wir können das spontan entscheiden.«

»Schwebt dir denn eine bestimme Richtung vor?«

»Irgendetwas Aktives.«

»Oje.«

»Komm schon, sag Ja.«

Keine Ahnung, welcher Teufel mich reitet, aber die Antwort verlässt meinen Mund, bevor mein Verstand sich einschalten kann. »Okay. Aber nur, wenn du im Gegenzug etwas Entspanntes mit mir machst.«

»Deal.« Brandon hält mir die Hand hin und ich schlage ein.

Wobei ein seltsames Gefühl in meinem Arm hochkriecht. Ein Summen oder so ähnlich, auf jeden Fall sehr angenehm.

Nur leider ist es vorbei, sobald unsere Finger sich voneinander lösen.

Prompt erinnere ich mich an ähnliche Beschreibungen aus den Liebesromanen, die ich so gern lese.

*Ach, was, das ist totaler Quatsch*, schimpft mein Verstand. *Dein Leben ist doch kein Liebesroman.*

Woraufhin sich Tylers Lächeln in meinen Kopf schiebt. Und wie sehr er mich enttäuscht hat.

Nein, wäre mein Leben ein Liebesroman, gäbe es beizeiten ein Happy End für mich. Doch davon ist weit und breit nichts zu sehen.

Stattdessen begnüge ich mich mit unzähligen Book-Boyfriends.

»Okay, dann gehe ich mal ins Bad und ins Bett, damit du hier deine Ruhe hast.«

Ich stehe auf, die Tasse in der einen Hand, das Buch in der anderen.

»Wegen mir kannst du gern bleiben.«

»Danke, aber ich bin müde.«

»Dann gute Nacht.«

»Gute Nacht.«

Schnell bringe ich Tee und Lektüre ins Schlafzimmer, begebe mich für meine Abendroutine ins Bad und schlüpfe anschließend unter die Bettdecke.

Mit allen Kissen im Rücken lehne ich mich gegen das Kopfteil des Bettes, beuge die Knie ein wenig und lege das neue Buch auf meine Schenkel.

Dann schlage ich es auf und fange an zu lesen.

# Brandon

## Kapitel 6

»Alyssa? Bist du wach?«

Ich lausche an der Schlafzimmertür, doch dahinter ist es still.

Also klopfe ich noch einmal. »Alyssa?«

Ein gedämpftes, aber unwilliges Murren erklingt.

Ich grinse, dieser Laut klingt irgendwie süß und ich kann mir bildlich vorstellen, wie sie sich tiefer unter der Bettdecke verkriecht.

»Ich wollte nur fragen, ob wir zusammen frühstücken gehen.«

»Wie spät ist es denn?«

»Acht Uhr durch.«

»Verdammt!«

Ein Rascheln und Poltern. »Sorry, ich habe verschlafen.«

»Kein Problem, wir haben ja keine Termine. Ich dachte nur …«

Da fliegt die Tür auf und Alyssa schlängelt sich an mir vorbei ins Bad, wobei ich kaum mehr sehe als verschiedene Stoffmuster und ihr hellblondes Haar.

Schon wirft sie die Tür hinter sich ins Schloss. »Gib mir zwanzig Minuten.«

»Okay, ich schaue so lange Frühstücksfernsehen.«

Ich gehe zur Couch, schnappe mir die Fernbedienung und zappe durch die Kanäle, bis ich CNN finde.

Anstatt den Wirtschaftsnachrichten zu folgen, wandern meine Gedanken ins Bad, bis vor die gläserne Duschkabine. Aus meinem Bauch steigt das gleiche Kribbeln auf wie gestern Abend bei dem Handschlag, doch schnell wird mehr daraus.

Ein eigenartiges Sehnen, das ich schon vorher in der Bar zum ersten Mal bemerkt habe. Und in das sich jetzt, wo mein Hirn von ihrem nackten Körper fantasiert, ein heißes Verlangen mischt.

Verzweifelt presse ich die Lider zusammen und atme tief durch.

Das, was in mir vorgeht, sollte nicht sein, das weiß ich.

Leider bin ich machtlos dagegen.

Im Gegenteil, je mehr ich mich wehre, desto stärker scheint es zu werden.

Vielleicht wäre es besser, diese ungewohnten Gefühle zu akzeptieren und bis zum Rückflug Abstand zu halten. Und sobald wir zurück in Denver sind, wird es vorbeigehen. Immerhin sehen wir uns im Arbeitsalltag nur selten.

Ein lauter Jingle zieht meine Aufmerksamkeit wieder auf den Fernseher, die Börseninfos sind zu Ende. Im anschließenden Wetterbericht gibt es sogar einen kurzen Beitrag über den hiesigen Blizzard, inklusive Bildern vom zugeschneiten Flughafen Aspen und heftigen, beinahe waagerechten Schneefällen.

Welch ein Chaos da draußen!

»Wow, ich habe noch nie so viel Schnee auf einmal gesehen.«

Mein Kopf zuckt zu ihr herum, ich habe sie gar nicht hereinkommen hören. »Ich auch nicht.«

»Stell dir vor, wir wären auf dem Weg zum Flughafen

stecken geblieben. Oder am Flughafen.«

Ich nicke und schalte den Fernseher aus. »Auch der Rückflug hätte verdammt gefährlich werden können.«

»Da ist es doch besser, hier zum Entspannen verdammt zu sein, oder?«

Ich stehe auf und sehe sie an. Schon wieder ist da dieses schiefe Lächeln, das mir mit jedem Tag mehr gefällt.

»Ja, langsam gewöhne ich mich daran. Gehen wir runter?«

»Auf jeden Fall, ich brauche dringend einen Kaffee.«

»Dann los.«

Wir nehmen unsere Key-Cards und den Fahrstuhl ins Erdgeschoss.

Im Frühstücksraum wimmelt es vor Leuten, inklusive unzähliger Kinder, und auf der Suche nach einem freien Tisch lasse ich den Blick schweifen.

In der Nähe der Fensterseite entdecke ich einen, berühre Alyssa am Ellbogen und deute hinüber. »Wie wäre es, wenn du dich schon mal hinsetzt? Ich besorge alles.«

»Okay.«

Ich gehe zum Buffet hinüber und spreche eine der Servicekräfte an, die sich eigentlich nur um das Abräumen von Geschirr kümmern. Setze mein charmantestes Lächeln ein.

»Entschuldigen Sie, Miss?«

»Ja, Sir? Kann ich Ihnen behilflich sein?«

»Ja, das wäre wunderbar. Ich habe meiner Kollegin versprochen Kaffee und Gebäck zu besorgen, aber ich bin mit diesen Tabletts ziemlich ungeschickt. Wären Sie so lieb, einen Teil davon zum Tisch zu bringen? Ausnahmsweise?«

»Aber natürlich, Sir, kein Problem.« Sie holt sich eines davon und gesellt sich zu mir vor die beiden monströsen Kaffeevollautomaten.

Da die gerade frei sind, platziere ich jeweils das passende Gefäß darunter und wähle schwarzen Kaffee sowie Latte macchiato mit zusätzlichem Espresso. Während der Zubereitung stelle ich zwei Teller mit verschiedenen Gebäckstücken zusammen und reiche zum Schluss alles der Kellnerin. Dann zeige ich ihr Alyssa und schicke sie mit einem Dank los.

Schnell kümmere ich mich noch um frischgepressten Orangensaft und laufe mit den Gläsern ebenfalls zum Tisch.

Ich nehme Alyssa gegenüber Platz und schiebe ihr einen Saft zu. »Hier, ein Push fürs Immunsystem.«

»Danke, dass du dich um alles gekümmert hast, das ist echt lieb von dir.« Sie nimmt das hohe Kaffeeglas in beide Hände und führt es an die Lippen. Nippt zweimal an der Kaffeespezialität und seufzt. »Himmel, tut das gut.«

»Du siehst ziemlich müde aus. Hast du zu lange gelesen?«

Sichtlich verlegen zuckt sie mit den Schultern. »Ja, die Geschichte hat mich so sehr gefesselt, dass ich erst nach der Hälfte aufgehört habe. Aber nur, weil mir die Augen zugefallen sind. Und dann habe ich vergessen, meinen Wecker zu stellen, sorry.«

»Ach, was, wir haben alle Zeit der Welt. Oder zumindest bis heute Abend.«

»Wann startet denn die Weihnachtsfeier? Und wohin müssen wir überhaupt?«

»Um 19 Uhr, in einem BBQ-Restaurant ein Stück südöstlich von hier.«

»Kann man dorthin laufen? Wir werden wohl kaum ein Taxi bekommen.«

»Bestimmt. Wir müssen nur schauen, wie wir am schnellsten zur Hauptstraße kommen und wo wir am Ende abbiegen müssen.«

»Oder wir sehen nach, ob das Lokal auf dem Plan verzeichnet ist, den wir von der Anlage bekommen haben.«

»Gute Idee.«

Ich nehme mir ein herzhaftes Blätterteiggebäck, stecke es mir in den Mund und schaue zum Fenster hinaus, während ich kaue. »Schau mal, der Schnee hat merklich nachgelassen. Vielleicht können wir uns Skier und Kleidung ausleihen und zum Gipfel hochfahren.«

»Ich glaube kaum, dass die Lifte und Pisten so kurz nach einem Blizzard schon wieder freigegeben sind.«

»Dann erkundigen wir uns wegen morgen.«

»Wenn du meinst ...«

Ich lächele sie an. »Hey, denk an unseren Deal! Oder willst du etwa schon kneifen?«

»Ich und kneifen? Niemals!«

»Ist auch besser so.«

»Soll das eine Drohung sein?«

»Noch nicht.«

»Das will ich dir auch geraten haben.« Alyssa schüttelt den Kopf, senkt den Blick auf den Teller mit den süßen Teilchen.

Und ich mustere sie unauffällig, über den Rand meiner Kaffeetasse hinweg.

Wie sie bei der Begutachtung erst die Lippen schürzt und später darüber leckt, wirkt verwirrend reizvoll auf mich.

Habe ich mich deswegen gestern Abend ohne sie gelangweilt?

Weil ich mich zu ihr hingezogen fühle?

Oder ist das für mich schon ein generelles Problem?

Vermutlich habe ich den letzten Jahren kaum einen Abend mit mir allein verbracht, entsprechend weiß ich mich auch nicht mehr zu beschäftigen. Geschweige denn zu entspannen.

Eine Erinnerung blitzt in meinem Kopf auf. Wie ich oft stundenlang in der Werkstatt meiner Eltern verbracht und an etwas gebaut habe. Total versunken in die handwerkliche Arbeit, fasziniert von der Entstehung des Konstrukts.

Dann wechselt das Bild und ich sitze als Junge auf unserer Veranda in San Francisco, in den Händen ein Stück Holz und ein Messer. Über Tage hinweg habe ich Tiere geschnitzt, erst grob und eher moderne Kunst als Fingerfertigkeit, später immer größer und filigraner. Und wenn ich mich richtig erinnere, hat beides wie eine Meditation gewirkt, beruhigend und erdend.

Sollte ich dieses Hobby vielleicht wieder aufleben lassen?

In meinem Apartment gibt es genug Zimmer, eines davon könnte ich in eine Art Werkraum umgestalten und ...

*Aber sonst geht es dir gut, ja? Du hast ein Unternehmen zu führen!*

Die aufkommende Idee kapituliert vor meinem Verstand und entschwindet.

Erneut wende ich meine Aufmerksamkeit nach draußen und betrachte die Menschen in schneefester Kleidung, die sich auf dem Gelände tummeln und teilweise zum nächstgelegenen Sessellift streben.

Ich sehe Alyssa an, deute hinaus. »Da sind schon ziemlich viele Leute unterwegs. Vielleicht müssen wir uns ihnen nur anschließen, um zu erfahren, wie man hier ein paar aktive Stunden verbringen kann.«

Sie folgt meinem Fingerzeig, lächelt und seufzt auf. »Okay, okay, ich beeile mich mit dem Kaffee, dann können wir gehen. Ist ja nicht auszuhalten mit den Hummeln in deinem Hintern.«

»Himmel, nein, bloß keinen Stress!« Ich lache leise.

»Ich gewöhne mich doch gerade daran, keinen zu haben.«

»Na, so was! Das ging aber schnell.« Das verbliebene süße Gebäckstück wandert in ihren Mund, ich nehme mir das letzte herzhafte.

»Mir bleibt nichts anderes übrig, oder?«

»Das ist die richtige Einstellung. Also dann, los gehts.«

Wir leeren unsere Tassen und Gläser, fahren hinauf ins Apartment und breiten den Plan des *White River Escape* auf dem Esstisch aus. Tatsächlich ist fast der gesamte Ort darauf verzeichnet.

Das Restaurant, in dem Dereks Weihnachtsfeier stattfindet, habe ich schnell gefunden und lege den Finger darauf. »Dort müssen wir hin.«

Alyssa beugt sich vor. »Das liegt in einer Mall!«

»Mit irgendetwas müssen sie die Touristen wohl bei Laune halten.«

Eine gestrichelte rote Linie erregt meine Aufmerksamkeit, sie verläuft von der Mall bis kurz vor unsere Lodge, parallel zum Sessellift. »Und ich glaube, ich habe gerade unser Transportmittel für heute Abend gefunden.«

»Hm, *Sky Cab*. Was ist das?«

»Sieht aus wie ein Gondellift, den schauen wir uns gleich mal an.«

Wir packen uns warm ein, verlassen Apartment und Lodge, stiefeln durch den Schnee Richtung Lift.

Inzwischen fallen nur noch vereinzelte Flocken und auf dem Außengelände wuselt es vor Menschen, untermalt von lebhaften Weihnachtsliedern, die aus versteckten Lautsprechern tönen.

Angestellte schaufeln neue Wege frei, befreien Dächer, Dekorationen und diverse Vorrichtungen vom Schnee. Auch der Sessellift wird gerade Stück für Stück freigelegt und soll am Nachmittag wieder öffnen.

Daneben entdecken wir tatsächlich einen Gondellift, der zur Mall hochfährt, und zwar um 19 Uhr zum letzten Mal.

Perfekt.

Unvermittelt wird es hinter uns laut und wir drehen uns zu der tief verschneiten Freifläche neben der *Sky-Cab*-Station um.

Aus dem *Kid's Adventure Center* nebenan stürmt eine Horde Kinder herüber, begleitet von einigen Betreuern. Die rufen Anweisungen, die Gruppe teilt sich in zwei Lager und ehe wir uns aus dem Staub machen können, stecken wir mitten in einer Schneeballschlacht.

Die meisten Erwachsenen flüchten und ich will auch Alyssa aus der Gefahrenzone schaffen.

Allerdings bleibt sie stehen, lässt den Blick schweifen und grinst mich letztlich an. »Lass uns mitmachen!«

»Wie bitte?«

»Warum nicht? Ein paar andere Erwachsene sind auch dabei.« Sie weist mit dem Daumen über ihre Schulter.

»Aber ich ...«

Mein Verstand verzieht pikiert das Gesicht. *Du bist ein millionenschwerer Unternehmer, du wirst doch wohl nicht ...*

Da boxt sie mir auf den Oberarm. »Komm schon, das wird lustig. Gib dir mal einen Schubs.«

Wie um ihren Worten mehr Druck zu verleihen, trifft mich ein Schneeball an der Brust.

»Wenn das kein Zeichen ist.« Lachend packt sie meine Hand und zerrt mich mitten hinein ins Getümmel.

Mir bleibt gar nichts anderes übrig, als Schneebälle zu formen und auf die Gruppe gegenüber zu werfen. Schnell artet es aus und die weißen Kugeln fliegen kreuz und quer.

In mir steigt ein unbekümmertes Lachen auf, bahnt sich einen Weg an die Oberfläche und bricht schließlich lauthals aus mir hervor.

Scheiße, ist das ein Spaß!

Irgendwann packt mich sogar der Übermut und ich gehe mit einer Handvoll Schnee auf Alyssa zu.

Die reißt die Augen auf, streckt mir die Hände entgegen. »Wag es ja nicht!«

»Was denn? Was soll ich nicht wagen?«

»Das, was du vorhast.« Sie weicht zurück.

Grinsend dränge ich sie weiter rückwärts, lenke sie ab.

»Was habe ich denn vor?«

»Ich warne dich.«

»Wovor denn?«

»Du willst mich einseifen.«

»Ach, ja?«

»Oh, tu doch nicht so scheinheilig. Du —« Im nächsten Moment stolpert sie, taumelt rückwärts und fängt sich wieder.

Das ist meine Gelegenheit.

Ich springe vor und drücke den Schnee auf ihr Gesicht, verreibe ihn.

Alyssa stößt ein kehliges Kreischen aus und versucht, meine Hand fortzudrücken, stolpert erneut.

Schnell greife ich nach ihr, um sie festzuhalten, doch wir fallen gemeinsam zu Boden, wo wir in lautes Gelächter ausbrechen.

Ich erbarme mich und wische ihr das kalte Zeug aus dem Gesicht.

Und mit einem Mal wird mir bewusst, dass ich halb auf ihr liege und wie nah wir uns sind.

Mein Lachen erstirbt und mein Blick wandert von ihren geröteten Wangen über ihre Stupsnase zu ihrem Mund. Diesen hinreißend rosigen Lippen mit dem weichen Amorbogen.

In mir wallt das Bedürfnis auf, sie zu küssen. Sie zu schmecken, ihren Mund zu erforschen und ...

Ich schlucke und sehe ihr in die Augen.

Entdecke erst jetzt, wie klar die hellgrünen Iriden sind.

Dass dort etwas aufflackert, das mir vage bekannt vorkommt.

Und mein Körper antwortet mit einem sehnsuchtsvollen Ziehen darauf.

Jäh ertönt ein erschreckter Laut und direkt neben uns fällt eine Person in den Schnee. Mein Kopf fährt herum und ich starre den Mann an, der sich wieder aufrappelt und uns entschuldigend anlächelt.

»Sorry, Leute.«

Dann ist er schon wieder weg und ich weiß nicht, ob ich ihm wegen der Störung dankbar oder böse sein soll.

Mein Verstand entscheidet sich für Variante A und scheucht mich auf die Füße.

Mit einem übertriebenen Lächeln halte ich Alyssa die Hand hin. »Komm schon, die Schlacht ist noch nicht geschlagen.«

»Dann auf in den Kampf.« Sie ergreift meine Hand und ich helfe ihr hoch.

Unterbreche schnellstmöglich den Körperkontakt und stürze mich stattdessen ins Schneeballgetümmel.

Als die Schlacht endlich wegen Erschöpfungszuständen von den Betreuern beendet wird, seufzt Alyssa erleichtert auf. »Gott sei Dank, ich kann nicht mehr.«

Ich grinse sie an, herrlich ausgepowert und voller Glückshormone. »Aber es war cool, gib es zu.«

»Hey! Wer musste hier wen überreden, daran teilzunehmen?«

»Stimmt, sorry.«

»Na, also.« Kopfschüttelnd klopft sie sich den Schnee von Händen und Mantel. »Woah, meine Beine sind eiskalt. Und ich hätte einen dickeren Pullover anziehen sollen.«

»Dann lass uns einen Punsch trinken gehen.«

»Gute Idee.«

Wir kämpfen uns aus der zerwühlten weißen Masse auf den freigeräumten Weg, treten uns den Schnee von den Stiefeln und marschieren Richtung Eislauffläche.

Am dahinterliegenden Gemeinschaftshaus ist der Außenverkauf des Bistros geöffnet und vor dem Fenster hat sich bereits eine Schlange gebildet. Leider bewegt sie sich nur langsam voran, weswegen die Kälte in uns hochkriecht. Automatisch trete ich ein wenig auf der Stelle und hoffe am Ende, dass die verbliebenen drei Leute schneller bedient werden.

Alyssa schüttelt sich. »Himmel, ist mir kalt.« Sie schlägt die Arme um sich, zieht die Schultern bis zu den Ohren hoch.

»So schlimm?«

»Ja, und wie. Ich habe doch gesagt, ich bin eine Frostbeule.«

»Komm her.« Ohne weiter darüber nachzudenken, reibe ich kräftig über ihre Oberarme, trete näher und rubbele über ihren Rücken.

Die Schlange rückt ein Stück vor.

»Besser?«

Sie lächelt schief. »Nein, tut mir leid. Ich glaube, meine Finger frieren ab und du  musst einen sprachgesteuerten Computer für mich anschaffen.«

Ich lache leise. »Gib mir deine Hände.«

»Was hast du vor?«

Sie hält sie mir hin und ich ziehe meine Handschuhe aus, stecke sie in die Tasche. Befreie Alyssa von ihren und klemme sie mir unter den Arm. Dann lege ich ihre Hände wie zum Beten aneinander und meine darüber.

Unvermittelt stöhnt sie auf. »Gott, tut das gut.«

Obwohl dieser Laut absolut unschuldig ist, fährt er mir bis in den Bauch und löst dieses Prickeln aus, das ich lieber nicht empfinden sollte. Nicht für eine Mitarbeiterin.

Ich betrachte ihr Gesicht und mir wird klar, dass ich sie kaum noch als Angestellte wahrnehme. Aber ob das so gut ist ...

»Du hast ja eine Hitze!«

Ich blinzele, zwinge mich zu einem Lächeln. »Ja, schon immer.«

»Weitergehen, bitte!«

Überrascht schaue ich den Mann hinter uns an, dann nach vorn, wo gerade das Paar vor uns bedient wird. Zwischen uns klafft eine Lücke.

»Sorry.« Ohne die Hände voneinander zu lösen, schieben wir uns vor. Zum Abschluss rubbele ich noch einige Male kräftig über ihre Handrücken, bevor ich Alyssa loslassen muss, weil wir endlich an der Reihe sind.

»Was möchtest du trinken?«

Sie wendet sich direkt an die junge Verkäuferin. »Einen Apfelpunsch, bitte.«

»Machen Sie zwei daraus.« Ich gebe Alyssa die Handschuhe zurück, angele nach meiner Brieftasche und die Kreditkarte daraus hervor, um mit ihr kontaktlos zu bezahlen. Dann nehmen wir unsere Pappbecher und gehen zur Brüstung der Eislauffläche.

Auch die ist fast schon wieder freigeräumt und rundherum werden Vorbereitungen getroffen. Mitarbeiter der Anlage stellen einen Weihnachtsbaum auf, Schmuck steht ebenfalls bereit und daneben soll anscheinend eine Bühne entstehen.

»Was die hier wohl vorhaben.« Ich nippe an dem dampfenden Getränk.

»Hm. Vielleicht ist ja Santa morgen hier und fragt die Kinder nach ihren Wünschen.«

»Verdammt, da kommen traumatische Erinnerungen hoch.«

Sie dreht sich zu mir und grinst. »Was ist passiert? Musstest du dich übergeben?«

Ich grinse. »Fast. Der Kerl hat dermaßen aus dem Mund und nach Schweiß gestunken, dass ich regelrecht geflüchtet bin. Und an den Geschenken jenes Weihnachtsfestes habe ich erst einmal geschnuppert.«

Da bricht sie in Gelächter aus. »Oh, Gott, das klingt ja schrecklich.«

»War es auch.«

»Wie alt warst du da?«

»Sechs oder sieben, glaube ich. Danach habe ich jeden Weihnachtsmann gemieden.«

»Verständlich. Ein Wunder, dass du überhaupt noch Weihnachten feierst.«

Mein Lächeln vergeht. »Nur, wenn ich dazu gezwungen werde.«

Sie neigt den Kopf zur Seite, mustert mich eingehend. »Wegen dieser kleinen Sache?«

»Nein, das ist eine andere Geschichte.«

»Die du lieber für dich behalten möchtest.«

»Genau.«

»Kein Problem. Auch wenn ich es absolut nicht verstehe, wie man Weihnachten hassen kann.«

»Ich erinnere mich, du hast im Flugzeug bereits angedeutet, dass du Weihnachten magst.«

»Du hast ja keine Ahnung, wie sehr! Der Dezember steht bei mir komplett unter diesem Thema. Bücher, Filme, Musik, Essen – einfach alles. Gleich nach Thanksgiving geht es los, manchmal sogar schon eher.«

»Und deine Familie?«

»Meine Mutter toppt alles, was das angeht. Sie kann auch in der Gemeindearbeit vollkommen darin aufgehen. Mein Vater und mein Bruder hingegen sind nur stille Mitläufer. Aber wenn wir dann am Weihnachtsmorgen zusammenkommen, gibt es nichts Schöneres, das genießen wir in vollen Zügen.«

»Klingt ...«

»Langweilig?«

»Ein bisschen. Sorry.« Entschuldigend verziehe ich das Gesicht.

Doch sie zuckt nur mit den Schultern. »Ich bin das schon gewöhnt. Weihnachtsmuffel und ihre schlechte Laune ignoriere ich einfach, dieses Gefühl von Herzenswärme und Verbundenheit lasse ich mir auf keinen Fall vermiesen.«

»Auch nicht, wenn es unangenehm wird?«

»Was meinst du?«

Meine Gedanken wandern zu den letzten Weihnachtsfesten mit meiner Familie. »Na ja. Fantasielose Geschenke, intime Fragen, das Übliche halt.«

»Kenne ich weder von meinen Eltern noch von meinem Bruder.«

»Anscheinend hast du mit deiner Familie Glück.«

»Ja, finde ich auch.« Alyssa nippt an ihrem Punsch. »Selbst in meiner letzten Firma war die Vorweihnachtszeit sehr harmonisch, jeder hat Dekoration mitgebracht oder gebacken. Dagegen war die Zurückhaltung bei *Kentwood* ein Kulturschock.«

»Woran ich keine Schuld trage, wie ich ausdrücklich betonen möchte.«

»Zum Glück.«

»Hilf mir auf die Sprünge – warum hast du den Job gewechselt?«

Sie zuckt mit den Schultern. »Hauptsächlich ging es um Diskrepanzen mit der Geschäftsleitung, der war die Belegschaft weniger wichtig. Und ein oder zwei persönliche Gründe kamen auch noch dazu.«

»Klingt, als würdest du dich bei uns wohlfühlen.«

»Ja, sehr. Wenn nur die fehlenden Weihnachtsbäume nicht wären.«

Ich lache auf. »So schlimm?«

»Oh, ja! Ich habe mir letzte Woche einen kleinen künstlichen Baum für mein Büro besorgt, weil mir sonst etwas fehlt. Und hier bin ich regelrecht auf Entzug.«

»Es ist doch genug Deko da.« Mit der Hand vollführe ich einen Halbkreis um uns herum.

»Hier, ja. Aber das Apartment ist echt ein Jammer. Nicht mal ein kleiner Baum!« Verstimmt schüttelt sie den Kopf.

»Du Arme.«

»Ja, bitte, bedauere mich. Kerzen gibt es nämlich auch keine.« Gespielt schmollend schiebt sie die Unterlippe vor.

»Tröste dich, bald bist du wieder zu Hause.«

»Oh ja! Dann drehe ich als Erstes die Weihnachtsmusik auf und tanze durchs Wohnzimmer.«

Ich muss schon wieder lachen.

Es gefällt mir, dass sie über sich selbst witzeln kann.

Unvermittelt knackt es in den Lautsprechern und statt der Musik ertönt eine weibliche Stimme. »Guten Morgen, liebe Gäste, hier spricht Lucy. Ich hoffe, Sie haben den Blizzard gut überstanden und sind nun voller Tatendrang. Hier kommen die Veranstaltungshinweise. Heute Nachmittag um zwei öffnet der Sessellift wieder, dann bieten wir eine kostenlose geführte Skitour an. Dauer drei Stunden. Wer Interesse hat, findet sich bitte um Viertel vor zwei samt Ausrüstung vor dem Lift ein.«

Hm, interessant.

Lucy zählt weitere Events am Abend auf, gibt einen Hinweis auf den Besuch von Santa Claus morgen Nachmittag und verabschiedet sich.

»Wie sieht es aus? Wollen wir die Tour mitmachen?«

Alyssa zuckt mit den Schultern und lächelt schief.

»Tut mir leid, ich kann kein Ski fahren.«

»Das ist schade. Hm, was wollen wir stattdessen unternehmen?«

»Nein, nein, nein! Du nimmst an dem Ausflug teil und ich vergnüge mich im Buchcafé.«

»Bist du sicher? Wir finden bestimmt auch etwas anderes.«

»Brandon, bitte. Wie ich schon mal gesagt habe, du musst mich nicht rund um die Uhr bespaßen, nur weil wir wegen dir oder der Firma hier festsitzen. Ich kann mich bestens selbst beschäftigen und werde es sogar genießen, keine Bange.«

»Bist du immer so unkompliziert?«

»Ich denke, schon. Aber das kommt vermutlich auf den Blickwinkel an. Letztens meintest du noch, es sei total trostlos, die Abende zu Hause zu verbringen.«

»Das sollte ich wohl überdenken.«

»Tu das. Wie wäre es in der Zwischenzeit mit einem weiteren Punsch?«

»Gute Idee.« Ich leere meinen Becher und strecke die Hand nach ihrem aus.

Stattdessen nimmt sie mir meinen weg. »Die Runde geht auf mich.«

Damit dreht sie sich um und marschiert zum Verkaufsfenster, um sich am Ende der Schlange einzureihen.

Ich schaue ihr nach und lächele.

Irgendwie freue ich mich auf die restliche Zeit, die wir hier zusammen festsitzen.

# Alyssa

## Kapitel 7

Voller Vorfreude marschiere ich um das Gemeinschafts-zentrum herum und auf den Buchladen zu. Rechts sitzen Gäste, aber beim Anblick des linken Schaufensters steigt Euphorie in mir auf.

Habe ich etwa Glück?

Unter dem Bimmeln des Türglöckchens schlüpfe ich ins Ladengeschäft von *Carol's Books & Café* und schaue nach links. Die gepolsterte dunkelrote Sitzbank mit den vielen Kissen ist tatsächlich frei, perfekt.

Wärme sowie leise Weihnachtsmusik empfangen mich und sofort fühle ich mich wohl. Ich befreie mein Buch aus der zu engen Innentasche, streife den Mantel ab und lege beides auf die Polster, stelle mich vor den Kamin in der Ecke daneben und wärme mich einen Augenblick auf.

»Hallo, da sind Sie ja schon wieder.«

Ich drehe mich um und erblicke die Inhaberin des Ladens hinter der zweigeteilten Ladentheke, Carol persön-lich. »Hallo, Ms. Bernard.«

»Ach, ich bitte Sie. Carol reicht vollkommen.«

»Gern. Ich bin Alyssa.«

»Haben Sie diesmal Zeit für einen Kaffee?«

»Oh, ja, wenigstens drei Stunden. Aber ich hätte gern

eine Ihrer heißen Schokoladenkreationen.«

»Welche darf es denn sein?«

»Überraschen Sie mich.«

Sie lächelt. »Okay.«

Die zierliche Afroamerikanerin mit dem kurzen geglätteten Haar, dessen Ponyfransen knallrot gefärbt sind, dreht sich zur Kaffeemaschine um und beginnt zu hantieren. Ich nutze die Gelegenheit, meinen Blick durch den Laden schweifen zu lassen.

Im Gegensatz zu gestern ist kaum etwas los, weil vermutlich alle wieder auf der Skipiste sind. Was es mir ermöglicht, den gemütlichen Laden in seiner vollen Pracht und ausgiebig zu bewundern.

Beide Schaufenster sind mit gepolsterten Sitzbänken und niedrigem Tisch ausgestattet. In der linken Ecke verbreitet der geschlossene Kamin eine heimelige Wärme, in der rechten leuchtet der liebevoll geschmückte Weihnachtsbaum. Daneben beginnt die Ladentheke, die auf einer Seite Kuchen, Gebäck sowie ein hochmodernes kleines Bezahlsystem beherbergt, und dahinter thront die Kaffeemaschine. Auf der anderen Seite gibt es eine ältere Kasse für den Buchverkauf. Zwischen der Theke und der linken Seitenwand stehen eine Handvoll Tische, erst dahinter befindet sich der eigentliche Buchladen.

»Kann ich meinen Mantel liegenlassen und stöbern?«

»Natürlich, gehen Sie ruhig, ich habe ein Auge darauf.«

»Danke.«

Schon laufe ich los, schlendere durch die verwinkelten Bereiche, deren Wände vom Boden bis zur Decke mit Regalen und Büchern gefüllt sind.

Genauso wie im Café vorn ist hier alles festlich geschmückt sowie mit unzähligen Lichterketten versehen und von so manchem Deckensturz hängt ein Mistelzweig herab. Außerdem sind die Bücher selbst so liebevoll in

Szene gesetzt, dass ich mich gar nicht daran sattsehen kann. Zwischendrin finde ich obendrein immer wieder weihnachtliche Figuren oder Dekorationsgegenstände, die zu den Titeln oder dem Genre passen und meine Aufmerksamkeit auf interessante Lektüren lenken.

Am Ende kehre ich mit vier Büchern zurück.

»Prima, dann kann ich die Schokolade jetzt vollenden.«

Ich lächele verlegen und bleibe vor dem Tresen stehen. »Tut mir leid, war ich sehr lange weg?«

»Ach, was. Außerdem kenne ich das zur Genüge, meine Kunden verlieren hier drin jegliches Zeitgefühl.«

Mit einem Seufzen gehe ich zum Schaufenster, lege die Bücher auf dem Tisch ab und sinke auf die Sitzbank. »Ich wünschte, bei mir zu Hause gäbe es ein solches Buchcafé. Ich wäre Stammkunde und würde vermutlich mein halbes Gehalt dort ausgeben.«

»Woher kommen Sie denn, wenn ich fragen darf?« Carol tritt hinter der Theke hervor, in der Hand meine Schokolade mit Sahnehaube, und läuft zu mir herüber. Über dem grauen Winterkleid trägt sie eine schwarze Schürze mit dem Logo des Ladens auf der Brust und von ihren Ohrläppchen baumeln aufgeschlagene Miniaturbücher.

»Aus Denver. Oh, mein Gott, ist die schön!« Voller Entzücken betrachte ich die bauchige weiße Porzellantasse auf dem Unterteller, den sie mir hinstellt. Sie ist mit dem silbernen Schriftzug des Ladens versehen und ein Engelsflügel bildet den Griff, ebenfalls versilbert.

»Nicht wahr? Und jede besitzt ein eigenes Buchzitat auf der Rückseite.«

Natürlich drehe ich die Tasse sofort um und lese es.

*Lies, um zu leben.* – Gustave Flaubert

Ich seufze auf. »Wie wahr.«

»Machen Sie allein Urlaub hier?«

»Hm?« Ich sehe zu ihr auf. »Oh, nein, ich mache keinen Urlaub. Mein Boss und ich waren nur für ein paar Stunden in der Stadt und dann hat der Blizzard uns hier festgesetzt.«

»Zusammen mit Ihrem *Boss?* Klingt spaßig.« Die Ironie in ihrer Stimme lässt mich lächeln.

»Ja, das habe ich auch im ersten Moment gedacht. Aber irgendwie ...« Mein Blick richtet sich ins Leere und ich erinnere mich an den Anblick seines Oberkörpers.

Seine Nähe im Schnee.

Und wie er mir die Hände gewärmt hat.

Außerdem verzichtet er beim Essen inzwischen auf Fleisch, was mehr als rücksichtsvoll ist. Und er hat sich bereits gemerkt, wie ich meinen Kaffee trinke.

Prompt klopft mein Herz schneller.

Schon springt mein Kopf zurück zu der Schneeballschlacht, wie wir zusammen zu Boden gefallen sind, er halb auf mir gelandet ist.

Aus meinem Bauch steigt schon wieder dieses Glühen auf und mein Schoß pocht vor Sehnsucht.

Wenn dieser Kerl mit seinem Sturz uns nicht unterbrochen hätte ...

*Denk gar nicht erst darüber nach, Lys.*

»Sind Sie sicher, dass er noch Ihr Boss ist?«

Ich blinzele, starre sie an. »Natürlich, was denn sonst?«

»Nur so ein Gefühl.« Sie zwinkert mir zu, wendet sich ab und kehrt hinter den Tresen zurück.

Verwirrt schaue ich ihr nach und weiß nicht, was ich von ihrer Bemerkung halten soll.

Als ob sie mir meine Gedanken angesehen hätte.

Gott, wie peinlich!

Im nächsten Moment wird die Tür geöffnet und die beiden eintretenden Frauen bringen einen Schwall kalter Luft mit, der mich schaudern lässt.

Weshalb ich mit beiden Händen nach der Tasse greife, um sie vorsichtig an meine Lippen zu führen und durch die Schlagsahne hindurch an der heißen Schokolade zu nippen. Der Geschmack begeistert mich so sehr, dass ich noch einen zweiten und dritten Schluck nehme, bevor ich sie wieder abstelle.

Ich schmecke Lebkuchen heraus, Marzipan sowie einen Schuss Alkohol. Später muss ich Carol nach dem Rezept fragen. Und am besten eine zweite Tasse davon trinken.

Mit dem ersten Buch vom Stapel ziehe ich mich auf die Sitzbank zurück und kuschele mich in die Kissen. Schlage vorsichtig den Buchdeckel auf und lese das erste Kapitel.

Zwei der ausgesuchten Bücher können mich überzeugen, die anderen bringe ich zurück zu ihren Regalplätzen. Dann bestelle ich mir im Vorbeigehen eine weitere Tasse *Wintermagie*, mache es mir mit meinem eigenen Buch gemütlich und versinke in der Story.

»Und? Wie gefällt es Ihnen?«

Erschreckt schaue ich auf und in Carols lächelndes Gesicht. »Was?«

»Das Buch, das ich Ihnen gestern empfohlen habe.« Mit dem Kinn deutet sie auf das Taschenbuch auf meinem Schoß, tauscht frische Schokolade gegen leere Tasse.

Ich lache verlegen. »Oh, das! Es ist wunderbar, danke. Ich habe gestern vor dem Schlafengehen angefangen und konnte erst bei der Hälfte aufhören, mitten in der Nacht.«

»So ist es richtig.«

»Stimmt.«

Sie zieht sich zurück und ich tauche erneut in den Weihnachtsroman ein.

Wenigstens gelingt es mir, die Uhrzeit im Auge zu behalten und mich früh genug von dem Buch loszureißen. Schließlich muss ich mich noch für die Weihnachtsfeier zurechtmachen.

Als ich mit meiner Papiertüte das Apartment betrete, rauscht im Badezimmer bereits das Wasser. Was sogleich eindeutige Bilder in meinem Kopf hervorruft.

Von ihm unter der Dusche.

Wie ich zu ihm in die Kabine steige und ...

Herrgott, mach endlich, dass es aufhört!, flehe ich stumm und stelle die Tasche aus dem Buchladen auf meinen Nachttisch.

*Vielleicht solltest du aufhören, so heiße Liebesgeschichten zu lesen.*

Und mir den letzten Spaß versagen, den ich noch habe? Niemals!

Aus dem Wohnbereich ertönt ein Klopfen und ich halte inne, lausche.

Kurz darauf klopft es erneut und eine männliche Stimme ruft: »Mr. Kentwood? Kundenservice.«

Überrascht laufe ich zur Tür, öffne sie und sehe mich Paul gegenüber.

»Hallo!«

Zwei Sekunden lang starrt er mich überrascht an, dann springen seine Mundwinkel förmlich in ein breites Lächeln. »Oh, hallo, Alyssa.«

»Brandon steht gerade unter der Dusche, kann ich stattdessen irgendwie helfen?«

Wieder stutzt er, fängt sich diesmal schneller. »Sie sind sogar genau die Richtige. Ich habe Ihnen etwas mitgebracht.«

Der Geschäftsführer des *White River Escape* dreht sich halb zur Seite und deutet hinter sich. Dort steht ein junger Mann in Arbeitskleidung und lächelt mich an, die Hand auf dem Griff eines Transportwagens. Den zieht er in mein Blickfeld und es erscheint ein komplett geschmückter Weihnachtbaum.

Ich reiße die Augen auf.

»Oh, wow, ist der schön! Ist der für uns?«

Er zuckt lässig mit den Schultern. »Ich weiß nicht, ob Ihrem Boss so etwas gefällt, aber ich habe mir gedacht, Sie würden sich bestimmt über ein wenig Weihnachtsstimmung freuen, wenn Sie schon hier festsitzen.«

»Mein Gott, ja, das ist so lieb von Ihnen. Kommen Sie herein!« Ich öffne die Tür ganz und weiche in die offene Küche zurück, um ihnen Platz zu machen.

Paul lässt seinem Mitarbeiter den Vortritt und lehnt die Tür an. Dann hilft er dem jungen Mann, den Baum unfallfrei vor dem kleineren Fenster neben dem Kamin aufzustellen und an den Strom anzuschließen.

Sobald die vielen Lichter aufleuchten und sich in den goldenen Kugeln an den künstlichen Ästen spiegeln, steigt mein Wohlgefühl und ich lächele verträumt.

Der Mitarbeiter verabschiedet sich und verlässt das Apartment, sein oberster Vorgesetzter bleibt neben mir stehen.

»Gefällt er Ihnen?«

»Oh, ja, und wie! Vielen lieben Dank.«

»Gern geschehen. Hätten Sie heute Abend noch Zeit und Lust auf einen Drink? Ich mache gegen halb sieben Feierabend.«

In mir steigt Befangenheit auf. Ich will ihn auf keinen Fall vor den Kopf stoßen, aber es hätte eh keine Zukunft. Zum Glück muss ich mir nicht einmal eine Ausrede einfallen lassen.

»Das ist wirklich sehr lieb von Ihnen, aber wir müssen gleich zur Weihnachtsfeier unserer Außenstelle.«

»Und wie wäre es mit morgen? Ich könnte mir am Nachmittag eine Stunde für einen Kaffee freischaufeln, falls es abends nicht passt.«

»Schon eher, aber versprechen kann ich nichts.«

»Sind Sie am Nachmittag draußen anzutreffen? Es gibt

einen kleinen Weihnachtsmarkt mit Künstlern sowie Unternehmern der Region und Santa kommt für die Kinder. Wir könnten uns treffen und nach einer Uhrzeit schauen.«

»Ja, das können wir machen.«

»Super. Dann später viel Spaß auf der Party, wir sehen uns morgen.«

»Bis morgen.«

Ich folge ihm zur Tür und schließe sie hinter ihm. Stoße erleichtert die Luft aus und gehe zum Weihnachtsbaum, um ihn zu betrachten. Bei dem Anblick breitet sich dieses wunderbare Weihnachtsgefühl in meiner Brust aus, wodurch ich mich gleich viel besser fühle. Irgendwie ist das hier doch wie ein kleiner Urlaub.

Schließlich suche ich den Radiosender von gestern Abend heraus und laufe summend in die Küche, um mir einen Tee zu kochen.

Als ich den Beutel wieder herausziehe, klickt es und Brandon öffnet die Badezimmertür. »Hey, du bist schon da.«

Ich nicke. »Ich muss auch noch ins Bad.«

»Wir haben genug Zeit.« Er wendet sich in Richtung Wohnzimmer, entdeckt den Weihnachtsbaum und lächelt.

»Ah, wunderbar.«

»Ist er nicht schön? Und so eine tolle Geste von Paul, dass er den Baum vorbeigebracht hat.«

Da sieht er mich an, die Brauen gehoben. »Der ist von Mr. McVey?«

»Ja.«

»Hat er das gesagt?«

Ich runzele die Stirn. »Ja, wieso?«

Sein Gesicht verhärtet sich, er dreht sich weg und murmelt etwas, das sich anhört wie »dieser kleine Wichser«.

»Was hast du gesagt?«

»Nichts, alles prima. Das Bad ist übrigens frei.« Damit geht er ins Wohnzimmer, setzt sich auf die Couch und greift nach der Fernbedienung, um von Radio auf Fernsehen umzuschalten.

»Okay, dann suche ich jetzt mein Zeug zusammen.«

Verwirrt wende ich mich ab, nehme die Teetasse und gehe ins Schlafzimmer.

Habe ich etwas verpasst?

*

»Noch einmal vielen Dank für die Einladung, Derek.«

»Ach, was, das ist doch selbstverständlich, wenn ihr schon hier seid.«

Er schlägt meine dargebotene Hand aus, zieht mich in eine unbeholfene Umarmung und nuschelt: »Kommt gut zurück in die Wohnanlage, wir sehen uns Montag.«

»Danke.« Grinsend tätschele ich seinen Rücken und trete zurück. Er hat heute Abend definitiv genug getrunken.

»Dir auch gute Nacht, Brandon.« Derek will meinen Boss umarmen, doch der weicht ihm aus, klopft ihm auf die Schulter.

»Danke, Derek. Bis Montag.« Er hebt den Kopf. »Und euch allen einen schönen Restabend.«

Mehrstimmiges, heiteres »Danke, gute Nacht« schallt uns von den Mitarbeitenden und ihren Partnern entgegen.

Wir winken ihnen ein letztes Mal zu und verlassen das Restaurant. Ziehen die Reißverschlüsse zu, Handschuhe über und Mützen auf, dann wenden wir uns Richtung Hauptstraße und spazieren los.

Die Lokale, an denen wir bis dahin vorbeikommen, sind prall gefüllt und von überall schallen Stimmen sowie Gelächter zu uns herüber, manchmal sogar Musik.

Auf dem Weg sehen wir das ein oder andere Auto beziehungsweise Menschen, aber die Straße selbst liegt wie ausgestorben da. Und da hier nur wenig Licht von den Häusern und Laternen Richtung Gehweg fällt, kann man Millionen Sterne am dunklen Himmel funkeln sehen.

Außerdem ist es für mich ungewohnt ruhig. Nur der eisige Wind rauscht in den verschiedenen Bäumen und gelegentlich ist der Ruf einer Eule zu hören.

Schließlich seufze ich leise. »Ist das nicht wunderschön? In Denver ist es viel zu hell für solch eine Aussicht.«

»Oh ja, es ist fantastisch. Als Kind war ich oft mit meinem Großvater wandern und sobald die Nacht hereinbrach, haben wir dagelegen und die Sterne beobachtet. Ich habe es geliebt.«

»Klingt toll.«

»War es.«

Ich höre die Melancholie in seiner Stimme und lächele. »Lebt dein Großvater noch?«

»Nein, er ist leider vor ein paar Jahren verstorben.«

»Tut mir leid. Vermisst du ihn?«

»Selten. Mir fehlt die Zeit dazu.«

»Wie zu so vielen Dingen.«

»Leider, ja.«

Ich werfe ihm einen Blick zu. »Aber ärgerst du dich nicht, etwas zu verpassen? Dinge wegen deiner Firma aufzuschieben, bis du sie nicht mehr machen kannst?«

»Ehrlich gesagt habe ich nie darüber nachgedacht.«

»Vielleicht sollten wir das viel öfter tun. Um auf dem Sterbebett nichts zu bereuen.«

Einen Moment bleibt es still und ich hänge meinen Erinnerungen nach.

»Denkst du an etwas Bestimmtes?«

»Ja, aber ...«

»Du möchtest nicht darüber reden.«

Ich schmunzele. »Am Ende geht es immer nur um verpasste Chancen, vergeudete Zeit und ob man sich traut, seinem Herzen zu folgen. Das zu tun, was man wirklich will. Und sein zu lassen, was einem schadet.«

»Wie weise.«

»Ach, kaum der Rede wert. Und auch nur, weil ich es auf die harte Tour lernen musste.«

»Ist das nicht immer so?«

»Anscheinend.«

Eine Weile schweigen wir und ich überlege, was ihm Negatives widerfahren ist, dass er so seltsam geheimnisvoll klingt.

Unvermittelt seufzt er leise. »Ich hasse diese Jahreszeit.«

»Den Winter? Geht mir ähnlich. Ich liebe den Schnee, aber ... wenn es nur nicht so kalt wäre.«

»Nein, ich meine Weihnachten.«

Ich lache leise. »Weihnachten ist keine Jahreszeit, sondern ein Gefühl.«

»So kann man es auch definieren.«

»Was ist verkehrt daran?«

»Für mich ist es von allem zu viel. Zu viel Dekoration, zu viel schmalzige Musik, zu viel ... Emotionen.«

»Aber es kann eine sehr bedeutende Phase sein. Zum Beispiel für eine innere Einkehr und Analyse. Indem man mal innehält und sich darauf besinnt, was einem wirklich wichtig ist. Sich daran erinnert, was man vielleicht im Trubel des Jahres verloren hat. Zeit mit Freunden und Familie, Zeit für sich selbst. Und Mitgefühl, *das* ist für mich der Geist der Weihnacht.«

Ich zucke mit den Schultern. »Weißt du, manchmal habe ich den Eindruck, dass unsere Welt immer kälter wird. Für die Karriere geben wir uns selbst auf, für den Erfolg unsere Träume, für Ansehen und das große Geld unsere Werte. Aber darin finden wir kein Glück. Es geht darum, was uns Menschen ausmacht. Die Liebe. Einerlei, auf welcher Ebene. Und da Weihnachten das Fest der Liebe ist, hilft es, uns all das immer wieder vor Augen zu führen. Ja, okay, es gibt Menschen, die es übertreiben. Wo es in Kitsch oder Kommerz abdriftet. Doch der Kern bleibt gleich.«

Brandon schweigt und ich merke erst jetzt, wie leidenschaftlich ich mich da hineingesteigert habe.

Verdammt.

Kurz kneife ich die Augen zusammen, starre zum Himmel hinauf und lausche auf das Knirschen des Schnees unter unseren Füßen.

Ob ich mich für diesen Ausbruch entschuldigen sollte?

Nein. Es ist meine Meinung und dafür werde ich mich niemals entschuldigen.

Auch nicht bei meinem Boss.

Obwohl ich ihn kaum noch auf diese Weise wahrnehme.

Gerade jetzt sehe ich nur Brandon, den Mann.

Und vielleicht habe ich seine Gefühle verletzt.

Mist.

Ich seufze. »Tut mir leid, falls ich dich damit überfahren habe.«

»Was? Oh, nein, ich ... wow!«

Verwirrt schaue ich ihn an. »Wow?«

Er lacht leise. »Ja, das war ... wow.«

»Scheiße wow?«

»Beeindruckend wow. Unter diesem Aspekt habe ich das noch nie betrachtet.«

»Das tun die wenigsten.«

»Hm.«

Okay, ich habe genug gequatscht, jetzt halte ich lieber die Klappe.

Hinter der nächsten Kurve führt ein gerades Stück

Straße zur Rückseite des *White River Escape* hinab und wir erreichen die Einfahrt zu einem Parkplatz.

Brandon deutet dorthin. »Hier können wir abbiegen, da führen Treppen zu unserer Lodge.«

»Ah, super.«

Ich folge ihm die Zufahrt hinauf, dann die Treppen und schließlich zum Haus.

Im Apartment hängen wir unsere Mäntel in den Garderobenschrank und ich gehe in die Küche, um mir ein Glas Wasser für die Nacht mitzunehmen.

»Hast du Lust, noch ein Glas Wein mit mir zu trinken? Ich habe vorhin zwei Flaschen aus dem italienischen Restaurant mitgebracht, in dem wir gestern gegessen haben.«

»Das ist sehr lieb von dir, aber ich bin ziemlich müde.«

»Schade. Möchtest du dann zuerst ins Bad?«

»Ja, danke.« Mit einem entschuldigenden Lächeln laufe ich an ihm vorbei.

»Ach, übrigens, Alyssa?«

Vor der Schlafzimmertür drehe ich mich noch einmal zu ihm um. »Ja?«

Er lächelt. »Du solltest Weihnachtsbotschafterin werden.«

Kurz denke ich darüber nach und nicke. »Gute Idee. Ich hätte sogar schon einen Slogan.«

»Und der wäre?«

»Braucht nicht jeder ein bisschen Weihnachten?«

Schmunzelnd zwinkere ich ihm zu, dann betrete ich den Raum, um alle Utensilien fürs Bad zusammenzusuchen.

*

Ich verstehe es nicht.

Ich war vorhin so müde, mir sind beim Lesen sogar die Augen zugefallen. Und nun liege ich da und kann nicht einschlafen.

Alle Methoden, die ich kenne, um aus dem Gedankenkarussell auszusteigen, habe ich bereits ausprobiert.

Ohne Erfolg. Mir geht viel zu viel im Kopf herum und im Zentrum steht der Mann, der im Wohnzimmer auf der Couch schläft, obwohl seine Füße über die Armlehne ragen.

Seufzend drehe ich mich auf die Seite, aktiviere mit einem Tippen das Display meines Smartphones und hebe es an einer Seite an, sodass ich die Uhrzeit lesen kann. Gleich halb eins.

Unvermittelt höre ich leises Klappern, dann ein Klirren, wie von Glas.

Sofort hämmert mein Herz los.

Ist das ein Einbrecher?

*Du blöde Kuh, Brandon ist doch da.*

Stimmt. Oh, dann ist er vielleicht wach und holt sich etwas zu trinken.

Mein Blick fällt auf das leere Wasserglas auf meinem Nachttisch. Das wäre die Gelegenheit, um Nachschub zu besorgen.

Zwei Sekunden überlege ich noch, dann schlage ich die Decke zurück und schwinge die Beine aus dem Bett.

Mit dem Glas in der Hand tappe ich zur Tür, öffne sie vorsichtig und halte inne. Im Wohnbereich brennt Licht.

Ich schlüpfe durch die Lücke, gehe zwei Schritte und bleibe überrascht stehen.

Im Licht des Weihnachtsbaums sitzt Brandon auf dem Boden, in Pyjamahose und kurzärmeligem Shirt, zwischen Sessel und Couchtisch, und schenkt sich gerade ein Glas Wein ein. Aus dem dunklen Fernseher tönt leise Jazzmusik.

Nein, Christmas-Jazz.

In meiner Brust breitet sich ein seltsames Gefühl aus, eine Mischung aus Wärme und unterschwelliger Sehnsucht.

*Du wolltest nur Wasser holen!*

Also laufe ich weiter in den Raum hinein. »Du bist ja noch wach.«

Sein Kopf fährt hoch, er stößt die Luft aus. »Ja. Und nein. Ich kann nicht einschlafen.«

»Ich auch nicht. Deshalb wollte ich mir noch Wasser holen.« Wie zur Erklärung halte ich mein Glas hoch.

»Dann nimm dir doch ein Weinglas und setz dich zu mir.«

Im ersten Moment will ich das abwehren, doch in derselben Sekunde wird mir klar, dass ich sehr gern ein Glas Wein mit ihm trinken möchte. Und ich möchte mich mit ihm unterhalten. Unsere Gespräche waren bisher immer irgendwie schön.

Weshalb ich nicke und in die Küche gehe. Ich fülle mein Glas mit Wasser, hole mir ein Rotweinglas aus dem Schrank und laufe in den Wohnbereich. Dort stelle ich die Gläser auf dem Tisch ab und während er mir Rotwein einschenkt, nehme ich mir zwei Kissen von dem freien Sessel. Werfe sie ihm gegenüber neben dem Couchtisch auf den Boden und lasse mich darauf nieder. Den rechten Fuß ziehe ich unter meinen Hintern, den linken stelle ich dicht davor auf.

Dann ergreife ich mein Glas, wir stoßen schweigend miteinander an und trinken einen Schluck.

»Und was hält *dich* wach?« Er legt den Anti-Stress-Ball beiseite, den er in der linken Hand gehalten hat.

Ich schmunzele. »Unser Gespräch über Weihnachten.«

»Mich auch.« Sein Blick senkt sich auf das Weinglas, seine Lippen verziehen sich zu einem resignierten Lächeln und ich kann mich nicht von seinem Mund losreißen.

Die vollere Unterlippe und die Oberlippe, die mittig von dem sanft geschwungenen Amorbogen betont wird, haben etwas sehr Sinnliches an sich, das mich fesselt. Und was genau wie der Rest von ihm neuerdings extrem anziehend wirkt.

*Mach dir nichts vor, er hat dir schon immer gefallen, aber es hat dich eingeschüchtert.*

Tja, und jetzt?

*Denk am besten nicht darüber nach.*

Schnell trinke ich noch einen Schluck, suche nach einem unverfänglichen Thema. Doch da uns die Angelegenheit anscheinend beide beschäftigt, spreche ich die Frage aus, die mir am meisten im Kopf herumspukt.

»Darf ich fragen, warum du Weihnachten hasst?«

Brandon sieht auf, zuckt mit den Schultern. »Eigentlich hasse ich es nicht, aber ... mit den Jahren hat es einen unangenehmen Zug angenommen. Demnach vermeide ich alles, was damit zu tun hat.«

»Ist etwas passiert?«

»Nein, nicht im eigentlichen Sinne. Meine Eltern fragen bei dieser Gelegenheit nur immer häufiger danach, wann ich denn heiraten und eine Familie gründen will. Deswegen besuche ich sie zu den Feiertagen meistens allein. Letztes Jahr bin ich das Risiko eingegangen und habe meine Freundin mitgenommen. Was leider nach hinten losgegangen ist. Am Ende haben Lindsay und ich uns gestritten, weil ich ihr noch immer keinen Antrag gemacht habe.«

»Wie lange seid ihr schon zusammen?«

»Sie hat sich im Sommer von mir getrennt.«

»Das tut mir leid.«

»Ich war verdammt erleichtert darüber.« Er führt das Glas an die Lippen und nimmt einen großen Schluck Rotwein.

»Oh.«

»Klingt furchtbar, oder?«

»Aber es ist das, was du fühlst. Demnach war sie nicht die Richtige für dich.«

»Vermutlich gibt es die nicht.«

Meine Brust zieht sich vor Mitgefühl zusammen. »Wie kommst du darauf?«

»Erfahrungswerte.«

»Über die du anscheinend nicht sprechen möchtest.«

Da sieht er mir geradewegs in die Augen und ich meine, in seinen dunkelbraunen Iriden eine Mischung aus Enttäuschung, Schmerz und Resignation zu erkennen.

»Ich befürchte, sie zeichnen ein wenig schmeichelhaftes Bild von mir. Insofern behalte ich sie lieber für mich.«

»Okay, aber falls du dein Herz doch mal ausschütten möchtest – als Personalerin kann ich schweigen wie ein Grab. Und meistens hilft es. Also, das Reden.«

»Vielleicht hast du recht.« Wieder nippt er am Wein, sein Blick richtet sich ins Leere.

Und als ich schon überlege, wie ich zu einem anderen Thema überleiten könnte, holt Brandon doch noch tief Luft.

»Zum Ende des Studiums war ich knapp drei Jahre mit Nicole zusammen. Sie hat Jura studiert und ich habe bereits mein Unternehmen geplant. Wir haben uns unsere Zukunft in Denver ausgemalt und ich wollte ihr einen Heiratsantrag machen, sobald *Kentwood Real Estate* auf sicheren Beinen steht, spätestens nach einem Jahr. Aber wenige Monate vor dem Abschluss hat sie gemeint, sie wolle selbst Karriere machen und würde dafür nach Boston gehen. Nicht einmal zu Kompromissen war sie bereit, und ich habe wirklich alles versucht. Seitdem ... habe ich das Leben genossen, mich auf wenige Beziehungen eingelassen und bin lieber oberflächlich geblieben.«

»Aus Angst, noch einmal dermaßen verletzt zu werden.«

»Ja, das war mir eine Lehre.«

»Interessant, dass es dir bewusst ist. Die meisten Menschen denken kaum über ihr Verhalten nach, geschweige denn, dass sie es hinterfragen.«

Er verzieht das Gesicht. »Ich gebe zu, es wurde mir mal ins Gesicht geschleudert. Aber ich habe mich erst hier damit auseinandergesetzt. Schon praktisch, wenn man sonst nichts zu tun hat.«

Ich verdrehe theatralisch die Augen. »Welch ein Mist aber auch!«

»Ja, echt Scheiße.«

»Und deshalb hat Lindsay sich von dir getrennt.«

»Sie meinte, ich sei schon mit meiner Firma verheiratet, da sei für sie kein Platz und das habe sie nicht verdient. Womit sie recht hat. Ich habe mich mit jedem Tag mehr in die Arbeit gestürzt statt in die Beziehung.«

Tylers Gesicht taucht vor meinem inneren Auge auf, mein Magen verkrampft sich.

»Willkommen im Club.«

»Was? Du bist doch kein Workaholic!«

»Nein, aber mein Ex-Freund ist einer. Und ich war nur eine Randfigur in seinem Leben.«

»Das tut mir leid.«

Ich lächele schief. »Ach, komm schon, tu nicht so! Was den Job angeht, seid ihr aus dem gleichen Holz geschnitzt.«

»Trotzdem tut es mir leid, dass du diese Erfahrung machen musstest.«

Eine sanfte Wärme glüht in meiner Brust auf. »Danke.«

»Führt er ebenfalls ein Unternehmen?«

»Nein, Tyler ist Arzt. In dem Krankenhaus, in dem ich vorher gearbeitet habe. Sein Ziel ist es, zum Chefarzt der

Klinik aufzusteigen. Da kann er keine Frau an seiner Seite gebrauchen, die Zeit mit ihm verbringen will. Nur habe ich das zu spät bemerkt.«

»Du hast also nicht gewusst, worauf du dich einlässt.«

»Nein. Wir haben uns nur selten gesehen, aber das war kein Problem für mich. Zumindest am Anfang. Doch dann musste ich immer öfter meine eigenen Interessen hintanstellen, mein Leben nach seinem ausrichten. Ich war verliebt, hatte Hoffnungen, also habe ich es getan. Und musste schließlich feststellen, dass ich an seinem ausgestreckten Arm verhungert bin. Er hat mich genauso wenig an sich herangelassen, wie du Lindsay.«

»Was mir im Nachhinein ebenfalls leidtut.«

»Hast du ihr das gesagt?«

»Nein, wozu?«

»Vielleicht solltet ihr euch mal aussprechen. Damit sie weiß, warum es so gelaufen ist. Und vielleicht findet ihr ja doch noch zueinander.«

»Ich glaube kaum, dass wir eine gemeinsame Zukunft haben. Sie steht im Rampenlicht, braucht die Aufmerksamkeit, für sie ist alles eine Show. Das ist nicht meine Welt. Und wenn ich mein Arbeitspensum drosseln würde, würde sie mich nur noch öfter zu solchen Veranstaltungen schleppen wollen.«

»Aber anscheinend denkst du darüber nach, diesen Kompromiss einzugehen.«

Brandon schüttelt den Kopf. »Gestern früh, als ich bei der Polizei erfahren habe, wie lange wir hier festsitzen, da hat mein Leben eine verdammte Vollbremsung durchgeführt. Du kannst dir gar nicht vorstellen, wie schlimm es sich angefühlt hat. Wie wenn mich eine Membran eingehüllt und zur Bewegungslosigkeit gezwungen hätte.«

»Und wie geht es dir heute?«

»Viel besser. Weil du hier bist.«

Ohne Vorwarnung rast mein Herz los, ich schlucke. »Was hat das mit mir zu tun?«

»Eine Menge. Nein, eigentlich alles. Unsere Gespräche und vor allem einige Dinge, die du gesagt hast, haben mich zum Nachdenken gezwungen. Nicht nur, weil ich hier zu viel Zeit dafür habe. Dadurch ist mir klar geworden, dass es auf keinen Fall so weitergehen darf. Ich will nicht mit 65 aufwachen und bereuen, etwas verpasst oder manches nicht getan zu haben. Deshalb wäre es kein Kompromiss für eine Beziehung, mein Leben zu ändern. Es wäre das überfällige Zugeständnis an mich selbst.«

Auch wenn ich einen feinen Stich verspüre, ich bin stolz, das bei ihm bewirkt zu haben. »Sieht aus, als wärst du auf einem guten Weg.«

»Danke dafür.«

»Gern geschehen.« Ich proste ihm zu und nippe an meinem Wein.

Danach neigt er den Kopf und mustert mich. »Ist Tyler der Grund für deine eigene Entwicklung? Hast du in diesem Zusammenhang erkannt, was gut oder schlecht für dich ist?«

Ich nicke. »Ja, das war mein Anlass, umzudenken.«

Und der Grund, warum ich seitdem lieber allein bleibe, auch wenn es schon mein zweites Weihnachtsfest als Single ist und ich zu dieser Zeit immer besonders romantisch veranlagt bin. Genauso wie Brandon habe ich keine Lust darauf, erneut dermaßen tief verletzt zu werden.

»Und sieh, was daraus geworden ist. Wir haben erst drei Tage zusammen verbracht, aber ich bin jetzt schon beeindruckt. Von deiner Stärke und Empathie. Deiner Wärme, deinem Mitgefühl. Und deiner Fähigkeit, das Gute aus hoffnungslosen Fällen wie mir herauszukitzeln.«

Verlegen lächelnd winke ich ab. »Oh, bitte!«

»Und ich mag dieses schiefe Lächeln.«

Jetzt klopft mir das Herz bis zum Hals hinauf und ich wage es, ihm in die Augen zu sehen. Mehrere Sekunden lang.

Leider bleibt mir diesmal ein Rätsel, was in ihm vorgeht, und mein Mut sinkt.

Schließlich räuspert er sich und reißt mich damit zurück in die Realität.

»Also danke, dass du so bist, wie du bist. Ein toller Mensch und echter Gewinn für mich. Oh, und natürlich für das Unternehmen.«

Da ist sie wieder, die Firma.

Und mein Boss.

Mein Magen verkrampft sich, ich lächele trotzdem.

Bestimmt ist es besser so.

»Danke, das freut mich. Ich fühle mich auch sehr wohl bei *Kentwood*.«

»Perfekt. Darauf trinken wir.« Er hält mir das Glas hin und ich stoße mit meinem sanft dagegen.

Kaum hat er den Wein hinuntergeschluckt, setzt er einen beiläufigen Gesichtsausdruck auf. »Ach, übrigens. Wie läuft es mit Mr. McVey? Trefft ihr euch auf einen Drink?«

»Nein, ich denke nicht.«

»Er war doch so interessiert an dir.«

»Das ist er vermutlich noch immer, aber wozu soll das gut sein?«

»Ich dachte, für einen Flirt.«

»Paul ist nicht mein Typ. Und selbst wenn er es wäre, Denver ist viel zu weit weg.«

»Ah, okay. Darf ich dir dann etwas über ihn sagen, ohne dass du mir einen miesen Charakter vorwirfst?«

Ich lache auf. »Bitte, nur zu.«

Brandon deutet mit dem Kopf auf den Weihnachtsbaum. »Der ist nicht auf seinem Mist gewachsen, sondern auf meinem. Und dass er es als seine Idee ausgibt, grenzt an arglistige Täuschung.«

»Du? Warum hast du einen Weihnachtsbaum bestellt?«

Da zuckt er lässig mit den Schultern. »Ich wollte die Weihnachtsstimmung heraufbeschwören, die du so vermisst.«

Der nächste Schub warme Dankbarkeit durchströmt mich und mein Herz klopft auch schon wieder los.

»Wow, das ist ... verdammt nett von dir. Und sehr feinfühlig. Danke.«

Erneut sieht er mich seltsam an. »Keine Ursache.«

Seine Stimme ist so weich, dass Verlangen aus meinem Bauch hoch brodelt und Hitze in meinem Körper explodiert. Weshalb ich mich hastig hinter meinem Wein verstecke.

»Und wenn wir zurück in Denver sind, besorge ich noch einen Baum für den Eingangsbereich.«

Die Bemerkung, zusammen mit dem wieder coolen, geschäftsmäßigen Ton, bringt mich mit Wucht auf den Boden der Tatsachen zurück.

Okay, ich hab's kapiert.

»Das ist eine schöne Idee. Ich glaube, viele Mitarbeiter werden sich darüber freuen. Schließlich verbringen wir alle mehr Zeit im Büro als zu Hause, mit der Familie.«

»Gut, dann kümmere ich mich schnellstmöglich darum.«

»Apropos Familie. Fährst du Weihnachten zu deinen Eltern?«

»Natürlich. Ich freue mich trotz allem, sie zu sehen. Genauso wie meine Schwester und ihre Familie.«

»Dann wird das vom Wetter her ja das absolute Kontrastprogramm.«

»Für dich Frostbeule wäre Kalifornien perfekt.«

Ich lache auf.

»Niemals! Zu Weihnachten gehören Kälte und Schnee, dafür leide ich gern mal ein paar Wochen.«

»Wenn du das sagst ...«

»Ja, tue ich. Bleibst du bis Silvester?«

»Nein, da nehme ich an einer Charity-Gala in Denver teil. Leidiges Pflichtprogramm, aber wichtig.« Brandon verzieht das Gesicht. »Und wie verbringst du die Feiertage?«

»Na ja, Heiligabend gebe ich vormittags den Fitnesskurs im Gemeindezentrum meiner Eltern und abends trifft sich mein Freundeskreis wie jedes Jahr zum Essen. Diesmal bei meiner besten Freundin. An Weihnachten sind Liam, seine Freundin und ich bei unseren Eltern. Und an Silvester gehe ich mit Sarah zu einer Party. Genauso ungern wie du.«

»Lass mich raten – du würdest lieber lesen.«

»Bingo. Bücher haben mich, im Gegensatz zu Männern, eben noch nie dermaßen enttäuscht.« Ich zucke mit den Schultern.

»Nun, dann sollte ich es vielleicht auch mal mit einem Buch versuchen.«

»Sag ich doch. Morgen gehe ich mit dir in den Buchladen und Carol soll dir etwas empfehlen.«

»Einverstanden.«

»Sehr schön.« Ich leere mein Glas. »Und jetzt ist es Zeit fürs Bett.«

Er schaut zur Couch hinüber. »Ich glaube, ich beneide dich.«

Mich beißt das Gewissen. »Von mir aus können wir gern tauschen, ich bin kleiner als du.«

»Nein, auf keinen Fall. Da bin ich Gentleman.«

»Oh, bitte! Das ist doch total bescheuert.«

»Nein.«

Er betont das eine Wort so nachdrücklich, dass meine Schuldgefühle anwachsen.

»Okay, dann teilen wir uns das Bett eben.«

»Wie bitte?«

Erschreckt halte ich die Luft an.

Verdammt, warum habe ich das gesagt?

Und wie komme ich da wieder raus?

*Gib es zu, das willst du gar nicht.*

Halt die Klappe.

»Na ja, wo ist das Problem? Wir sind doch beide erwachsen und haben kein Problem damit, oder? Und für deinen Rücken wäre es auch besser.«

»Ich ...«

»Du musst natürlich nicht, ich habe nur gedacht –«

»Alyssa?«

»Ja?«

»Das Angebot nehme ich gern an.«

Ach. Du. Scheiße!

Mir wird heiß und kalt.

»Aber nur, wenn es dir wirklich nichts ausmacht.«

»Schnarchst du?«

»Nicht, dass ich wüsste.«

Ich lächele schief. »Dann werde ich es schon überleben.«

Ein Schmunzeln umspielt seine Mundwinkel. »Wenn doch, schlag mich einfach.«

»Abgemacht.«

»Okay, dann lass uns sehen, ob der Wein uns beim Einschlafen hilft.« Er trinkt aus, schaltet die Musik ab und reicht mir sein Handy. »Würdest du es mit ins Schlafzimmer nehmen?«

»Klar.«

Wir stehen auf und ich räume die Kissen zurück. Er schnappt sich sein Bettzeug und ich laufe mit Wasserglas sowie Smartphone voran.

Letzteres lege ich vorsichtig auf den anderen Nachttisch. Trete zurück, damit er Kissen und Decke ablegen kann, und gehe zu meiner Seite, um das Glas abzustellen. Dann lösche ich das Licht im Flur, lehne die Tür an und drehe mich um.

Im Zwielicht aus Laternen und reflektierendem Schnee, das durch das Fenster hereinfällt, riskiere ich einen schnellen Blick zu Brandon, der sich hinlegt und das Kissen unter seinem Kopf zurecht klopft.

*Scheiße, Lys, was hast du dir da nur eingebrockt?*

Vermutlich die schlimmste Nacht meines Lebens, mit Sehnsucht, Verlangen, Grübeln und Schlaflosigkeit.

Ich krieche unter die Bettdecke, wende ihm den Rücken zu und mache es mir halb auf dem Bauch bequem. »Gute Nacht.«

»Schlaf gut.«

Von wegen!

Wie soll ich in Schlaf finden, wenn mein Boss neben mir liegt?

Den ich wirklich nicht mehr als solchen wahrnehme, sondern nur als Mann.

Einen Mann, der auf mehreren Ebenen eine seltsame Anziehungskraft auf mich ausübt und Gefühle in mir hervorruft, die ...

Ach, keine Ahnung!

Ich sollte lieber versuchen, zu schlafen, anstatt zu grübeln.

Also schließe ich die Augen, spüre sein Gewicht in der Matratze und lausche automatisch seinen regelmäßigen Atemzügen. Gleite überraschenderweise doch bald in die Schwärze.

Und aus heiterem Himmel wird mir bewusst, dass ich wieder wach bin.

Verdammt.

Ich richte meine Sinne aus und stutze.

Etwas hat sich verändert.

Nach der Matratze zu urteilen scheint Brandon anders zu liegen.

Außerdem klingen seine Atemzüge so nah.

Moment mal, sie streifen sogar mein Haar.

Und was ist das eigentlich für ein Gewicht auf meiner Taille?

Hitze schießt durch meinen Körper und ich reiße die Augen auf.

Es ist bereits hell und ich muss blinzeln, doch dann bewege ich vorsichtig den Kopf und hebe in Zeitlupentempo den Arm.

Nur, um nach Luft zu japsen und mich mit wild klopfendem Herzen in die Ausgangsposition sinken zu lassen.

Um meine Körpermitte liegt Brandons Arm, sein Körper nah an meinem.

Und es fühlt sich viel zu gut an, bis in mein Innerstes.

# Brandon

## Kapitel 8

Ich sitze im Wohnzimmer meiner Eltern, zusammen mit meiner Schwester, ihrem Mann und den beiden Kindern. Wir reden und lachen, packen Geschenke aus, und ich bin so froh, dass Mom mich noch nicht nach meiner Familienplanung gefragt hat.

Doch plötzlich taucht Lindsay neben mir auf und überreicht mir ein Päckchen. »Hier, Honey, das ist für dich.«

Ich runzele die Stirn. »Was ist das? Und was tust du hier?«

Sie entblößt nur ihre strahlend weißen Zähne und wirft das Haar über ihre Schulter zurück. »Mach schon auf.«

Also löse ich das Band, hebe den Deckel ab und erstarre. Darin liegen zwei gezackte Hälften eines stilisierten Herzens. Rotglühend und pulsierend.

»*Du* bist schuld, dass unsere Beziehung nicht funktioniert hat. *Du* hast mir das Herz zerrissen«, jammert sie.

Genervt presse ich die Lider zusammen. »Es tut mir wirklich leid, Lindsay, ich wollte dir niemals wehtun, das musst du mir glauben.«

»Das hättest du dir eher überlegen sollen.«

Als ich sie ansehe, verschwindet sie.

Stattdessen taucht Alyssa auf.

Sie sitzt im Lesesessel meiner Mutter, hinten vor dem Bücherregal. Hat die Füße auf die Sitzfläche gezogen und ein aufgeschlagenes Buch in den Händen. Und der Blick, mit dem sie mich ansieht, trifft mich mitten in die Brust.

»Ich will keine Randfigur in deinem Leben sein, das habe ich nicht verdient.«

Ein Luftzug weht durch das Zimmer und ihr Duft erreicht meine Nase ...

Sanft gleite ich in den Wachzustand und meine, Alyssas Duft in der Nase zu haben. Nicht den aus dem Flugzeug, der mir die Sprache verschlagen hat, sondern gemischt mit dem Parfüm, das sie trägt, seitdem wir hier festsitzen. Auch angenehm, aber lange nicht so aufregend.

Was, zum Teufel, will mein Unterbewusstsein mir damit sagen?

Und vor allem mit diesem bescheuerten Traum?

Ich atme tief ein, wodurch der Duft nur stärker wird.

Doch als ich mich rekeln will, halte ich entsetzt inne, reiße die Augen auf.

Fuck, was habe ich getan?

Viel zu dicht liege ich hinter ihr und mein Arm ruht auf ihrer Taille. Durch die Decke hindurch spüre ich ihre Wärme. Das hellblonde Haar ist auf dem Kissen ausgebreitet, entblößt ihren Nacken, und in mir kocht Verlangen hoch.

Der Wunsch, sie genau jetzt und dort zu lecken, zu küssen. An ihrer empfindlichen Haut zu schnuppern und zu knabbern.

Die Hand in ihre Pyjamahose zu schieben, sie zu streicheln und mit einem Finger in sie einzudringen.

Bei dieser Vorstellung zuckt mein Schwanz vor Begeisterung und meine morgendliche Erektion schwillt weiter an.

Meine Fantasie dreht auf und zeigt mir, wie sie sich vor Lust unter mir windet. Wie sie meinen Namen schreit, wenn ich sie zum Höhepunkt ficke.

Mir entschlüpft ein Stöhnen und der Laut schleudert mich in die Realität zurück.

Verdammt! Ich muss hier weg, bevor sie aufwacht.

Wie soll ich ihr sonst diese Peinlichkeit erklären?

Den vorwurfsvollen, enttäuschten Blick aus ihren wunderschönen hellgrünen Augen ertragen?

Nein, ich will, dass sie mich auf eine ganze andere Art anschaut.

*Herrgott, darüber kannst du später nachdenken, jetzt hau erst einmal ab!*

So langsam und vorsichtig wie möglich hebe ich den Arm von ihrem Körper, der regungslos unter der Decke liegt. Rolle mich auf die andere Seite und aus dem Bett.

Das Handy in der Hand schleiche ich zur Tür und erwarte jeden Moment, dass sie mich fragt, was hier los ist. Doch ich schaffe es, unbemerkt das Schlafzimmer zu verlassen und die Tür beinahe geräuschlos hinter mir zu schließen.

Mit einem erleichterten Seufzer tappe ich in den Wohnbereich, lege das Telefon auf den Esstisch. Falte die Hände auf dem Kopf und tigere von einer Wand zur anderen.

In mir tobt das reinste Gefühlschaos.

Weshalb es vermutlich keinen Sinn ergibt, das zu leugnen, was Alyssa in mir ausgelöst hat.

Sie ist mir in der kurzen Zeit unter die Haut gekrochen und ich fühle mich so stark zu ihr hingezogen, wie ich es bisher nur einmal erlebt habe.

Vor allem seit diesem kleinen Zwischenfall bei der Schneeballschlacht.

Und der Unterhaltung auf dem Heimweg gestern.

Ach ja, und dem Gespräch letzte Nacht.

Mit ihrer bezaubernden Art hat sie mich berührt, tief in meinem Innern.

Und es sogar geschafft, dass ich mich ihr öffne.

Niemand außer mir und ihr kennt diese Wahrheiten, aber genau das fühlt sich richtig an.

Jetzt muss ich nur noch herausfinden, wie sie darüber denkt. Ob sie vielleicht ähnlich empfindet.

Was ich inzwischen aus ganzem Herzen hoffe.

Aber wenn dem nicht so wäre – Scheiße, das könnte ich nicht ertragen.

Am Fenster bleibe ich stehen und starre auf die Rocky Mountains hinaus, wälze Eindrücke und Gedanken durch meinen Kopf.

Ich mag mich irren, nach all der Zeit, aber ich habe das Gefühl, dass da mehr zwischen uns ist. Nur deswegen habe ich ihrem Vorschlag so schnell zugestimmt, sich das Bett zu teilen. Ich will ihr nah sein, diesem Etwas nachgehen und ...

Ach, verflucht, ich habe verlernt, in Worte zu fassen, was in mir vorgeht.

Oder liegt es daran, dass es so ungewohnt und überwältigend ist?

Nun, in zwei Dingen bin ich mir allerdings sicher.

Ich will auf keinen Fall, dass Alyssa eine Randfigur in meinem Leben bleibt, sie soll mein Mittelpunkt werden.

Und ich will sie glücklich machen.

*Jetzt wirst du kitschig.*

Ja, vielleicht.

Liegt möglicherweise an diesem komischen Weihnachtsgefühl, das sie aus mir herauskitzelt.

Und wenn ich daran denke, wie traurig sie gewirkt hat, als sie von ihrem Ex-Freund gesprochen hat ... Egal, wie schmalzig es klingt – ich will alles dafür tun, dass sie nie wieder diesen Ausdruck in den Augen trägt.

Darüber hinaus hat unsere gemeinsame Zwangslage hier noch etwas verdammt Gutes.

Ich sehe nun, dass ich mich selbst verloren habe.

Und wie ich auf den rechten Weg zurück, zur Ruhe komme.

Dann könnte ich der Mann sein, den Alyssa verdient.

Mir fehlt nur noch ein Plan, wie ich es am besten anfange.

*Du hast aus dem Nichts ein Unternehmen aufgebaut, da wirst du es wohl schaffen, deinen Weg zu korrigieren und diese Frau für dich zu gewinnen.*

Als ob man Äpfel mit Birnen vergleichen könnte!

Zum einen bin ich aus der Übung, was das Flirten angeht. Kein Wunder, wenn einem die Damen nachlaufen, sobald man lächelt.

Zum anderen ist Alyssa kein bisschen wie die Frauen, mit denen ich nach Nicole zusammen war. Sie ist authentisch, hat eine Attitüde und sagt mir offen ihre Meinung. Außerdem bin ich verrückt nach ihrem schiefen Lächeln und mag es, wie sie die Welt sieht. Blumen und teure Geschenke werden sie nie und nimmer beeindrucken, deshalb muss ich herausfinden, was ihr wichtig ist. Abgesehen von gemeinsamer Zeit und ähnlichen Werten.

Mit einem stillen Seufzer lasse ich die Arme sinken.

Mir bleibt nur eine Möglichkeit. Sehen, was die Zeit bringt, und dann das Beste daraus machen. Pures Bauchgefühl eben.

Oder mir kommt zwischendurch *die* Idee.

Ich drehe mich um und werfe einen Blick auf die Uhr, schon nach zehn.

Verblüfft lache ich leise auf.

So lange habe ich seit Ewigkeiten nicht mehr geschlafen. Ob das ebenfalls an Alyssas Einfluss liegt?

Wie auch immer, es wird Zeit für eine Dusche.

Folglich suche ich meine Sachen zusammen und gehe ins Badezimmer.

Ich will so bald wie möglich mit ihr in den Tag starten.

*

Ich kann mir nicht helfen, irgendwie wirkt Alyssa heute Morgen verkrampft.

Beim Kaffee in der Crêperie redet sie zwar, aber es klingt gezwungen fröhlich. Außerdem weicht sie meinem Blick aus und einige ihrer Bewegungen sind definitiv fahrig.

Hat sie ihr Angebot bereut, das Bett zu teilen?

Habe ich letzte Nacht etwas Falsches gesagt?

Oder bilde ich mir das alles nur ein, weil mich all diese Erkenntnisse und Gefühle beschäftigen?

*Denk nach, verdammt, wo kannst du an das gestrige Gespräch anknüpfen?*

Als sie mal aus dem Fenster schaut, gehe ich eilig unsere Unterhaltungen durch, an die ich mich noch erinnere, und finde etwas.

Schnell drehe ich mich nach der Servicekraft um und bedeute ihr, uns noch einmal das Gleiche zu bringen. Dann leere ich meine Tasse.

»Oh, was mir gerade einfällt ...«

»Hm?« Alyssa blinzelt und wendet sich mir zu.

»Du hast neulich diese Methoden erwähnt, mit denen man lernen kann, Stress zu bewältigen.«

»Ja?«

»An einen Begriff kann ich mich noch erinnern, Achtsamkeit. Kannst du mir diese Technik beibringen? Oder was hat dir geholfen?«

Sie lächelt schief und mein Herz schlägt schneller. »Achtsamkeit ist keine Technik. Es ist eher ein Zustand von Geistesgegenwart, die Aufmerksamkeit und Bewusstheit von momentanen Vorgängen und Erfahrungen. Ursprünglich kommt es aus dem Buddhismus und ist dort eine Art meditative Grundpraxis. Achtsamkeit betrachtet das menschliche Dasein mit seinem Körper, seinen Gefühlen und seinem Geist. Vermutlich wird das Üben von Achtsamkeit deswegen auch gern in Psychotherapien eingesetzt.«

»Woher weißt du das alles?«

»Ich habe mich sehr intensiv damit auseinandergesetzt und es dann Schritt für Schritt angewendet.«

»Klingt auch spirituell.«

»Es geht aber um keinen übergeordneten Geist oder Gott, sondern um dein eigenes Bewusstsein. Und dessen Gesunderhaltung. In diesem Zusammenhang ist es wirklich erstaunlich, seit wie vielen Jahrhunderten oder sogar Jahrtausenden diese philosophiebasierte Weltreligion besagte Lehren thematisiert. Die westliche Welt, vor allem die Wissenschaft, nimmt den Buddhismus erst seit dem 20. Jahrhundert ernst. Und überleg mal – vor etwa 25 Jahren wurde über dieses Thema in der Berufswelt noch die Nase gerümpft.«

»Und wo steht Achtsamkeit heute?«

Alyssa fasst mir in kompetenten Worten die Situation in größeren Firmen und Konzernen zusammen. Nennt Vorteile und Kritikpunkte aller Beteiligten, die Rolle der Personalabteilung und die durch zahlreiche Studien belegte gesundheitliche Wirkung auf die Belegschaft.

»Am Ende geht es darum, dass die Mitarbeiterinnen und Mitarbeiter sich durch Übungen selbst stärken können, um den Anforderungen in Arbeit und Privatleben entspannter und selbstbewusster zu begegnen. Es kann aber auch bei der Beantwortung der Frage helfen, ob das Pensum zu hoch ist und daraus ein Stressgefühl resultiert.«

Ich nicke. »In solchen Fällen obliegt es der Unternehmensleitung, etwas daran zu ändern.«

»Ganz genau. Schließlich geht es um Menschen, nicht um Maschinen. Ohne die Mitarbeitenden funktioniert keine einzige Firma. Sie sind das höchste Wirtschaftsgut und sollten entsprechend respektvoll wie wertschätzend behandelt werden.«

Ich lächele, angesteckt von ihrer Begeisterung. »Da stimme ich dir vollkommen zu. Und das sollten wir nachhaltig angehen, auf allen organisatorischen Ebenen.«

»Wie gesagt, ab Februar finden einige Seminare statt.«

»Was hältst du davon, auf dieser Basis ein Konzept zu erstellen und bis Ende nächsten Jahres einzuführen?«

»Du meinst, ein betriebliches Gesundheitsmanagement.«

»Genau.«

»Unter Mithilfe einer Agentur?«

»Wenn du das als nötig erachtest, auch das.«

»Ich?«

»Natürlich du. Ich finde, du bist perfekt dafür geeignet. Nicht nur wegen deiner Position, sondern auch aufgrund deiner Erfahrungen und Fachkenntnis.«

Nun erstrahlt ihr Gesicht regelrecht. »Wow, das ist ... vielen Dank für dein Vertrauen.«

»Ach, was! Ich bin froh, dass unser Zwangsaufenthalt hier auch den einen oder anderen positiven Nebeneffekt hat.«

»Zum Beispiel die Gelegenheit, in Ruhe über solche Themen zu reden.«

»Und einander besser kennenzulernen. Nicht nur beruflich.« Ich blicke ihr möglichst vielsagend in die Augen und meine, darin etwas aufleuchten zu sehen.

»Ja, das ... gefällt mir auch.«

In meinem Bauch breitet sich ein Kribbeln aus, klingt

nach einer guten Ausgangssituation.

»Hier kommt Ihre Bestellung.« Die Kellnerin bleibt an unserem Tisch stehen, tauscht leeres Geschirr gegen frische Heißgetränke aus.

»Danke.« Ich verabschiede sie mit einem Lächeln und schaue zu Alyssa, die Zucker in ihren Latte macchiato rührt.

»Auf was hast du heute Lust?«

»Du meinst, außer in den Buchladen zu gehen?«

»Ja.«

»Hm.« Nachdenklich sieht sie aus dem Fenster, beobachtet das Treiben auf dem zentralen Platz. »Wie wäre es mit Eislaufen?«

»Du möchtest also, dass ich mich blamiere.«

Sie grinst mich an. »Dann blamieren wir uns zusammen.«

»Wie könnte ich dazu Nein sagen?«

»Hast du überhaupt schon einmal auf Schlittschuhen gestanden?«

»Ja, aber das ist bestimmt fünfzehn Jahre her.«

»Das ist wie Fahrradfahren, das verlernt man nicht.«

»Ich nehme an, du bist als Kind jeden Winter eisgelaufen.«

»Natürlich, das gehört doch dazu. Mein Bruder hat dadurch sogar ein paar Jahre bei den *Junior Pioneers* Eishockey gespielt. Bis sein Hirn auf Computernerd umgeschaltet hat.«

»Ist er dem Sport wenigstens treugeblieben?«

»Ja. Und er hat sogar seine Freundin Kate bei einem Spiel der *Colorado Avalanches* kennengelernt.«

»Schätze, gemeinsame Interessen sind von Vorteil für eine gute Beziehung.«

»Ach, was, das wird vollkommen überbewertet.« Sie winkt mit einer übertriebenen Geste ab.

Ich lache, ihre Art ist wirklich erfrischend. »Interessierst *du* dich für Sport?«

»Du meinst, außer meinem eigenen Fitnesstraining?«

»Genau.«

»Ich schaue mir Football oder Baseball im Fernsehen an. Manchmal. Und mitunter lese ich dabei.«

»Gehst du auch mal zu einem Spiel?«

»Nein.«

»Lass mich raten. Weil du da nicht lesen kannst?«

Alyssa schnipst mit den Fingern, deutet mit dem Zeigefinger auf mich und grinst. »Du lernst schnell.«

Woraufhin ich in Gelächter ausbreche.

Ich kann mir bildlich vorstellen, wie mein bester Freund und ich uns in meinem Wohnzimmer ein Spiel der *Colorado Rockies* ansehen. Und sie sitzt auf der Dachterrasse oder in einem der Sessel neben dem Kamin, ein aufgeschlagenes Buch auf den Knien.

Mein Herz setzt einen Schlag aus und stolpert weiter.

Überwältigt stoße ich die Luft aus und betrachte ihr wunderschönes, unbekümmertes Gesicht.

Diese Vorstellung von einem gemeinsamen Leben fühlt sich perfekt an.

»Lach nicht! Tyler hat es gehasst, wenn ich es abgelehnt habe, mit ihm zu den *Broncos* zu gehen. Später hat er mir sogar unter die Nase gerieben, dass ich mich nicht genug in die Beziehung einbringe, wenn wir uns schon so selten sehen. Er war der Meinung, in einer Beziehung müsse man die Interessen des anderen teilen, sie sich im Zweifel aneignen.«

»Was für ein Quatsch! Das hieße ja, seine Persönlichkeit zu beschneiden.«

»Ganz genau.«

Ich schüttele den Kopf. »Also, bei mir müsstest du dir da keine Sorgen machen. Ich habe es sogar gehasst, wenn

Lindsay genau das versucht hat und dann doch total genervt war.«

Da neigt sie den Kopf und mustert mich gedankenversunken.

»Was ist?«

»Ach, ich habe nur gerade darüber nachgedacht, wie sich die letzten drei Tage entwickelt haben. Im Flugzeug ging es noch um Feedbackgespräche, jetzt diskutieren wir Achtsamkeit und Beziehungsgrundlagen.«

Ich verschränke die Arme auf dem Tisch und beuge mich ein wenig vor. »Erstaunlich, oder? Vor ziemlich genau zwei Tagen hat es sich für mich noch angefühlt wie der reinste Horrortrip. Und heute ...«

»Ja?«

»... ist es die beste Zeit seit Langem. Ich bin verdammt dankbar dafür, dass es so gekommen ist.«

»Und ich habe schon gedacht, es gibt für dich nichts Schlimmeres, als ein paar Tage mit einer deiner Angestellten eingesperrt zu sein.«

Mein Herz klopft schneller und ich senke automatisch die Stimme. »Du bist inzwischen viel mehr als das, Alyssa.«

Sie beißt sich auf die Lippe und ich sehe ihr an, dass ihr etwas auf der Zunge liegt, doch sie hält sich zurück.

Weswegen ich sie garantiert nicht bedrängen werde.

Stattdessen achte ich auf jede ihrer Reaktionen.

Hat sie den Hinweis verstanden?

Wird sie mich nun zurückweisen?

Da breitet sich das schiefe Lächeln auf ihrem Gesicht aus und sie senkt den Blick auf ihren Kaffee. Umfasst mit beiden Händen das Glas, führt es an die Lippen und trinkt. Doch keine zwei Sekunden später sieht sie mich erneut an und ich lächele.

Kein Korb, darauf kann ich aufbauen.

Also nippe ich an meinem Kaffee und fange genau

damit an. »Wie wäre es, wenn wir heute im *Aurora* zu Abend essen? Das Restaurant befindet sich in dem Hotel, in dessen Bar wir am ersten Abend waren. Und anschließend könnten wir dort noch etwas trinken.«

»Klar, gern.«

»Okay, dann reserviere ich mal einen Tisch. Bin gleich wieder da.«

Ich gehe zum Verkaufstresen und frage nach einem internen Anruf ins Hotel. Natürlich ist das kein Problem und ich tätige schnell eine Reservierung in Restaurant sowie Bar.

Zurück am Tisch stoße ich die Luft aus. »Glück gehabt. Es waren nur noch wenige Plätze frei. Und in der Bar gibt es heute Abend Livemusik, zu der auch getanzt werden kann.«

»Klingt ja fast wie ein Date.« Kaum haben die Worte ihren Mund verlassen, beißt sie sich auf die Lippe und schaut regelrecht verschreckt.

Dafür kribbelt es schon wieder in meinem Bauch. »Würdest du ablehnen?«

Ihre Mundwinkel wandern ein Stückchen höher. »Nein.«

»Gut zu wissen.«

Ich lächele und sie erwidert es, auf eine ganz besondere Art.

Gott, wenn sie wüsste, was sie damit in mir anrichtet.

Irgendwo hinter uns scheppert es und ich kehre in die Realität zurück.

»Okay. Wollen wir uns dann blamieren gehen?« Mit dem Daumen weise ich Richtung Eislaufbahn.

»Na, klar.«

Ich sehe mich nach der Kellnerin um und bitte um die Rechnung.

Anschließend trinken wir aus, packen uns warm ein

und schlendern zu dem türkis-silbernen Trailer, aus dem Schlittschuhe verliehen werden. Daneben sind eine Musikanlage und zwei Boxen auf Ständern aufgebaut, die den Platz mit Weihnachtsmusik beschallen.

Ich bezahle die Leihgebühr, nehme die Schuhe entgegen und laufe zu Alyssa hinüber, die eine freie Bank am Rande der Bahn ergattert hat. Dort wechseln wir die Fußbekleidung, stellen unsere Stiefel unter die Bank und staksen über die Gummimatten zur Öffnung in der Metallbrüstung.

Vorsichtig folge ich ihr aufs Eis und gleite ein paar Schritte, um Balance und Gespür zu testen. Dann erinnert sich mein Körper wieder daran, wie es funktioniert, und ich werde mutiger.

»Sieht doch super aus.«

Alyssa gesellt sich an meine Seite und ich lächele. »Finde ich auch.«

»Dann lass uns mal ein wenig schneller laufen, wir sind den Kindern im Weg.« Sie weist mit dem Daumen über die Schulter.

Überrascht werfe ich einen Blick nach hinten und bemerke tatsächlich ein paar Mädchen, die zum Überholen ansetzen. »Frechheit!«

»Genau.«

Wir lassen sie trotzdem erst passieren, bevor wir das Tempo erhöhen.

Zwei oder drei Runden gleiten wir vor uns hin, wobei wir die anderen Leute beobachten und Alyssa vor sich hin summt. Doch beim nächsten Lied japst sie auf.

»Oh, ich *liebe* diesen Song!« Und schon singt sie mit. Die Mischung aus Swing und Country geht ihr direkt ins Blut und sie schnipst mit beiden Händen von links nach rechts.

Ein Grinsen breitet sich auf meinem Gesicht aus und in

meinem Magen flattert es, diese Frau ist der absolute Wahnsinn.

Weswegen ich schließlich meinem Bauchgefühl folge und ihre Hand ergreife. Zu dumm, dass wir Handschuhe tragen. Hautkontakt wäre mir lieber gewesen, auch um herauszufinden, ob es das aufregende Prickeln wieder hervorruft.

Die nächsten Runden über lasse ich sie nicht mehr los, schaue des Öfteren zu ihr hinüber. Meistens erwidert sie meinen Blick sogar und lächelt.

Später wird ihr kalt und wir gehen ins Gemeinschaftszentrum, um uns bei einem Kaffee aufzuwärmen. Danach schlendern wir durch die einzelnen Bereiche und entdecken unter anderem einen freien Billardtisch.

Ich grinse sie an. »Spielst du Pool?«

»Nicht besonders gut.«

»Ich auch nicht. Wie wäre es mit einer Partie?«

»Bin dabei.«

Wir leihen uns Queues, werfen Jacken sowie Zubehör über den nächstgelegenen Stuhl und ich baue die Kugeln mit Hilfe des Holzdreiecks auf.

»Wer fängt an?«

»*Ladies first.*« Ich hänge die Schablone an ihren Platz zurück und trete ein wenig zur Seite, um sie nicht zu irritieren.

Dafür nutze ich die Gelegenheit und betrachte sie unauffällig, als sie sich für den ersten Stoß über den Billardtisch beugt.

Die schlanken Beine in der engen Jeans.

Die hübsche Rundung ihres Hinterns, der von dem blauen Stoff so köstlich in Szene gesetzt wird.

Umgehend stelle ich mir vor, wir wären nackt. Ich würde sie sanft auf die grüne Bespannung drücken und sie fingern, bis sie bereit für mich ist. Ich würde in ihre feuchte Hitze gleiten, langsam und tief, immer wieder. Oh, und dann würde ich ihr Knie auf die hölzerne Umrandung heben, sie schneller und härter ficken.

Mein Blut rauscht südwärts und ich atme tief durch, um mich zu beruhigen.

Gott, ich will diese Frau.

Auf allen Ebenen und in jeder erdenklichen Art.

Ich zwinge mich, meine Aufmerksamkeit auf den Tisch zu richten, und bemerke gerade noch, dass eine volle Kugel knapp neben dem Loch von der Bande abprallt.

Alyssa richtet sich auf. »Du bist dran.«

So spielen wir Runde um Runde, bis sie nach einem Punkteausgleich aufseufzt. »Wie wäre es mit einer Mittagspause? Ich habe Hunger.«

»Super Idee, ich auch. Lass uns nachsehen, was die Buden rund um Santas Thron zu bieten haben.«

Draußen schlendern wir zwischen den hölzernen Hütten umher, begutachten und diskutieren das Angebot. Am Ende entscheidet sie sich für vegetarische Empanadas und ich nehme eine Portion neue Kartoffeln mit geschmolzenem Schweizer Käse.

Wir essen an einem der Bistrotische mit freiem Blick auf die Bühne und beobachten die Kinder, die Santa auf seinem Schoß ihre Wünsche ins Ohr flüstern. Daneben steht eine junge Frau in Elfenkostüm und koordiniert das Ganze.

Schließlich neige ich den Kopf und betrachte sie neugierig. »Du schaust so neidisch.«

Einen Moment starrt sie mich an, lacht leise auf. »Nein, nicht neidisch, aber ... manchmal möchte ich genauso unbeschwert daran glauben, dass alle Wünsche in Erfüllung gehen, die man Santa ins Ohr sagt.«

»Was wäre denn dein Wunsch?«

Sie öffnet den Mund, stockt und lächelt.

»Netter Versuch.«

»Hast du etwa Geheimnisse vor mir?«

»Wir kennen uns doch kaum.«

»Da wir gerade daran arbeiten, habe ich mir gedacht, ich könnte dir vielleicht einen Wunsch erfüllen.«

»Da fällt mir spontan keiner ein.«

»Schade.«

»Hättest du denn einen?«

Ich beuge mich zu ihrem Ohr. »Oh, ja. Und vielleicht erzähle ich dir heute Abend davon.«

Als ich mich aufrichte, fällt mein Blick auf ihren Mund.

Wie sie sich auf die Unterlippe beißt, löst ein heißes Prickeln in mir aus.

Fuck, wie sehr ich sie in diesem Moment küssen möchte.

Doch gerade, als ich mich dazu entschließe, es zu tun, räumt sie hastig unser Pappgeschirr zusammen.

»Ich werfe das mal eben weg.« Und schon läuft sie zum Mülleimer neben der nächstgelegenen Bude.

Ich verkneife mir ein Lächeln. Irgendwie macht mir dieses Spiel Spaß, aber ich habe vor, bis heute Abend den nächsten Schritt zu gehen. Spätestens als Gutenachtkuss werde ich die Lippen auf ihre pressen, ihren Mund erforschen und sie schmecken.

Unvermittelt taucht Alyssa neben mir auf, die Hände in den Manteltaschen verborgen. »Lass uns jetzt in den Buchladen gehen, ich habe Lust auf eine Tasse *Wintermagie*.«

Ich hebe eine Braue. »*Wintermagie*? In Tassen? Ich dachte, dort gibt es Bücher.«

»Nicht nur.« Sie bedeutet mir mit einer Kopfbewegung, ihr zu folgen, und wir schlendern los. »Das ist eine ganz besonders leckere heiße Schokolade, kann ich sehr empfehlen.«

»Ich glaube, Schokolade habe ich seit 25 Jahren nicht

mehr getrunken.«

»Welch ein Jammer! Da hast du einiges aufzuholen.«

Sie führt mich zur Rückseite des Gemeinschaftszentrums, wo es drei Geschäfte gibt. Über der Tür des mittleren Ladens hängt ein liebevoll gestaltetes Schild mit dem Schriftzug *Carol's Books & Café,* das von dampfenden Tassen, stapelweise oder fliegenden Büchern sowie Muffins umgeben ist.

Als wir eintreten, läutet ein Glöckchen über uns. Neugierig mustere ich den kleinen Café-Bereich im vorderen Teil, alle Tische sind besetzt und an einem davon serviert ein junger Mann gerade Kuchen. Das Stimmengemurmel vermischt sich mit leisem Christmas-Jazz, dem Duft nach Schokolade und Kuchen sowie einer angenehmen Wärme, die von dem geschlossenen Kamin in der linken Ecke verströmt wird.

Eine gemütliche Atmosphäre, die zum Verweilen einlädt.

»Nett hier.«

Alyssa lächelt. »Lass uns erst einmal nach hinten gehen und stöbern, später finden wir bestimmt einen Sitzplatz.«

»Okay.«

Ich folge ihr am verlassenen Tresen vorbei zum eigentlichen Buchladen, mustere das Angebot.

»Ich weiß leider nicht, wo genau die Sachbücher stehen. Wir müssen Carol fragen, wenn wir sie sehen.«

Die Gänge zwischen den Regalen und Buchtischen sind schmal, sodass man an verschiedenen Stellen stehenbleiben und einander durchlassen muss.

Auch jetzt weichen wir in den eigentlichen Hauptgang zurück, um eine ältere Dame aus einer der Nischen zu lassen.

»Alyssa, hallo!«

Wir wenden beide den Kopf Richtung Café.

»Hallo, Carol.«

Die mutmaßliche Besitzerin des Ladens läuft im Hauptgang auf uns zu. »Brauchst du schon wieder Nachschub?«

»Immer, weißt du doch.«

Sie schaut lächelnd von Alyssa zu mir, streckt mir die Hand entgegen. »Guten Tag, ich bin Carol Bernard.«

»Brandon Kentwood. Nett, Sie kennenzulernen.« Ich schüttele ihre Hand.

Ihre Mundwinkel wandern noch ein Stück höher. »Wie passend.«

Ich lasse ihre Hand los, runzele die Stirn. »Ich verstehe nicht.«

Sie deutet mit Augen und Kopf nach oben, ich schaue hoch.

Alyssa und ich stehen direkt unter einem Mistelzweig.

»Oh, nein, das geht nicht.« Alyssa klingt regelrecht entsetzt.

Weswegen ich sie überrascht ansehe.

»Keine Widerrede, ihr kennt den Brauch.«

Ich schmunzele und beuge mich vor, um ihr einen Kuss auf die Wange zu geben. »Keine Angst, ich beiße nicht. Außer, du willst es.«

»Wie bitte?« Unvermittelt dreht sie den Kopf und meine Lippen landen auf ihren.

Prickelnde Erregung schießt in meinen Unterleib, mein Herz rast los.

Ihr entweicht ein überraschter Laut.

Doch bevor ich mich nicht mehr zurückhalten kann, hebe ich den Kopf und mustere ihr Gesicht.

Ihre Wangen sind gerötet und ihre wunderschönen Augen weit aufgerissen, aber ich erkenne darin, dass sie dieser Kuss genauso berührt hat wie mich.

Ein Lächeln breitet sich auf meinen Lippen aus und sie erwidert es zaghaft.

Verdammt, ich möchte sie jetzt und hier gegen ein Bücherregal pressen und küssen, bis ihr Hören und Sehen vergeht.

»Ah, wunderbar.« Carols Seufzer klingt irgendwie ... verträumt. »Ich lasse euch mal wieder allein. Wenn ich helfen kann, sagt Bescheid.«

Alyssa blinzelt, wendet sich ihr zu. »Halt, warte, das kannst du tatsächlich. Brandon mag inspirierende Biografien. Wo finden wir die?«

Die Buchhändlerin deutet hinter uns. »Zwei Nischen weiter, direkt vornan.«

»Danke.«

»Gern.« Sie lächelt erst mir, dann Alyssa zu. »Ich halte euch einen Tisch frei.«

»Du bist die Beste.«

»Ich weiß.« Carol verabschiedet sich mit einem Zwinkern und läuft zurück in den vorderen Teil des Ladens.

Alyssa sieht mich an. »Okay, also zwei Nischen weiter. Soll ich beim Suchen helfen?«

»Danke, das schaffe ich schon allein. Geh du nur und stöbere in deinem Genre.«

»Na, gut. Treffen wir uns am Tisch?«

»Mh-hm.«

»Alles klar, bis später.« Mit einem verlegenen Lächeln dreht sie sich um und schlängelt sich an einem Kunden vorbei durch den nächsten Durchgang.

Und ich stehe nur da, starre ihr nach und grinse.

Wenn dieses unschuldige Küsschen schon eine solche Reaktion in uns beiden hervorruft, kann ich den Gutenachtkuss kaum erwarten.

## Kapitel 9

Kann mir mal jemand verraten, wie ich mich nach dem Kuss noch auf irgendetwas anderes konzentrieren soll?

Ich greife wahllos nach einem Buch, ziehe es aus dem Regal mit Weihnachtsromanen und betrachte den Klappentext auf der Rückseite, ohne ihn zu sehen.

Egal, welche Andeutungen er bereits gemacht hat – ich hätte nie erwartet, dass Brandon auf Carols Nötigung eingeht. Obwohl ich tief in mir auf einen Kuss von ihm gehofft habe. Ich kann seit dem Aufwachen eh an nichts anderes mehr denken.

Und dann diese aufregende Bemerkung vorweg ...

Wie soll ich beschreiben, was in diesem Moment in mir vorgegangen ist?

Mein Schoß ist bei seinen Worten beinahe vor Hitze explodiert und sobald seine verführerischen Lippen meine berührt haben, fing dort alles vor Verlangen an zu pochen. Die Nachwehen spüre ich noch immer.

Verzweifelt spanne ich sämtliche Muskeln an, presse die Lider zusammen und atme langsam tief durch.

Ich bin mir bewusst, dass die Tage hier eine Ausnahmesituation sind und wir uns in Denver vermutlich nie so nahegekommen wären. Aber ...

Scheiße, dieser Mann löst verblüffende Gefühle in mir aus und ich habe keine Chance dagegen, denn er beherrscht auch meine Gedanken.

Ich will mich ihm und dem hingeben, was der Kuss versprochen hat. Will mit ihm diesen Rausch erleben, den mein Körper herbeisehnt.

Einmal in meinem Leben will ich es ausnutzen, diese unglaubliche Anziehungskraft erleben zu dürfen.

Und sehen, was passiert, ohne groß darüber nachzudenken.

Im schlimmsten Fall habe ich mal wieder Sex.

*Im schlimmsten Fall hast du Sex mit deinem Boss und machst dich zum Gespött der Firma!*

Nein, ich glaube nicht, dass Brandon der Typ Mann ist, der in seiner Firma verkündet, mit welcher Mitarbeiterin er schon im Bett gelandet ist. Außerdem kennt uns hier niemand und wir sind von der Außenwelt abgeschnitten.

Aus heiterem Himmel erklingt Sarahs Stimme in meinem Kopf und ich sehe ihr mitfühlendes Lächeln praktisch vor mir.

*Du hast nur Angst vor deiner eigenen Courage, Lys. Gönn dir doch endlich mal ein bisschen Spaß!*

Unwillkürlich erinnere ich mich ans Aufwachen, seinen Arm auf meiner Taille, die Reaktion meines Körpers. Und die Enttäuschung, als er sich aus dem Bett gestohlen hat.

So sehr mich seine unbewusste Handlung im ersten Moment schockiert hat – ich habe trotzdem gehofft, dass er den nächsten Schritt geht. Mich küsst, verführt.

Tja, und nun sieht es verdammt danach aus, dass genau das heute passieren könnte.

Weswegen mein Herz schon wieder losrast und aus meinem Schoß ein heißes Kribbeln aufsteigt.

Gott, das hier ist verrückt.

*Oder ein Weihnachtswunder.*

Ja, genau, Sarah. Sehr witzig. Anscheinend lese ich wirklich zu viel von dem Zeug.

Trotzdem atme ich ein letztes Mal tief durch, schiebe alles beiseite und konzentriere mich auf das Angebot vor mir. Schließlich kann man nie genug Bücher haben.

Worüber ich vollkommen die Zeit vergesse, wie immer.

Was mir aber erst bewusst wird, als ich das fünfte Buch auf den Stapel lege, den ich zum Tisch mitnehmen will. Normalerweise mache ich mir keinen Kopf darum, doch heute bin ich nicht allein hier.

Mit einem gemurmelten Fluch hieve ich die Bücher auf meinen linken Arm, eile ins Café und schaue mich um.

Brandon sitzt an einem der Dreiertische mit den Clubsesseln, gleich an der Wand neben dem Kamin. Mantel und Zubehör liegen auf dem Platz gegenüber, auf dem Tisch liegen zwei Bücher und er blättert im dritten.

Sieh an, er macht es genauso wie ich.

Ich geselle mich zu ihm und lege den Stapel auf dem Tisch ab, um mich von Mantel, Mütze und Schal zu befreien. »Tut mir leid, wartest du schon lange?«

Er schaut auf und schmunzelt. »Ach, was, kein Problem, wir haben doch keinen Stress. Aber ...« Sein Blick wandert zu meinen Büchern. »Wenn ich mich recht erinnere, müssen wir noch einen Koffer für deine Kleidung besorgen. Am besten machen wir das erst am Montag, wer weiß, wie viele Bücher noch dazukommen.«

Schuldbewusst zucke ich mit den Schultern und lächele schief. »Sorry.«

»Es gibt Schlimmeres.«

»Soll ich uns etwas zu trinken holen?«

»Schon bestellt, wir haben nur auf dich gewartet.«

»Du denkst an alles.« Ich werfe meine Klamotten auf seine und lasse mich in den Sessel im gegenüber sinken.

»Überrascht dich das?«

»Nur ein bisschen. Und? Was hast du Inspirierendes gefunden?« Ich beuge mich vor und hebe das obere Buch an. »*Achtsamkeit im Management.* Sieh an, hat dich das Thema angefixt?«

»Dank dir, ja. Und bei mir fange ich an.« Er hebt das Buch von seinem Schoß, sodass ich den Titel lesen kann.

*Mindful Leadership – Achtsamkeit als gelebte Haltung im Unternehmen.*

»Wow. Wenn dich etwas wirklich interessiert, gehst du direkt in die Vollen, was?«

»Oh, ja, das tue ich. Alles oder nichts, das Leben ist zu kurz für verpasste Chancen.«

Ich schaue auf und in seine dunklen Augen.

Bilde ich es mir nur ein oder leuchtet darin etwas auf? Vielleicht sogar Verlangen?

Die Idee löst ein Glühen in meinem Bauch aus, doch ich bin mir unsicher. Immerhin kennen wir uns noch nicht gut genug, um seine Emotionen klar erkennen zu können.

»Gute Einstellung. Meine beste Freundin meint auch immer, ich lasse zu viele Gelegenheiten ungenutzt.«

»Ein neutraler Blick von außen wirkt oft Wunder. Habe ich auch gerade erst festgestellt. Ach ja, und ein Blizzard in den Rockies.«

Und schon muss ich wieder lachen, sein Humor passt perfekt zu meinem.

»So, da bin ich schon. Zwei Tassen *Wintermagie.*«

Ich schaue zu Carol auf, die unsere heiße Schokolade auf einem freien Platz abstellt. »Dankeschön.«

»Gern. Wie ich sehe, habt ihr beide einiges gefunden.« Die Besitzerin des Buchladens sieht von mir zu Brandon.

Der hält sein Buch hoch. »Sie sind wirklich gut sortiert, was dieses Thema angeht.«

»Oh, ja, das ist seit einigen Jahren sehr gefragt. Die Menschen kommen hier zur Ruhe und nutzen es oft, um ihr Leben zu überdenken, die Perspektive zu wechseln.«

Er hebt eine Braue. »Etwa auch, wenn kein Blizzard alles durcheinanderwirbelt?«

»Natürlich. Abgesehen von dem ganzen Trubel des Skitourismus kann man in White River Springs herrlich entspannen und seinen eigenen Gedanken lauschen.«

Neugierig neige ich den Kopf. »Stammst du eigentlich von hier?«

Da lacht sie auf. »Oh, nein! Ich komme aus Houston.«

»Und was hat dich hierher verschlagen?«

»Der Job. Und dann ist Liebe daraus geworden.« Sie zwinkert mir zu, schaut kurz zu Brandon hinüber und läuft zum nächsten Tisch.

Ich seufze innerlich auf, peinlicher geht es wohl kaum.

Er gluckst. »Sie sollte ein Warnschild draußen aufhängen. Vorsicht vor Kuppelversuchen.«

Hitze schießt mir ins Gesicht. »Tut mir leid.«

»Ich wüsste nicht, wofür du dich entschuldigen musst.«

»Na ja, ich habe dich überredet, herzukommen. Und dann so etwas. Genauso wie die Sache mit dem Mistelzweig.« Ich verrücke meinen Bücherstapel, um die Tassen zu uns heranzuziehen und ihm eine zuzuschieben.

»Alyssa ...«

Seine sanfte Stimme jagt mir einen Schauer über die Haut. »Hm?«

Unerwarteterweise schweigt er, also sehe ich auf.

»Ich hätte mich wehren können. Wenn ich es gewollt hätte.«

Mein Herz rast los. »Oh.«

»Ganz genau.« Er nimmt seine Tasse und nippt vorsichtig an der Schokolade. Überraschung und Genuss huschen über sein Gesicht, er trinkt einen weiteren Schluck. »Du hattest recht, das ist verdammt lecker.«

»Nicht wahr?«

Froh über den Themenwechsel greife ich nach meinem eigenen Getränk und schwelge in dem himmlischen Geschmack. »Ich muss Carol unbedingt nach dem Rezept fragen.«

Dann stelle ich die Tasse zurück, mache es mir in dem Sessel gemütlich und fange mit dem ersten Buch an.

Am Ende klappe ich den fünften Roman nach Kapitel zwei zu und seufze. »Scheiße.«

»Was ist denn?«

Ich schaue Brandon an und verziehe bekümmert das Gesicht. »Das altbekannte Dilemma, ich kann mich nicht entscheiden.«

»Sie gefallen dir alle.«

»Ja, leider.«

»Wenn du nicht alle kaufen willst, musst du wohl auslosen. Oder ich übernehme das für dich.« Er streckt mir auffordernd eine Hand entgegen.

Bei dem Gedanken, dass er die sexy Klappentexte liest und irgendwelche Rückschlüsse auf mich oder mein Leben zieht, schießt Hitze durch meinen Körper. »Nein, danke, das kriege ich schon hin.«

Schweren Herzens wähle ich nach Bauchgefühl zwei Bücher aus und lege sie obenauf. Nehme die zweite Tasse *Wintermagie*, um den kalten Rest auszutrinken, und werfe einen Blick nach draußen. »Oh, es ist schon dunkel.«

Er blickt ebenfalls aus dem Fenster. »Tatsächlich. Die Zeit ist vergangen wie nichts.«

»Da siehst du mal, warum ich einen Großteil meines Lebens in Buchhandlungen verbringe. Ich hoffe, du hast dich nicht gelangweilt.«

»Nein, überhaupt nicht. Es war verdammt angenehm, einfach mit dir hier zu sitzen und zu lesen.«

Automatisch sehe ich auf und suche in seinem Gesicht nach einem Hinweis darauf, dass er mich verarscht, finde aber keinen. Weswegen ich erfreut lächele und dann auf die Uhr schaue. »Wenn wir pünktlich im Restaurant sein wollen, sollten wir langsam ins Apartment zurück. Du weißt schon, frischmachen und umziehen.«

»Du hast recht.« Er klappt das Buch zu und setzt sich auf.

»Ich gehe nur schnell zur Theke und bezahle.«

Ich fische meine Kreditkarte aus der Innentasche meines Mantels und schnappe mir die Bücher.

»Aber die Getränke gehen auf mich.«

»Träum weiter.« Grinsend stehe ich auf, schlendere zur Kasse und warte hinter einem Mann, bis ich dran bin.

Dann lege ich die Bücher ab und schiebe Carol die obersten beiden zu. »Ich nehme die beiden und bezahle auch unsere Getränke. Wärst du so nett, die anderen wieder an ihren Platz zu stellen?«

»Klar, kein Problem.« Sie kassiert den Betrag und reicht mir die Bücher in einer ihrer Papiertüten. »Viel Spaß beim Lesen.«

»Danke.«

»Und heute Abend, mit Brandon.« Natürlich wackelt sie vielsagend mit den Augenbrauen.

Ich stöhne auf und beuge mich vor. »Musste das sein?«

»Oh, und wie! Und ich glaube, es hat euch beiden gefallen.«

»Peinlich war es trotzdem.«

»Für dich vielleicht. Aber es war genau richtig. Komm vorbei, bevor ihr wieder nach Hause fahrt, und erzähl mir, ob ich recht hatte.«

Lächelnd schüttele ich den Kopf. »Läuft das hier immer so?«

»Nur bei Menschen, denen ich die Chemie ansehe.«

»Bevor sie es selbst merken?«

»Du hast noch nicht mitbekommen, mit welchem Blick

er dich anschaut, oder?«

Mein Herz hämmert los, ich schlucke. »Nein? Wie denn?«

»Sieh genau hin. Vor allem mit dem Herzen.«

»Aber ich –«

»Denk einfach darüber nach. Und falls wir uns nicht mehr sehen – alles Gute.«

»Danke.«

Carol nickt und ich wende mich ab. Kehre zum Tisch zurück, stelle meine Tüte auf den Sessel mit unseren Jacken und verstaue die Kreditkarte. »Ich gehe nur schnell zu den Waschräumen, dann können wir los.«

»Okay.« Brandon erhebt sich und bringt seine Bücher zur Kasse, während ich nach hinten eile.

Als ich zurückkomme, wartet er bereits angezogen auf mich und hält mir den Mantel hin.

»Danke.« Ich schlüpfe hinein, lege den Schal um und ziehe den Reißverschluss zu. Sobald die Mütze auf meinem Kopf sitzt, nehme ich, genauso wie er, meine Tasche vom Tisch und wir verlassen nach einem letzten Abschiedsgruß den Buchladen.

Draußen schlägt die Kälte mit voller Wucht zu und ich hebe schaudernd die Schultern bis zu den Ohren.

Wir umrunden die Eisfläche, die nun mit bunten Spots beleuchtet wird und auf der sich inzwischen mehr Erwachsene als Kinder tummeln, vor allem Paare. Auf der Bühne, auf der Santa Claus vorhin gesessen hat, baut ein DJ sein Pult auf.

»Sieht so aus, als ob hier heute Abend noch eine Party gefeiert wird.«

»Möchtest du hingehen?«

Ich schüttele den Kopf. »Anstelle des hypothetischen Dates? Niemals!«

»Gute Wahl.«

Wir grinsen uns an, da höre ich jemand meinen Namen rufen und schaue zur Bühne hinüber. Der Leiter der Anlage kommt zu uns herüber und wir bleiben stehen.

»Hallo, Paul.«

Sein strahlendes Lächeln blitzt auf. »Hey, Alyssa. Haben Sie es schon bemerkt? Telefon und Mobilfunknetz funktionieren wieder.«

Brandon und ich tauschen einen überraschten Blick. »Nein, tatsächlich nicht, mein Handy liegt im Apartment. Aber danke für den Hinweis.«

»Wir ... könnten mit einem Drink darauf anstoßen.« Mit erwartungsvoll gehobenen Brauen schaut er mich an und meine Laune sinkt.

Ja, ich habe gehofft, diese Situation vermeiden zu können, aber wie es aussieht ...

Also atme ich tief durch und deute mit dem Kopf zur Seite. »Kann ich Sie kurz sprechen?«

»Natürlich.«

Wir gehen ein paar Schritte, bleiben stehen und ich räuspere mich.

»Seien Sie mir nicht böse, Paul, aber ich werde Ihre Einladung nicht annehmen.«

»Warum nicht? Sind Sie bereits vergeben?«

»Nein, aber ich will Ihnen auch keine Hoffnungen machen. Sie sind nicht mein Typ.«

»Tja, das ist schade.«

»Außerdem hätte ein Flirt oder mehr zwischen hier und Denver auch keinen Sinn gemacht, oder?«

Ein Lächeln breitet sich auf seinem Gesicht aus. »Ach, ehrlich gesagt will ich mich nächstes Jahr ohnehin neu orientieren, ich wäre da flexibel gewesen.«

»Tut mir leid.« Kurz drücke ich seinen Arm.

Doch als ich die Hand zurückziehe, ergreift er sie und führt sie an seine Lippen.

Sieht mir in die Augen und raunt: »Zu schade.«

In mir steigt Widerwillen auf und vertreibt das Mitgefühl.

Ich zwinge mich zu einem Lächeln und winde meine Finger aus seinen. »Schönen Abend noch.« Damit drehe ich mich um, gehe zu Brandon und hake ihn unter.

»Wollen wir weiter?«

Der wirft Paul einen misstrauischen Blick zu und schaut mich an. »Ist er frech geworden?«

»Nein, er leidet nur an Selbstüberschätzung. Komm.« Ich ziehe nachdrücklich an seinem Arm und endlich setzt er sich in Bewegung.

»Sicher?«

»Aber ja, das ist wirklich nicht der Rede wert.«

»In Ordnung.«

Im Apartment verstauen wir unsere Jacken im Schrank und Brandon trägt seine Tüte zu den anderen, die neben der Couch stehen. »Möchtest du als Erste ins Bad?«

»Nein, geh du nur, ich rufe in der Zwischenzeit meine Eltern an.«

»Okay.«

Ich laufe ins Schlafzimmer, stelle die Tüte neben den Nachttisch und nehme mein Smartphone zur Hand, entsperre das Display. Informationen zu etlichen verpassten Nachrichten und Anrufen leuchten mir entgegen. Sogleich überkommen mich Gewissensbisse und ich überfliege alles, bevor ich die Nummer meiner Eltern wähle.

Schon nach dem zweiten Klingeln wird das Gespräch angenommen und die zittrige Stimme meiner Mutter schallt mir entgegen. »Alyssa, Gott sei Dank!«

»Hallo, Mom.«

»Himmel, was ist denn bei dir los? Wir waren krank vor Sorge.«

Ich schlendere zum Fenster und fasse ihr kurz

zusammen, was passiert ist und warum ich sie nicht kontaktieren konnte.

»Was die grundlegenden Informationen angeht, wissen wir Bescheid. Darüber hat deine Firma uns zum Glück am Donnerstag informiert.«

Klar, die Notfallrufnummer.

»Oh, gut, das hat wenigstens funktioniert.«

»Deine Freundin vom Fitnesskurs und Sarah haben wir auch angerufen. Sie war total beunruhigt, weil du dich am Donnerstag noch immer nicht gemeldet und auf keine ihrer Nachrichten reagiert hast.«

»Ich rufe sie gleich an. Ach nein, sie muss ja heute Abend arbeiten und kann nicht ans Handy gehen. Dann schreibe ich ihr eine Nachricht.«

»Ach, meine Kleine, wenigstens geht es dir gut. Es geht dir doch gut, oder?«

Ich höre den Anflug von Panik in ihrer Stimme und lächele. »Warum sollte es mir denn nicht gutgehen, Mom?«

»Keine Ahnung! Du könntest dir ein Bein gebrochen haben. Oder von einer Lawine verschüttet werden.«

»Nein, alles gut. Ich habe praktisch Urlaub.«

Sie schnaubt. »Du und Urlaub im Schnee.«

Ich lache auf. »Ich weiß. Aber es ist trotzdem ganz nett hier, viel Programm, mit dem ich mich ablenken kann. Und ein ganz hinreißender Buchladen mit Café.«

»Na, dann bist du ja rundum zufrieden.«

»Ganz genau.«

»Wisst ihr schon, wann ihr nach Denver fliegen könnt?«

»Ich nehme an, spätestens Montagnachmittag.«

»Soll Dad dich abholen?«

»Quatsch, ich fahre mit der Bahn. Oder im Zweifel mit dem Taxi.«

»Aber falls doch ...«

»Nein, Mom, alles gut. Und jetzt wünsche ich euch

allen einen schönen Abend.«

»Dir auch. Meldest du dich, wenn du angekommen bist?«

»Na, klar. Also, bis dann. Hab euch lieb.«

»Wir dich auch, bis dann.«

Ich lege auf, rufe den Chat mit Sarah auf und schicke ihr eine Sprachnachricht mit der Zusammenfassung der Ereignisse. Scrolle hoch bis zu meiner letzten Nachricht und sehe ihren Text von Mittwochabend.

**Sarah:** *Naaaaa? Wie war der Ausflug mit deinem Chef?*

Au Mann, wenn sie wüsste!

Vermutlich wird sie mich morgen mit Nachrichten bombardieren. Oder mich zu einem schnellstmöglichen Treffen zwingen.

Hatten wir nicht eh eines für Dienstag ins Auge gefasst?

Was ich ihr dann berichten werde?

Die Badezimmertür öffnet sich und Brandon bleibt im Türrahmen zum Schlafzimmer stehen. Zur Jeans trägt er ein schwarzes Hemd, dessen oberster Knopf offensteht und ein paar Brusthaare entblößt. »Das Bad ist frei.«

»Okay, danke.«

»Alles in Ordnung?«

»Sicher. Warum?.«

»Deine Eltern haben sich Sorgen gemacht.«

»Ja, aber das mit den Notfallrufnummern hat funktioniert, sie wussten Bescheid.«

»Wunderbar. Dann können wir beruhigt essen gehen.«

Wie aufs Stichwort knurrt mein Magen hörbar und ich lache los. »Ich beeile mich.«

Schnell nehme ich die schwarze Jeans sowie die Stiefeletten aus dem Schrank. Dazu das lockere schwarze Oberteil mit dem goldenen Tannenbaum als Brustmotiv. Es hat luftige Ärmel, deren transparenter Stoff leicht glitzert, und der Kragen ist so weit geschnitten, dass er nur knapp auf den Schultern hält. Weshalb ich die Träger des neuen schwarzen BHs entferne.

Ja, das wird besser aussehen.

Mit meinen Sachen laufe ich ins Bad, mache mich frisch und ziehe die neue Kleidung an. Tusche nur die Wimpern und lege ein wenig Parfum auf.

Am Ende bringe ich die getragenen Sachen ins Schlafzimmer, um sie zum Lüften aufzuhängen. Lösche das Licht und gehe ins Wohnzimmer, wo ich Brandon lesend antreffe.

»Fertig.«

»Super.« Er legt ein Lesezeichen ins Buch, klappt es zu und sieht auf.

Seine Brauen wandern nach oben, auf seinem Gesicht breitet sich ein Lächeln aus. »Wow, du siehst bezaubernd aus.«

Verlegen zupfe ich an dem Oberteil. »Ach, was, das ist doch nichts Besonderes.«

Er legt das Buch auf den Couchtisch, steht auf und kommt herüber. »Aber es steht dir und ist perfekt für heute Abend.«

»Danke.«

Wir nehmen unsere Mäntel aus dem Garderobenschrank und wieder hilft er mir hinein. Nimmt sogar meine Hand, bevor wir zum Fahrstuhl laufen.

In der Kabine atme ich unauffällig tief durch, fülle dabei meine Nase mit seinem Duft.

In meinem Magen flattert es nervös.

Was wohl passieren wird, wenn wir nachher zurückkehren?

*

»Bleiben wir bei Rotwein?«

»Gern.«

Brandon nickt dem Kellner zu. »Dann bitte eine Flasche von dem Nebiolo.«

»Sehr gern.« Lächelnd nimmt der die Karte entgegen und läuft zur Bar.

Unser Tisch befindet sich in einem erhöhten Bereich, von dem aus wir eine gute Rundumsicht haben. Bis hinüber zur kleinen Bühne vor der Fensterfront, wo die vierköpfige Band den nächsten Weihnachtsklassiker zum Besten gibt.

Wir lassen uns jedoch kein bisschen davon stören, sondern setzen das Gespräch fort, das wir seit dem Essen führen. Vom beruflichen Werdegang sind wir zu unserer Studienzeit gekommen und dort hängengeblieben, schließlich verfügt jeder von uns über ausreichend Anekdoten. Und es ist die perfekte Art, einander kennenzulernen, wie ich finde.

Begleitet von Reden und Lachen genießen wir den Wein, der mir langsam zu Kopf steigt. Immer häufiger swinge ich bei den tanzbaren Stücken mit und werfe neidische Blicke in Richtung der winzigen Tanzfläche zwischen Bühne und Kamin.

Irgendwann steht Brandon auf, tritt neben meinen Stuhl und hält mir schmunzelnd die Hand hin. »Lass uns tanzen.«

Lächelnd lege ich die Hand in seine, erhebe mich und lasse mich hinüberführen.

Kaum dort angekommen, zieht er mich in Tanzhaltung und wir tanzen in moderatem Tempo zu zwei Popsongs. Danach folgt ein ruhigeres Set, doch anstatt zum Tisch zurückzugehen, wandert seine Hand auf meinem Rücken ein Stück tiefer und drückt mich enger an sich.

Ihm dermaßen nah zu sein, fühlt sich verdammt gut an, und mein Körper reagiert an hundert Stellen auf seine Berührung. Jede einzelne Reibung steigert meine Erregung und das Herz klopft mir bis zum Hals hinauf.

Ob er etwas davon merkt?

Unvermittelt lehnt er das Kinn gegen meinen Kopf, seine Barthaare kratzen leicht über meine Schläfe und ich schließe voller Genuss die Augen. Was mir seinen Duft nur noch bewusster macht, der von seinem Hals aufsteigt.

Himmel, dieser Mann wirkt so verführerisch auf mich wie kein anderer zuvor.

Oder?

Nein, ich kann mich an nichts Ähnliches erinnern.

Und es kaum noch erwarten, dass er mich endlich küsst.

Er soll all das wahr machen, was er mit kleinen Bemerkungen angedeutet hat, ich bin bereit. Selbst wenn es mit unserer Rückkehr nach Denver vorbei ist.

Und als könnte er meine Gedanken lesen, senkt er den Mund zu meinem Ohr.

»Was hältst du davon, wenn wir ins Apartment zurückgehen und da weitertanzen? Wein haben wir auch noch.«

Ich zögere keine einzige Sekunde. »Okay.«

Schon löst er sich von mir, ergreift meine Hand und führt mich zum Tisch.

Schweigend leeren wir unsere Gläser und meine innere Anspannung steigt mit jeder Minute. Bis er endlich zahlen kann, wir uns anziehen und Hand in Hand die Bar verlassen.

Auch auf dem Weg über den zentralen Bereich, wo eine Art Après-Ski-Party stattfindet, reden wir kein Wort, was meine Nervosität bis zu einem leichten Zittern in meinem Bauch ausdehnt.

Verdammt, was ist nur mit mir los?

Wir hängen unsere Mäntel in den Schrank, dann wendet Brandon sich mir mit einem sanften Lächeln zu, das mich innerlich zum Schmelzen bringt.

»Möchtest du noch Wein?«

»Später.«

»Erst tanzen?«

Ich nicke.

Er geht in den Wohnbereich, rückt Sessel sowie Tisch zur Seite und schaltet das Kabelradio ein. Unschlüssig reibe ich die schwitzigen Handflächen an meiner Jeans trocken und beobachte, wie er durch die Kanäle zappt, bis er einen Sender mit Weihnachtsballaden findet. Dann legt er die Fernbedienung zur Seite und kommt mit ausgestreckter Hand auf mich zu.

Ich lege meine hinein und folge ihm zu dem freigeräumten Bereich. Dort platziert er die Hand auf meinem unteren Rücken und zieht mich an sich. Umfasst meine rechte, drückt einen Kuss in die Innenfläche und legt sie auf seine Brust, die Finger um meine geschlungen.

Ein Schauer rieselt meinen Rücken hinab und sein Herzschlag unter meiner Hand fühlt sich unglaublich intim an. Keine Ahnung, woher dieses Gefühl kommt, aber es steigert meine Sehnsucht nach ihm nur noch mehr.

Erregt schließe ich die Augen, genieße diesen sinnlichen Moment und wünsche mir, er würde niemals enden.

Oder in etwas noch Besseres übergehen.

Wir wiegen uns im Takt der Musik und wieder lehnt er seinen Kopf an meinen.

Doch diesmal streichen seine Lippen zärtlich über meine Schläfe, während seine Bartstoppeln über meine Wange kratzen.

Wie sich das wohl an empfindlicheren Stellen anfühlt?

Zum Beispiel an meinen Brüsten?

Den Innenseiten meiner Schenkel?

In mir lodert das Verlangen hoch und mein Schoß pocht vor Lust, also übergebe ich mich meinem Bauchgefühl. Drehe den Kopf ein wenig und reibe mit der Nase federleicht über seinen Hals, den Kiefer. Flehe ihn stumm an, mich zu küssen.

Und dann, endlich, beugt er den Kopf.

Streicht mit den Lippen an meinem Ohr vorbei, drückt sie auf meinen Hals. Gleich darauf spüre ich seine Zunge auf meiner Haut und erschauere.

Sein Mund wandert tiefer, er knabbert an meiner Haut und leckt darüber.

Dann streifen seine Lippen über meinen Nacken zu meiner Schulter.

Brandon löst seine Hand von meiner, zieht den Ausschnitt über meine Schulterkugel und haucht Küsse auf meine Haut. Sein heißer Atem jagt mir den nächsten Schauer über den Rücken und als er wieder zu meinem Hals gleitet, neige ich den Kopf ein wenig zur Seite und schiebe die Hand höher. Über den Nacken zu seinem Hinterkopf und in sein kurzes Haar, drücke ihn sanft an mich.

Sein Mund erreicht meinen Kiefer, streicht über die Kinnlinie nach vorn, und mit jedem Zoll hämmert mein Herz schneller. Am Ende halte ich es nicht mehr aus, komme ihm entgegen.

Sobald unsere Lippen sich berühren, breitet sich das Prickeln in meinem Körper aus. Doch als unsere Zungen aufeinandertreffen, erschüttert es mich bis ins Innerste. Nicht nur, weil die erregenden Blitze mir bis in die harten Nippel und den Schoß fahren oder meine Beine schwach werden, ein Zittern aus meinem Bauch aufsteigt.

Nein, dieser Kuss berührt mich tiefer, direkt im Herzen.

Automatisch bleiben wir stehen, er umarmt mich und ich schlinge die Arme um seinen Nacken. Seine Hände streichen sanft über meinen Rücken, ich presse mich enger an ihn.

Gott, das hier ist so gut!

Bald wird der Kuss intensiver, saugt und knabbert er an meinen Lippen, und ich spüre seine Erregung in meinem Bauch. Mir entschlüpft ein Stöhnen, meine Finger wühlen sich in sein Haar.

Doch dann zieht er sich langsam zurück, hebt den Kopf und ich öffne überrascht die Augen.

Ernst sieht er mich an und seine dunklen Iriden scheinen vor Verlangen zu glühen. »Ich will dich, Alyssa, aber wenn ich lieber im Wohnzimmer schlafen soll —«

»Nein!« Das Herz hämmert mir bis zum Hals hinauf. »Ich will dich genauso sehr.«

Ich ziehe ihn wieder zu mir herab, wir versinken im nächsten Kuss und Brandon hält sich nicht mehr zurück.

Er schiebt die Hände unter mein Shirt, streicht meinen Rücken hinauf und seine Hitze auf meiner Haut entlockt mir ein Seufzen.

Ich will mehr von ihm spüren.

Eilig löse ich meine Arme von seinem Nacken. Gleite über seinen Kragen, öffne die Knöpfe seines Hemdes und der Kuss wird leidenschaftlicher. Ich ziehe den Stoff aus seiner Hose und schiebe ihn über seine Schultern.

Ohne den Mund von meinem zu lösen, öffnet er die Manschetten, zerrt sich das Hemd vom Leib und wirft es zu Boden. Dann packt er den Saum meines Shirts und ich hebe die Arme über den Kopf, damit er es mir ausziehen kann. Es landet ebenfalls auf dem Boden.

Im nächsten Moment schlingt er die Arme um mich, hebt mich hoch und trägt mich ins Schlafzimmer.

Ich halte mich mit Armen und Beinen an ihm fest.

Knabbere an seinem Ohrläppchen und seinem Hals. Genieße, wie er aufstöhnt.

»Magst du das?«, murmele ich und lecke über seine Haut.

»Fuck, ja!« Seine raue Stimme vibriert durch meinen Bauch.

Brandon manövriert uns durch den Türrahmen, bleibt schließlich stehen. Er packt meinen Nacken, stützt sich mit einem Knie auf der Matratze ab und legt mich vorsichtig aufs Bett. Nur kurz löst er sich von mir, um die Decken zu Boden zu werfen. Dann sinkt er halb auf mich und ich umfasse sein Gesicht mit beiden Händen, um ihn zu küssen.

Mit einer Hand fährt er meine Seite entlang, den Hintern, den Schenkel. Schlingt sich mein Bein um die Hüfte und drängt einen Schenkel zwischen meine. Auf dem Rückweg knetet er kurz meine Pobacke, bevor seine Finger zu meinem Rücken und dem Verschluss meines BHs wandern.

Ich hebe eine Schulter, um es ihm zu erleichtern, und schon streift er mir das Stück Stoff ab, wirft es davon.

Er umfasst meine Brust, reibt mit dem Daumen über meinen harten Nippel. Ein lustvoller Blitz schießt von da aus bis in meinen Schoß und feuert das Pochen an.

Doch das reicht mir nicht.

Ich lege meine Hand über seine und zeige ihm, dass ich es kräftiger mag.

»Gott, du machst mich verrückt«, raunt er an meinen Lippen und küsst sich meinen Hals hinab. Er stemmt sich hoch und widmet sich ausgiebig meinen Brüsten. Knetet, saugt, knabbert.

Und ich wühle die andere Hand in sein Haar, wölbe mich ihm entgegen.

Irgendwann wandert er tiefer, öffnet meine Jeans und

küsst mich durch das Höschen. Dann steigt er vom Bett, schaltet die Nachttischlampe ein und greift nach meinem Fuß. Er streift mir Schuhe und Socken ab, dann Jeans und Slip in einem Rutsch.

Ich nutze die Gelegenheit und setze mich auf, packe seinen Hosenbund und ziehe ihn zu mir. Ohne Hast öffne ich Knopf und Reißverschluss, worunter die Beule in seinen Pants zum Vorschein kommt. Nehme nur am Rande wahr, dass er seine Brieftasche aus der Gesäßtasche angelt und auf den Nachttisch wirft.

Dann schiebe ich die Jeans über seinen Hintern und seine Beine hinab, die Pants folgen. Befreit ragt mir sein Schwanz aus dem dunklen Haar entgegen und ich lecke mir über die Lippen, das Pochen in meinem Schoß wird stärker.

Mit einer Hand umfasse ich seine Härte, reibe sanft auf und ab, bis er stöhnt. Fahre mit dem Daumen über seine pralle Eichel und die Kerbe, verteile den Lusttropfen. Voller Begierde sehe ich zu ihm auf, begegne seinem lodernden Blick und lächele. Dann stülpe ich die Lippen über seine Schwanzspitze und sauge.

Eine Art Knurren entweicht seiner Kehle und seine Hand fährt in mein Haar. Er streicht es zur Seite und beobachtet mich garantiert dabei, wie ich seinen Schwanz verwöhne. Weshalb ich mir noch mehr Mühe gebe, seine Lust mit Zunge, Lippen und Zähnen zu steigern, mit der anderen Hand seine Eier massiere.

Seine Hüften zucken mir entgegen und ich nehme ihn tiefer in den Mund. Lasse ihn hinein und hinausgleiten.

Woraufhin er laut aufstöhnt und mein Haar fester packt.

Ich schaue zu ihm auf und genieße die Macht, die ich über ihn habe. Wie er mit geschlossenen Lidern dasteht, den Kopf in den Nacken gelegt, das Gesicht lustverzerrt.

Unvermittelt öffnet er die Augen und bedenkt mich mit einem gierigen Blick, der mir durch und durch geht. Löst die Hand aus meinem Haar und zieht sich zurück.

»Leg dich hin und rutsch ein Stück rauf.«

Voller Vorfreude folge ich seiner Anweisung.

Er kniet sich vors Bett, beugt sich vor und spreizt meine Knie. Packt von unten meine Schenkel und zieht mich etwas näher. Zärtlich küsst er sich die Innenseiten hinab, wobei sein Bart aufreizend über meine empfindliche Haut kratzt.

Die Lust pulsiert immer heftiger durch meinen Körper und mein Atem geht schneller, während ich ihn beobachte. Und als er schließlich den Mund auf mein Lustzentrum senkt, sauge ich zischend die Luft ein.

Seine Zunge dringt zwischen meine Schamlippen, umspielt spitz meine Klit und ich jammere auf vor Lust. Doch dabei bleibt es nicht, er leckt mich auch mit breiter Zunge oder dringt in mich ein. Saugt an mir, knabbert, verschlingt mich regelrecht.

»Oh, Gott!« Mein Kopf fällt zurück auf die Matratze und ich taste blind nach ihm, um mich festzuhalten.

Er ergreift meine rechte Hand und steigert das Engagement, dringt mit einem Finger in mich ein, zweien. Peitscht mich dem ersten Höhepunkt entgegen.

Ich keuche und winde mich unter ihm. Bäume mich auf, wimmere, halte die Luft an. Und explodiere.

Brandons Stöhnen vibriert durch meinen Schoß und er dehnt den Orgasmus aus, bis ich japsend auf die Matratze zurücksinke. Dann küsst er sich meinen Körper hinauf, plündert meinen Mund und ich schmecke meine Lust auf seiner Zunge, rieche sie in seinem Bart.

Leider ist er genauso schnell wieder weg und steigt vom Bett.

Ich stütze mich auf die Ellbogen und sehe ihm dabei

zu, wie er ein Kondom aus seiner Brieftasche holt. Das Päckchen aufreißt und das Gummi über seine Härte rollt. Kurz darauf ist er wieder über mir, hakt mein rechtes Bein ein und stützt sich neben mir auf. Mit der anderen Hand setzt er seine Schwanzspitze an meine Pussy, sieht mir tief in die Augen und dringt langsam in mich ein.

Wie er mich dehnt, ist so köstlich, dass ich mir auf die Lippe beiße und aufstöhne.

Da hakt er auch mein linkes Bein ein, zieht sich zurück und versenkt sich mit einem schnellen Stoß bis zum Anschlag in mir.

Gierig packe ich seinen Kopf mit beiden Händen und ziehe ihn zu mir herab, um ihn zu küssen.

Sein Schwanz gleitet aufregend ruhig hinaus und tief in mich hinein, während er meinen Hals küsst und leckt. Auch variiert er mit dem Tempo und dem Winkel, in dem er mich nimmt. Mal liegt er direkt auf mir, mal stützt er sich auf die Ellbogen und umfasst beim Küssen meinen Kopf. Dann stemmt er sich hoch und lässt ein Bein los. Legt sich das andere an die Schulter und fickt mich so hart, dass ich vor Lust die Fingernägel in seine Schenkel grabe.

Jammernd wölbe ich den Rücken. »Ja. Ja!«

Brandon keucht und stöhnt, massiert mit der freien Hand meine Brust, kneift meinen Nippel. Der Schmerz erregt mich und ich hebe den Kopf, um zwischen uns zu schauen. Der Anblick, wie er, einem Kolben gleich, in mich hämmert, gibt mir einen zusätzlichen Kick.

Ich löse die rechte Hand von seinem Bein und schiebe sie zu meinem Schoß, will meine Lustperle reiben.

Doch er hält inne und drängt sie mit einem Knurren beiseite.

Irritiert schaue ich auf und begegne seinen Glutaugen, er schüttelt nachdrücklich den Kopf.

Was mich ebenfalls kickt.

Ergeben sinke ich zurück auf die Matratze und er lässt mein Bein los, beugt sich tief über mich. Umschließt mich mit den Armen, küsst mich und nimmt seine Bewegungen wieder auf. Wie er mich fickt, hat etwas unglaublich Intensives, und der nächste Orgasmus kündigt sich bereits mit einem Kribbeln in meinem Bauch an.

Weswegen ich die Finger in seine Arme grabe und die Beine weiter spreize, ich will so viel wie möglich von ihm spüren.

Da schiebt er die rechte Hand zu meinem Schoß, sein Daumen findet meine Klit und reibt sie.

Das Kribbeln breitet sich aus, alles in mir schwillt an und ich keuche in seinen Mund.

Er vergräbt die Finger in meinem Haar und packt zu. Hebt den Kopf an, unsere Lippen nur ein Stückchen voneinander entfernt, und sieht mir in die Augen.

Gefesselt von der Gier darin, halte ich still und mich an seinen Schultern fest. Atme seinen Atem, wie er meinen einsaugt.

»Komm für mich. Mit mir.«

Sein Flüstern jagt mir eine Gänsehaut über den Körper und weil er mich noch einmal schneller fickt, meine Perle fester reibt, hebe ich ab.

Mein Atem stockt, der weiße Blitz schießt durch meinen Körper und für zwei Sekunden schwebe ich.

Im nächsten Moment presst er das Becken gegen meines und ergießt sich mit einem kehligen Laut, sein Schwanz pumpt und pulsiert in mir.

Überwältigt schlinge ich Arme und Beine um ihn, küsse ihn, presse ihn an mich.

Und er sinkt ganz auf mich herab, hält mich, schaukelt mit kleinen Stößen über meinen geschwollenen Schoß und schenkt mir noch eine Welle Befriedigung.

Langsam segele ich zurück auf die Erde und seufze

stumm, streiche über seinen Rücken, durch sein Haar. Spüre dem warmen Glücksgefühl nach und habe nur noch einen Wunsch.

Das hier will ich immer und immer wieder.

# Brandon

## Kapitel 10

Zärtlich küsse ich ihren Kiefer und den Hals, reibe mit der Nase über ihre heiße, verschwitzte Haut und sauge ihren Duft tief in mich auf.

Das letzte Mal, dass ich mich nach dem Sex so ... unglaublich gefühlt habe, ist schon verdammt lange her.

Genauer gesagt, war ich damals noch Student.

Was im Umkehrschluss bedeutet ...

Ohne Vorwarnung stolpert mein Herz.

Ja, zum Teufel!

Diese Nähe zwischen uns, die Anziehungskraft ... das mit Alyssa ist nichts Oberflächliches. Ich habe mich auf sie eingelassen, ohne mir dessen bewusst zu sein.

Die Erkenntnis überrollt mich, lässt mich beinahe fassungslos zurück, und ich hoffe, dass sie mir nichts davon anmerkt. Immerhin muss ich erst einmal selbst damit klarkommen.

Weswegen ich mich mit einem entschuldigenden Lächeln von ihr löse und hochstemme. »Bin gleich wieder da.«

»Okay.«

Ich schnappe mir meine Unterhose, gehe ins Bad und entsorge das Kondom. Benutze die Toilette, wasche mir die Hände und betrachte mich im Spiegel.

*Das hier ist etwas Gutes, mach es nicht kaputt.*

Angespannt atme ich tief durch.

Nein, das ist das Letzte, was ich will.

Gewappnet verlasse ich das Bad und gehe ins Schlafzimmer. »Wie wäre es jetzt mit einem Glas Wein?«

Alyssa trägt bereits ihre Pyjamahose und schlüpft gerade in ihr Shirt, aus dem sie lächelnd auftaucht. »Das war auch meine Idee.«

Folglich tausche ich Pants ebenfalls gegen Schlafhose sowie Shirt und wir sammeln unsere Kleidung vom Boden auf, inklusive der Teile im Wohnzimmer. Rücken die Möbel an ihre Plätze zurück und gehen mit einer geöffneten Flasche Wein sowie zwei Gläsern zur Couch.

»Willst du fernsehen?« Ich schenke uns ein, lehne mich zurück und reiche ihr eins davon.

»Danke. Und nein, kein Fernsehen. Die Musik ist doch wunderbar.«

»Möchtest du vielleicht noch einmal tanzen?«

Da lacht sie leise. »Sorry, aber ich habe Pudding in den Beinen.«

Grinsend streiche ich über ihren Schenkel, hebe ihn hoch und lege ihr Bein über meines. »Hm, woher das wohl kommt?«

»Tja, gute Frage. Vielleicht vom Tanzen in der Bar?«

Sie nippt an ihrem Wein und ich tue es ihr nach. Genieße, wie sich Geschmack und Aroma in meinem Mund entfalten, bevor ich ihn hinunterschlucke.

»Nein, ich glaube, das kommt vom Eislaufen. Und dem Billardspielen.«

»Ja, vermutlich.«

Eine Weile lang schweigen wir, trinken Wein und lauschen der Musik. Meine Hand ruht auf ihrem Schenkel, gleich unterhalb des Knies, und mit dem Daumen streiche ich gedankenverloren darüber.

Ich stelle mir vor, wir würden in meinem Wohnzimmer sitzen, das kein einziges Stück Weihnachtsdekoration schmückt.

Was würden wir am nächsten Tag unternehmen?

Und wie habe ich die Sonntage eigentlich mit meinen bisherigen Freundinnen verbracht?

Vermutlich irgendwelche Pärchenaktivitäten, die mich nicht interessiert haben.

Unvermittelt lehnt Alyssa den Kopf gegen meine Schulter. »Ich könnte stundenlang mit dir hier so sitzen, weißt du das?«

»Ach ja? Ist das nicht langweilig?«

»Achtsamkeit, erinnerst du dich? Den Moment leben und genießen.«

»Stimmt, da war etwas. Vielleicht sollte ich mir noch ein Buch über das Thema Achtsamkeit im Alltag besorgen.«

»Solltest du.«

»Möchtest du morgen trotzdem etwas unternehmen?«

»Spontan fällt mir nichts ein. Ein fauler Tag, mit dir und einem Buch, auf der Couch oder im Bett, wäre perfekt.«

»Du meinst Sex, essen, lesen und wieder von vorn?«

Sie gluckst. »So ungefähr.«

»Bin dabei.«

Da stupst sie mir mit dem Ellbogen in die Seite. »Hast du einen Zwillingsbruder, mit dem du kürzlich die Plätze getauscht hast? Wo ist der Unternehmer, der Entspannung als Bedrohung empfunden hat?«

»Tja, gute Frage. Vermisst du ihn?«

»Kein bisschen. Aber ich frage mich, wie du deinen Arbeitsalltag angehen wirst, wenn wir wieder in Denver sind. Lässt du dich von deinem alten Leben einholen? Oder schaffst du es, deine Veränderung einzubauen und einen neuen Weg einzuschlagen?«

»Das ist zumindest mein Ziel und ich habe auch schon ein paar Ideen.«

»Etwas Konkretes?«

»Nein, ich werde das nach den Feiertagen in Ruhe zu Papier bringen.«

»Sieh an, Papier.«

Ich lächele über den feinen Spott in ihrer Stimme. »Du färbst ab.«

»Klingt gut. Beides.«

»Würdest du mir im Zweifel assistieren?«

»Ich?«

»Natürlich? Du bist mein Vorbild und mein Coach.«

»Oh, vielen Dank der Ehre.«

Ich schaue auf sie hinab. »Nein, ehrlich. Ohne dich wäre ich bestimmt nicht so weit. Und ich bewundere, wie du dich nach deiner Trennung mithilfe dieser Methode selbst wieder geheilt und aufgebaut hast.«

»Geheilt ist übertrieben.« Sie verzieht das Gesicht, nippt an ihrem Wein.

»Heißt das, es quält dich noch immer?«

»Selten. Und nur, wenn ich wegen etwas anderem niedergeschlagen bin. Aber ja, manchmal denke ich daran, was da passiert ist, und es tut verdammt weh.«

Ich höre das Zittern in ihrer Stimme, lege die Finger unter ihr Kinn und drücke es sanft hoch, bis sie mich ansieht. »Hey! Bitte, hör auf damit. Gibt es keinen Trick, der dir helfen kann, damit abzuschließen?«

Alyssa zuckt mit den Schultern und ich lasse die Hand sinken. »Eigentlich wollte ich noch vor meinem ersten Tag bei *Kentwood* einen Brief an Tyler schreiben. Alles rauslassen, ihn verbrennen, damit abschließen. Aber irgendwie war dann alles so aufregend und vollgepackt, dass ich es immer wieder aufgeschoben habe.«

Interessiert hebe ich eine Braue, wälze eine Idee hin und her, betrachte sie gedanklich von allen Seiten. »Hilft das denn wirklich?«

»Die Psychotherapie wendet es erfolgreich an, so viel ich weiß. Es soll dem Unterbewusstsein helfen, das Thema loszulassen.«

»Hm.«

»Was, hm? Ich kann es förmlich in deinem Kopf rattern sehen.«

»Ich habe eine Idee.«

»Und welche wäre das?«

»Lass uns das zusammen durchziehen, gleich morgen.«

»Was?« Sie lacht leise. »Was hast du denn vor?«

»Du schließt mit deinem Ex ab und ich mit Nicole. Es wird dringend Zeit.«

»Himmel, bei dir ist ja ein ziemlich dicker Knoten geplatzt, was?«

»Wie hast du so schön gesagt? Wenn mich etwas interessiert, gehe ich in die Vollen. Und wenn etwas mir privat Erfolg verspricht, zu meinem Vorteil ist, erst recht.«

»Obwohl es ein bisschen spirituell angehaucht ist?«

»Das ist mir egal. Also – ziehen wir es durch?«

»Klar, ich bin dabei. Meinst du, wir bekommen morgen irgendwo Stifte und Papier?«

»Im Zweifel am zentralen Empfang. Und Kondome brauchen wir auch noch.«

»Ach, ja?«

»Ja, sorry, ich habe nur noch zwei. Und die gedenke ich bis zum Aufstehen zu verbrauchen.«

Da lacht sie auf und schüttelt den Kopf. »Das ist ja mal eine Ansage.«

Ich beuge mich zu ihrem Ohr. »Nein, nur ein lustvolles Versprechen. Bist du dabei?«

»Oh, und wie ich dabei bin!«

*

Nach gemütlichem Sonntagmorgensex schlüpft Alyssa in ihre Schlafsachen und ich ziehe mich an, um Kaffee zu besorgen.

Sie will mit ihrem Buch zur Couch, als ich die Jacke überwerfe, und ich halte sie im Vorbeigehen fest. Schlinge ihr den Arm um die Taille, ziehe sie an mich und küsse sie zärtlich. »Irgendwelche besonderen Wünsche?«

»Nein, alles wie immer.« Lächelnd legt sie eine Hand an meine Wange und küsst mich. »Beeil dich.«

»Ich gebe mein Bestes.«

Ich löse mich von ihr, verlasse das Apartment und laufe pfeifend die Treppen bis ins Erdgeschoss hinunter. Wende mich Richtung Frühstücksraum, besinne mich jedoch. Ich eile aus dem Gebäude und zum Drugstore, besorge ultradünne Kondome und kehre in die Lodge zurück.

Im Selbstbedienungsrestaurant, das nur noch wenige Minuten geöffnet hat, stelle ich schnell eine Schachtel mit Gebäck zusammen. Packe eine Schale mit Obstsalat obendrauf und ganz oben unsere beiden großen Kaffeebecher in einer Papphalterung dazu.

Ich schaffe es sogar, alles an mich gedrückt zum Fahrstuhl und bis vor das Apartment zu balancieren. Meine Key-Card aus der Tasche zu angeln und die Tür zu öffnen. Dann stoße ich die Tür auf und marschiere hinein, schubse sie mit dem Fuß ins Schloss.

»Zimmerservice.«

»Das ging wirklich schnell.«

»Da unten ist nichts mehr los, alle sind unterwegs.« Vorsichtig gehe ich in die Knie, sie nimmt mir zwei Teile ab und wir stellen alles auf den Couchtisch. Anschließend hänge ich meine Jacke auf und laufe ins Schlafzimmer, um die Klamotten gegen Pyjamahose und Shirt zu tauschen.

Zurück im Wohnzimmer sinke ich neben ihr in die Polster und nehme mir ein Stück Gebäck aus der bereits offenen Schachtel. »Übrigens habe ich eine Information aufgeschnappt. Heute Abend um sechs wird der Weihnachtsbaum draußen feierlich entzündet. Hast du Lust, dir das anzusehen?«

Alyssa seufzt auf. »Oh, ja, bitte, ich liebe so etwas.«

»Okay, dann sind wir dabei.«

Ich stehle mir einen Kuss, schiebe mir ein weiteres Gebäckstück in den Mund und beuge mich über die Seitenlehne der Couch, um das angefangene Buch aus der Tüte zu holen. Wobei mir das festlich verpackte Päckchen ins Auge fällt.

Stimmt, das muss ich auch noch verstecken.

Wir machen es uns gemütlich und lesen, wechseln manchmal die Position. Sitzen oder liegen auf der Couch, mal mit, mal ohne Körperkontakt.

Und ja, ich gebe es zu – es ist herrlich entspannt.

Jeder von uns versinkt in seiner Lektüre und schweigt, trotzdem fühle ich mich kein bisschen allein. Hauptsache, sie ist in meiner Nähe.

Zwischendurch und aus heiterem Himmel überrascht sie mich sogar.

Sie klappt ihr Buch zu und legt es auf den Tisch. Steht auf, verfährt mit meinem Buch auf die gleiche Weise und setzt sich rittlings auf meinen Schoß.

Ich hebe die Brauen, streiche automatisch ihre Schenkel hinauf. »Bist du schon fertig mit dem Buch?«

»Nein, aber ich habe da gerade so eine aufregende Szene gelesen.« Lächelnd schlingt Alyssa mir die Arme um den Hals und küsst mich.

Augenblicklich schießt Verlangen durch meinen Körper, ich lege die Hände auf ihren Rücken und drücke sie an mich.

»Läuft das etwa immer so bei dir?«, murmele ich an ihren Lippen.

»Was meinst du?« Ihr Mund gleitet zu meinem Hals, küsst und leckt ihn, saugt sanft daran.

»Dich törnt etwas an und dann fällst du über deinen Partner her?«

Sie richtet sich auf, betrachtet mein Gesicht und runzelt die Stirn. »Partner?«

»Oder Mann, Freund, wie auch immer du es bezeichnest, wenn du mit jemandem zusammen bist. Unverbindlicher Sex ist für dich keine Option, das ist mir bereits klargeworden.«

Auf ihren Lippen breitet sich ein Lächeln aus. »Nein, keine Bettgeschichten.«

»Also.« Ich streiche zu ihrem Hintern, packe fester zu. »Nutzt du es in einer Beziehung aus, wenn du in Stimmung bist?«

»Normalerweise nicht, nein.«

»Zu schade.«

»Aber bei dir ... mache ich mit dem größten Vergnügen eine Ausnahme.«

»Mmh, das höre ich gern. Und darf ich dir jetzt einen Wunsch erfüllen oder lässt du mir freie Hand?«

»Der Tisch da sieht verdammt verlockend aus.« Mit dem Kopf deutet sie zum Esstisch.

»Sehr gern, Ms. Tate.« Ich hebe sie von meinem Schoß, stehe auf und führe sie hinüber.

Ziehe sie aus, lege sie auf die Platte und lecke sie zum ersten Höhepunkt.

Bringe sie von hinten zum Schreien und sinke am Ende erschöpft aber zufrieden auf sie. Umfange sie, bedecke ihre Schultern und Nacken mit zärtlichen Küssen, bis uns kalt wird.

Dann streifen wir die gemütlichen Sachen wieder über und kuscheln uns miteinander auf die Couch, dösen sogar ein.

Schließlich steigen wir zusammen unter die Dusche, was wir für einen intensiven Quickie ausnutzen, machen uns fertig und verlassen das Apartment.

Draußen dämmert es bereits, als wir den Drugstore mit Blöcken und Kugelschreibern verlassen.

Ich nehme ihre Hand, schiebe meine Finger zwischen ihre und wir schlendern Richtung Eisbahn. »Hast du Hunger?«

»Ich dachte schon, du fragst nie.«

»Worauf?«

»Am liebsten eine fettige Pizza mit viel Käse.«

»Ich glaube, die gab es an einer der Marktbuden.«

Zum Glück liege ich richtig und wir bestellen uns jeder ein großes Stück. Dazu trinken wir Punsch und teilen uns zum Dessert ein Crêpe.

Dabei schauen wir dem kleinen Showprogramm zu, das die Kinder vom *Kid's Adventure Center* eingeübt haben, und am Ende steigt der Bürgermeister von White River Springs mit einem Mikrofon auf die Bühne.

»Guten Abend, liebe Gäste des *White River Escape* und allen anderen Besuchern sowie Einwohnern. Eine Woche vor Weihnachten ist es wieder Zeit für die traditionelle Entzündung des Weihnachtsbaums und ich freue mich, dass Sie so zahlreich hier erschienen sind.«

Immer mehr Leute drängen sich zwischen Buden und Tischen Richtung Bühne, sodass ich mich hinter Alyssa stelle und ihr die Arme um die Taille schlinge.

Sie schmiegt sich hinein, legt ihre Arme darüber und lehnt sich gegen mich.

Der Bürgermeister deutet auf einen Sockel neben dem bestimmt zehn Fuß hohen, prachtvoll geschmückten

Baum. »Nun brauche ich nur noch eine Freiwillige oder einen Freiwilligen, der mir dabei hilft. Hat vielleicht einer von euch Kids Lust dazu?«

Fragend schaut er in die Gruppe, die sich vor der Bühne drängelt. Alle reißen ihre Arme nach oben und rufen »Ich! Ich!«

Da lacht er auf. »Okay, da muss ich wohl auslosen.«

Er schließt die Augen, streckt den Finger aus und bewegt den ausgestreckten Arm hin und her. Wenige Sekunden später stoppt er, lächelt ein Kind an und winkt es herauf. »Komm her, mein Kleiner, du darfst mir helfen.«

Ein etwa fünfjähriger Junge in dicker Winterkleidung erklimmt die Bühne und der Bürgermeister hilft ihm, aufzustehen. Dann hält er ihm das Mikrofon vor die Nase.

»Wie heißt du, junger Mann?«

»George«, verkündet der mit sichtlichem Stolz. »Und du?«

In der Menge kommt Gelächter auf, auch der Bürgermeister grinst. »Ich bin Robert. Bist du im Urlaub hier?«

»Jap.«

»Und gefällt es dir hier?«

»Jap.«

Erneutes Lachen.

»Prima. Dann hoffe ich, dass du nächstes Jahr wiederkommst.«

»Weiß ich nicht, da musst du meine Mommie fragen.«

»Alles klar, das mache ich. Aber jetzt müssen wir erst einmal die Beleuchtung an unserem tollen Weihnachtsbaum einschalten. Gefällt er dir auch?«

»Jap. Aber die Lichter fehlen.«

Das Publikum lacht, der Bürgermeister kämpft gegen ein Grinsen an.

»Du hast recht, das müssen wir sofort ändern.« Er führt den Jungen zum Sockel. »Du legst deine Hände darauf, ich zähle bis drei und dann drückst du ganz fest auf den roten Knopf. Alles klar?«

»Jap.«

»Dann leg die Hände darauf ... ja, genau so, prima. Und jetzt zählen wir alle mit.«

Er richtet sich auf und animiert die Leute, mitzumachen. »Eins. Zwei. Drei!«

Die Zunge zwischen die Zähne geklemmt, drückt der Junge auf den Buzzer und am Baum leuchten hunderte bunte Lichter auf.

Ein »Oh!« geht durch die Menge und alle applaudieren.

Alyssa seufzt. »Ist das nicht wunderschön?«

»Ein bisschen zu viel für meinen Geschmack.«

»Hier draußen und in diese Kulisse passt es perfekt.«

»Das stimmt allerdings.«

»Und noch einen großen Applaus für meinen kleinen Helfer George!« Der Bürgermeister weist mit beiden Händen auf den Jungen.

Der verbeugt sich und läuft grinsend von der Bühne.

»Bleibt nur noch, Ihnen einen schönen Abend zu wünschen. Genießen Sie unser Programm, als Nächstes mit einer Darbietung auf dem Eis. In wenigen Minuten geht es los.« Er deutet zur Eisbahn und die Menge dreht sich automatisch um.

Mehr als die Hälfte strebt sogar dorthin, sobald das Licht auf der Bühne erlischt.

Ich löse mich von Alyssa und trete neben sie. »Wollen wir drüben auf der Hotelterrasse schauen, ob wir einen Platz an einer der Feuerstellen ergattern können?«

»Hört sich auf jeden Fall gemütlich an.« Sie schiebt eine Hand in meine und wir schlendern hinüber.

Leider sind besagte Sitzplätze alle belegt, aber wir finden einen Tisch mit Heizstrahler an der Seitenmauer, auf der Laternen mit Kerzen stehen.

Eine Kellnerin nimmt unsere Getränkebestellung auf und während wir darauf warten, packen wir Blöcke und Stifte auf den Tisch.

Nachdenklich starre ich auf das Deckblatt hinab. »Muss ich irgendetwas beachten? Wenn schon, dann will ich es auch richtig machen.«

»Ich glaube, da gibt es kein Richtig oder Falsch. Lass einfach alles raus, was dir auf der Seele liegt und du schon immer loswerden wolltest.«

»Na, dann ...« Ich werfe ihr ein dankbares Lächeln zu, ergreife den Stift, klappe den Block auf und fange an zu schreiben.

Nicoles Gesicht vor Augen schreibe ich auf, wie sehr sie mich enttäuscht und damit verletzt hat. Erzähle von meinen Plänen, Gedanken und Gefühlen. Ich denke an unseren Trennungsstreit und beschimpfe sie, mache ihr Vorwürfe und sie für mein kaputtes Liebesleben verantwortlich. Genauso wie für die Narben auf meinem Herzen.

An dem Punkt halte ich inne und horche tiefer in mich hinein.

Ist es nicht auch ein Zeichen meiner eigenen Schwäche, dass ich mich dermaßen davon habe beeinflussen lassen?

So viele Risiken bin ich bereits eingegangen und habe dadurch gewonnen. Aber meinem Herzen, meinem Innersten, wollte ich das auf keinen Fall ein zweites Mal zumuten.

Ich schreibe alles dazu auf, entwerfe Theorien, überlege hin und her.

Ziehe Schlüsse, Bilanz und Fazit.

Am Ende setze ich einen Schlusspunkt und stoße ein tonloses Seufzen aus. Ich nehme die Blätter zur Hand und bin verwundert, dass es mehr geworden sind als erwartet.

Erstaunlich, welche Emotionen ich mit den Worten durchlebt habe!

Und wie erleichtert ich mich nun fühle!

Gedankenversunken lehne ich mich zurück, um all das erst einmal zu verdauen. Lasse meinen Blick über den Platz schweifen, die Gebäude und Menschen rundherum.

Wie von selbst lande ich letztlich bei Alyssa.

Ihr Gesicht spiegelt wider, was sie beim Schreiben empfindet, und es wird immer trauriger. Ihre Mundwinkel sinken tiefer, in ihren Augen zeigen sich sogar Tränen.

Bei dem Anblick zieht sich etwas in meiner Brust zusammen und im ersten Moment möchte ich zu ihr gehen, um sie zu trösten.

Doch mein Verstand schnaubt. *Mach dich nicht lächerlich!*

Also unterdrücke ich das und schon kurze Zeit später presst sie die Lippen fest aufeinander. Atmet entschieden durch, wirkt umgehend gefasster und mit jeder Minute wieder stärker.

Faszinierend.

Und bewundernswert.

Wir beide haben Ähnliches durchgemacht, sind aber gegensätzlich damit umgegangen. Und was im Nachhinein am schlimmsten ist – ich habe mich nicht nur gegen zukünftige Leiden abgeschottet, sondern auch andere damit verletzt.

Womöglich hatte sie letztens recht und ich sollte mich wenigstens bei Lindsay für mein Verhalten entschuldigen, mich mit ihr aussprechen.

Von den anderen habe ich nicht einmal mehr Kontaktdaten.

Eine Weile lang denke ich darüber nach und mit jeder Minute verfestigt sich mein Entschluss. Ich werde ihr eine Nachricht schicken und sie auf einen Drink in ihre Lieblingsbar einladen. Am besten so bald wie möglich, damit ich es hinter mir lassen und mit Alyssa nach vorn schauen kann.

»Bei Ihnen alles in Ordnung, Sir?«

Ich blinzele erschreckt und sehe zu der Kellnerin auf. »Oh, ähm, ja, danke.«

»Darf ich Ihnen noch etwas zu trinken bringen?« Sie deutet auf unsere leeren Punschgläser und ich tausche einen Blick mit Alyssa, die mir zunickt.

»Noch einmal das Gleiche, bitte.«

»Gern.« Sie sammelt die leeren Glastassen ein und geht zum nächsten Tisch.

»Ich hoffe, sie hat dich mit der Unterbrechung nicht rausgerissen.«

Alyssa schüttelt den Kopf. Schreibt zwei Sekunden weiter und richtet sich auf. »Bin gerade fertig. Später müssen wir nur noch schauen, wo wir die Briefe verbrennen können.«

»Wie wäre es mit den Feuerschalen, die sie auf dem Weihnachtsmarkt aufgestellt haben?«

»Stimmt, gute Idee.« Sie lehnt sich zurück, neigt den Kopf und mustert mich. »Und? Wie geht es dir mit diesem Brief?«

»Ehrlich gesagt fühle ich mich ... ein wenig aufgewühlt. Aber es hat auf jeden Fall gutgetan, auch ein paar Ideen angestoßen. Und bei dir?«

Sie zuckt mit den Schultern, schaut auf ihren Block. »Es ist wirklich Zeit, damit abzuschließen. Ich habe keinen Bock mehr, über diesen Scheiß nachzudenken.«

Ich nicke bedächtig.

Wahre Worte.

## Kapitel 11

Neben Brandon aufzuwachen, sein Bauch an meinem Rücken, fühlt sich verdammt gut an. Nein, wunderbar. Und richtig. Dabei ist es erst das zweite Mal. Zumindest seit wir zusammen sind.

*Zusammen.*

In einer *Beziehung!*

Wow, ich kann das noch immer kaum glauben.

Und er war derjenige, der es ausgesprochen hat. Kein Ausweichen, Herumdrucksen oder anderweitige Ablenkungsmanöver.

Sarah wird ausflippen, wenn ich ihr davon erzähle.

Ich lächele mit geschlossenen Augen und spüre in meinen nackten Körper hinein, spanne sanft die Muskeln in meinem Schoß an. Prompt tauchen Bilder der letzten Nacht auf und ich genieße, was sie in mir auslösen. Die Hitze, das Pochen und die prickelnde Erregung.

Kein Wunder, dass ich den Mann hinter mir deutlicher wahrnehme.

Seinen Duft, der mich einhüllt.

Seine Brusthaare, die mit jedem seiner Atemzüge über meine Schultern kitzeln.

Das Gewicht seines Arms um meine Taille.

Seine Schenkel an meinen und dazwischen sein Schwanz, der gegen meinen Hintern drückt.

Das Pulsieren zwischen meinen Beinen wird stärker und ich beiße mir auf die Lippe.

Ob ich ihn wecken sollte?

Ich male mir ein paar heiße Szenen aus, bin aber unentschlossen, was davon ich umsetzen will.

Da bewegen sich seine Finger auf meinem Bauch, Brandon atmet tief ein.

Und ich zucke zusammen, stoße die Luft aus.

»Hey«, murmelt er verschlafen, »du bist ja schon wach.«

»Ja, aber noch nicht lange.« Ich schiebe die Finger zwischen seine, er schließt sie zu einer lockeren Faust.

»Wie spät ist es?«

»Keine Ahnung, der Wecker hat noch nicht geklingelt.«

»Das heißt, wir haben noch Zeit.« Sein Daumen streicht über meinen Bauch.

Ich lächele. »Vermutlich.«

»Die sollten wir nutzen.«

»Hast du etwas Bestimmtes im Sinn?«

»Wieso sollte ich?« Er bewegt sich, streicht mein Haar zur Seite und küsst meinen Nacken.

Ein Schauer rieselt über meine Haut. »Gute Frage.«

»Oder hast du eine Idee, wie wir diesen Morgen starten könnten?«

»Habe ich tatsächlich.« Ich hebe den linken Schenkel und schiebe seine Hand zu meinem Schoß, einen Finger direkt zu meiner Klit.

»Ms. Tate! Hatten Sie etwa bereits unanständige Gedanken?« Sein Finger gleitet mühelos zwischen meine schlüpfrigen Lippen und tiefer.

»Den einen oder anderen.«

»Ohne mich?« Er taucht mit dem Finger in mich ein, zieht ihn zurück. Reibt über meine anschwellenden inneren

Schamlippen, umkreist meine Klit.

Ich stöhne auf, umklammere sein Handgelenk. »Nein.«

»Sehr gut.« Brandon angelt mit der Zunge nach meinem Ohrläppchen, nimmt es in den Mund und saugt daran. »Ich habe nämlich auch ein paar Fantasien von uns beiden.«

Schon fingert er mich intensiver, steigert meine Lust und schaltet mein Sprachvermögen aus.

»Soll ich dir eine davon zeigen?« Sanft leckt und knabbert er an meinem Hals.

»Mh-hm.«

»Nicht bewegen.«

Unvermittelt löst er sich von mir und ich schaue ihm über die Schulter nach, wie er sich im Licht von Dämmerung und Laternen auf den Rücken dreht. Beobachte, wie er ein Folienpäckchen vom Nachttisch nimmt, es aufreißt und das Kondom über seine pralle Härte rollt. Dann zerrt er mit einem Ruck die Bettdecke herunter, legt sich wieder hinter mich, auf den Ellbogen gestützt, und drängt die andere Hand von hinten zwischen meine Beine.

Ich ziehe das Knie an und öffne die Schenkel, um es ihm zu erleichtern. Schließe die Augen und genieße, wie er mich erregt. Mein Kopf fällt zurück aufs Kissen.

Kurz darauf setzt er endlich die Schwanzspitze an meine Pussy und dringt in mich ein. Packt meine Kniekehle und fickt mich.

Ich stöhne auf, kralle die Finger ins Laken.

Brandon legt mein Bein auf seinem ab und drängt sich an mich, ohne die Bewegungen zu unterbrechen. Streicht meinen Bauch hinauf, massiert meine Brust, erhöht das Tempo.

Wechselt zu langsamen, tiefen Stößen und schiebt die Hand unter meine Wange. Dreht mein Gesicht zu sich und mich damit halb auf den Rücken, küsst mich.

Ich ergreife seinen Arm und erwidere den Kuss voller Begierde, drücke den Hintern gegen seinen Schoß. Woraufhin er meine Hüfte packt und zeitweise schnell und kräftig in mich hämmert.

Keuchend beuge ich mich wieder vor, spanne sämtliche Muskeln an.

Gott, ja!

Doch er wird erneut langsamer. Schiebt den anderen Arm unter meinem Nacken hindurch, ergreift meine rechte Hand und verschlingt seine Finger mit meinen. Drückt meinen Schenkel nach unten, schiebt mein Knie vor und schlingt den Arm um meinen Brustkorb.

Er nimmt mich mit langen, intensiven Stößen. Umfasst meine Brust, spielt mit dem Nippel. Knabbert an meinem Hals und stöhnt mit hörbarem Genuss.

Ich drehe den Oberkörper nach hinten, sodass ich auf seinem Arm liege. Hebe die Hand zu seinem Haar, wühle die Finger hinein und jammere vor Verlangen.

Und er versteht, packt meine Hüfte, wird schneller.

Fickt mich, dass unser Fleisch hörbar aufeinander klatscht.

Scheiße, ja!

Brandon drückt das Gesicht gegen meines. Stöhnt, keucht und grollt.

Was meine Erregung weiter steigert.

Himmel, es ist so unglaublich mit ihm. Leidenschaftlich und intensiv. Wild und gleichzeitig intim. Und seine Art, mit mir zu schlafen, bringt mich jedes Mal um den Verstand.

So wie jetzt, wo er ständig mit dem Tempo spielt und mich zwischendurch einfach nur küsst und streichelt. Um die Erregung aufzubauen, den Höhepunkt hinaus zu zögern.

Bis zum explosiven Finale.

Ich schreie meinen Orgasmus hinaus, sein kehliges Stöhnen im Ohr.

Wir drängen uns aneinander, halten inne.

Und mich durchflutet das Glücksgefühl dermaßen heiß und tief, dass mein Herz förmlich dahinschmilzt.

Mit einem zufriedenen Lächeln ziehe ich seine Arme enger um mich.

Genieße seine Hitze, die durch meine Haut sickert. Seine Küsse, seine Nähe.

Dass wir einander nicht nur auf dieser Ebene berühren.

Und er es genauso sieht.

So liegen wir da, bis mein Handywecker als Erstes klingelt.

Hastig strecke ich den Arm aus, erreiche mit den Fingerspitzen gerade eben das Display und schalte mit einem Tippen den Alarm aus.

Brandon seufzt. »Ich wünschte, wir könnten noch ein oder zwei Tage hierbleiben. Ich habe mich gerade erst daran gewöhnt, Zeit für mich und dich zu haben. Ohne die Welt da draußen.«

In mir breitet sich Wehmut aus. »Geht mir genauso.«

Ein paar Sekunden bleibt es still.

»Wir bekommen das hin. Oder?«

Ich runzele die Stirn. »Was meinst du?«

»Na, es wird vermutlich eine gewisse Zeit dauern, bis ich mein Leben umgestellt und neu organisiert habe.«

»Hauptsache, du willst es. Dann schaffen wir das auch.«

»Und ob ich das will. Weil ich *dich* will.«

Mein Herz schwillt an, ich schmunzele. »Wie gut, dass dieses Gefühl auf Gegenseitigkeit beruht.«

»Perfekt.«

»Ja.«

»Dann lass es uns angehen. Und aufstehen.«

»Hast du zufällig ein bisschen Motivation für mich?«

Er spannt irgendwelche Muskeln an, sodass sein Schwanz sich ein Stückchen in mir bewegt. »War das etwa nicht Motivation genug? Bei diesem Raketenstart sollten wir den Tag voller Energie angehen können.«

Mit einem leisen Lachen drücke ich ihn noch einmal an mich.

»Okay, da könntest du recht haben. Kann ich das von jetzt an jeden Morgen haben?«

»Nichts lieber als das. Und jetzt ab unter die Dusche.«

*

»Wie weit bist du?«

Ich drehe mich zu Brandon um, der im Türrahmen steht. »Gerade fertig.«

Schnell ziehe ich den Reißverschluss zu, stecke die beiden Schiebergriffe ins TSA Schloss und stelle den Trolley auf den Boden. »Du hast genau die richtige Größe ausgesucht.«

»Sehr gut. Ich stelle ihn zu meinem.« Er packt den Griff und schiebt ihn aus dem Zimmer.

»Ich muss nur noch einmal ins Bad.«

»Kein Problem, lass dir Zeit.«

Ich sehe mich ein letztes Mal im Schlafzimmer um und gehe hinüber. Schaue am Ende noch einmal, ob wir nichts vergessen haben. Dann werfe ich mir die Handtasche über die Schulter und treffe ihn vor der Garderobe, wo er mir den Mantel zum Hineinschlüpfen hinhält.

Mit den Koffern fahren wir hinunter in den Frühstücksraum, suchen uns einen Tisch. Doch kaum haben wir unsere Mäntel abgelegt, klingelt sein Handy und er angelt es stirnrunzelnd aus der Innentasche seines Jacketts. »Oh, das ist Laura.«

»Bleib du hier und telefoniere, ich hole uns Kaffee.«

»Okay, danke.« Er nimmt das Gespräch an und ich höre im Weggehen, wie er seine Assistentin begrüßt.

Am Ende der Schlange vor der Selbstbedienungstheke reihe ich mich ein und schaue wehmütig zu ihm hinüber.

Zu schade, dass die Zeit vorbei ist.

Am liebsten würde ich den Arbeitsalltag so lange wie möglich auf Abstand halten, den Rückflug nach Denver hinauszögern. Die Unbeschwertheit der letzten Tage und unsere Zweisamkeit noch ein wenig genießen.

Auf der anderen Seite ist das zwischen uns so wunderbar und besonders, dass ich nur positiv in die Zukunft schauen kann. Wie er gesagt hat – die Umstellung wird einige Zeit dauern.

Ich schmunzele voller Sehnsucht, amte tief durch und seufze stumm.

Es wird sich einspielen. Bald.

Die Schlange rückt zugig vor, trotzdem vertreibe ich mir die Zeit mit Erinnerungen an die gemeinsamen Stunden. Und mit einem Mal erfüllt einer meiner liebsten Weihnachtssongs meinen Kopf, gefolgt von dem nächsten, und meine Stimmung hebt sich weiter.

Fröhlich summend kehre ich wenige Minuten später mit einem Tablett zum Tisch zurück und setze mich, werfe Brandon einen Blick zu.

»Okay, danke. Alles Weitere besprechen wir morgen persönlich. Bis später.« Er nimmt das Smartphone vom Ohr, legt auf und schiebt es in sein Jackett.

Ich stelle ihm den Kaffee hin und die Teller mit Gebäck in die Mitte. »Hat sich viel aufgestaut?«

»Ja, reichlich. Zum Glück hat Laura das meiste umdisponiert und nach hinten verschoben, aber diese Woche muss ich trotzdem verdammt viel erledigen.«

»Pass nur auf, dass du nicht all das zerstörst, was du dir hier erarbeitet hast.«

Er schmunzelt. »Das ist genau, worum es geht, oder? Den Übergang schaffen.«

»Ich denke, schon. Und ich kann mir vorstellen, dass es bei deinem Job verdammt mühsam werden könnte.«

»Wenn ich feststecke, zitiere ich dich einfach in mein Büro.«

Ich verdrehe die Augen und schnaube. »Solange du mich nicht auf deinem Schreibtisch flachlegen willst ...«

Da schürzt er die Lippen und mustert mich. »Du bringst mich da auf eine Idee.«

»Oh, nein, vergiss es!«

Grinsend beugt er sich vor, greift nach meiner Hand und drückt mir einen Kuss in die Handfläche. »Auch nicht, wenn ich dich vorher so richtig scharfmache?«

»Brandon, bitte. Ich will auf keinen Fall zum Gespött der Firma werden. Keine Ahnung, wie verschwiegen Laura wäre, wenn sie etwas davon bemerken würde. Aber Heather, unsere Assistentin, ist die Tratschtante der Nation, vor der ist absolut nichts sicher oder geheim.«

»Tut mir leid, du hast recht.« Noch ein Kuss auf die Innenseite meines Handgelenks, dann gibt er meine Hand frei. Nimmt sich ein Stück Gebäck und trinkt von seinem Kaffee. »Es wird ausreichend andere Gelegenheiten geben.«

»Wenn du das sagst ...« Schmunzelnd nippe ich an meinem Latte macchiato und esse ein süßes Blätterteigteilchen.

»Im Zweifel sorge ich dafür.«

Oh ja, das traue ich ihm zu.

Und die Bestimmtheit, mit der er das sagt, lässt mein Herz höherschlagen.

Nach dem Frühstück laufen wir zum zentralen Empfang der Anlage, checken aus und bedanken uns für den angenehmen Aufenthalt.

Brandon steckt den Umschlag mit der Rechnung in die Innentasche seines Mantels. »Sagen Sie, sind die Wege rüber zum Rathaus geräumt?«

Die Mitarbeiterin, die uns schon bei der Ankunft eingecheckt hat, nickt. »Ja, Mr. Kentwood, dafür wurde schon Samstagmorgen gesorgt.«

»Wunderbar, dann können wir das kurze Stück zu Fuß gehen.«

»Ich wünsche Ihnen eine gute Heimreise.«

»Danke.«

Auch ich lächele ihr noch einmal zu, dann umfassen wir die Teleskopgriffe unserer Koffer und machen uns auf den Weg.

Unterwegs klingelt sein Telefon sechsmal und er schaut jedes Mal auf das Display, steckt das Smartphone aber wieder ein. Und auf dem Weg über das Gelände der Tankstelle schüttelt er den Kopf. »Erstaunlich, aber es nervt mich jetzt schon.«

»Du hättest es stumm oder ausschalten können.«

»Nein, ich muss für Laura erreichbar sein. Und auch der Pilot will sich so früh wie möglich melden.«

Doch der hat bereits in der Agentur angerufen, wie wir von Dereks Assistentin erfahren. »Der Flug geht um 15 Uhr, Derek bringt Sie um halb zwei rüber.«

Brandon nickt. »Wie sieht es mit den Arbeitsplätzen für uns aus?«

»Sind startklar und die Freigaben für den Server sind ebenfalls erledigt. Folgen Sie mir!«

Die Laptops sind im Besprechungsraum aufgebaut, an den gegenüberliegenden Kopfenden des Konferenztisches für zwölf Personen.

»Leider haben wir keine zwei Räume, die wir zur Verfügung stellen können, aber ich denke, es geht auch so.«

Ich lächele und stelle meinen Koffer neben dem

196

Garderobenständer ab. »Natürlich, vielen Dank für die Unterstützung.« Mein Mantel landet auf einem Haken.

Brandon folgt meinem Beispiel mit Gepäck sowie Mantel und geht dann zum anderen Ende des Tisches. »Könnten wir ein paar Getränke bekommen?«

»Natürlich, steht schon alles bereit.«

Dereks Assistentin eilt hinaus.

Mit einem stummen Seufzer setze ich mich an den anderen Laptop, klappe ihn auf und schalte ihn ein. Werfe ihm über den Rand hinweg einen Blick zu.

Er tippt bereits geschäftig auf der Tastatur herum.

Erneut wallt Wehmut in mir auf.

Wir sind nicht mehr nur Brandon und Alyssa, sondern wieder CEO und HR Managerin. Jeder von uns hat seine Aufgaben zu erledigen, für Privates ist die nächsten Stunden kein Platz. Aber ich kann das Beste daraus machen und mich über seine Nähe freuen.

Folglich hole ich meine Mappe, das Smartphone und die Box mit den Ohrhörern aus meiner Handtasche, um jegliche Ablenkung auszusperren. Sobald Dereks Assistentin die Getränke gebracht hat und wieder verschwunden ist, stecke ich sie mir ins Ohr. Höre gerade noch, dass Brandons Telefon erneut klingelt, und starte meine Weihnachtsplaylist.

Fokussiert arbeite ich die aufgelaufenen E-Mails und Aufgaben ab, verschiebe Termine und Telefonate für den morgigen Tag. Am Ende bleibt mir nur noch eine halbe Stunde und die nutze ich dafür, um die Konzeptnotizen ins Reine zu tippen und das Dokument auf dem Server abzuspeichern.

Dann ist es Zeit, zum Flughafen nach Aspen zu fahren, und wir verabschieden uns von den Mitarbeitern der Geschäftsstelle.

Während der Fahrt besprechen Brandon und Derek

vertriebstechnische Details, aus denen ich mich gedanklich ausklinke. Lieber schaue ich aus dem Fenster und betrachte die Schneemassen, die sich am Straßenrand auftürmen.

Der Wahnsinn!

Abwesend lausche ich der leisen Radiomusik und lasse erneut die letzten Tage Revue passieren. Erinnere mich an einige Details unserer Gespräche und gemeinsamen Stunden. Schließlich kehre ich zum gestrigen Abend zurück und spüre den Emotionen nach, die der Abschiedsbrief in mir hervorgerufen hat.

Ja, es tat verdammt weh, den Mist noch einmal durchzugehen, den ich mit Tyler durchgemacht habe, aber es war notwendig. Um es abschließend aufzukochen, die letzten Reste aus mir herausfließen zu lassen. Beim Verbrennen habe ich mich an ein paar positive Erlebnisse erinnert und Tyler letztlich losgelassen, mich von ihm verabschiedet.

Nun ich kann endlich heilen.

Mein Smartphone meldet sich mit Sarahs Nachrichtenton und ich hole es eilig aus der Tasche, öffne die App.

**Sarah:** *Okay, Süße. Da es letzte Woche nicht mit uns geklappt hat – treffen wir uns morgen Abend? In unserem Stammlokal?*

**Ich:** *Geht klar.*

**Sarah:** *Und dann musst du mir jedes Detail der Reise erzählen.*

Ich verdrehe die Augen und schmunzele.

**Ich:** *Ja, da gibt es wohl ein paar Dinge, die ich dir beichten muss.*

**Sarah:** *Beichten? Oh, Lys, du machst mich schwach. Sag mir, dass* *du Spaß hattest!*

**Ich:** *Hatte ich, kaum zu glauben.*

**Sarah:** *Richtigen, befriedigenden Spaß?*

**Ich:** *Erzähle ich dir morgen.*

**Sarah:** *Du Luder! :-p*

Ein Grinsen breitet sich auf meinem Gesicht aus.

**Ich:** *Ich hab dich auch lieb. Bis morgen!*

**Sarah:** *Bis dann!*

Vor dem Flughafengebäude verabschieden wir uns von Derek, laufen hinein und treffen im Bereich für private Flüge die Piloten. Marschieren mit ihnen zur Maschine und müssen noch ein wenig bis zur Freigabe warten.

Brandon nutzt die Zeit für zwei Telefonate und schaltet den Flugmodus erst ein, als wir auf dem Weg zur Startbahn sind.

Mit einem Seufzen steckt er das Telefon weg. »Jetzt ist erst einmal Ruhe, Gott sei Dank.«

»Willst du nachher noch ins Büro?«

»Nein. Ich würde dich gern nach Hause bringen und mir deine Weihnachtsdekoration ansehen.«

Ich schmunzele. »Und dann fährst du weiter?«

»Ich könnte über Nacht bleiben.«

»Und was passiert morgen früh?«

»Fahre ich dich zum Büro, nach Hause und ziehe mich um, bevor ich nachkomme.«

»Klingt gut. Hast du es weit bis zu deinem Apartment?«

»Nein, ich wohne in dem Neubau gegenüber dem *McGregor Square*.«

»Das sind wirklich nur ein paar Gehminuten. Und gleich neben dem Stadion der *Rockies*!«

»Sehr praktisch, wie ich zugeben muss. So manchen Jubel hört man vor der Übertragung im Fernsehen.«

Ich lache leise. »Das ist ja wie Spoilern bei einer Serie oder einem Buch.«

»Apropos Buch. Kannst du mir eine Buchhandlung empfehlen? Ich brauche noch das Achtsamkeitsbuch für den Alltag.«

»Die in der Union Station ist gut sortiert. Durch den Haupteingang und hinten rechts. Da kaufe ich auch immer meinen Lesestoff.«

»Perfekt.«

Der Firmenjet biegt auf die Startposition ein, wenige Sekunden später gibt der Pilot vollen Schub auf die Triebwerke und dann jagen wir die Piste entlang. Nach dem Start schwenken wir im Steigflug über Aspen Richtung Denver und im letzten Licht des Tages schaue ich auf die verschneiten Rocky Mountains hinab.

In meiner Brust wallt eine Art Abschiedsschmerz auf.

»Irgendwie werde ich es vermissen.«

Berührt von seinen Worten, lächele ich. »Ja, ich auch.«

Erst als die Stewardess die Kabine betritt und uns nach unseren Getränkewünschen fragt, wage ich es, meinen Blick vom Fenster abzuwenden. Und sobald sie weg ist, schaue ich zu Brandon.

»Möchtest du irgendetwas arbeiten oder mit mir besprechen?«

Er lacht auf. »Hast du kein Buch in der Tasche?«

»Doch, natürlich, aber ...«

»Ich auch.« Er greift in das Staufach und zieht das Achtsamkeitsbuch hervor.

Theatralisch ringe ich die Hände. »Endlich! Mein Traummann.«

»Mmh, das höre ich gern«, raunt er mit verführerischem Unterton und beugt sich herüber. Über den Gang hinweg ergreift er meine Hand, wirft einen kurzen Blick nach vorn und drückt die Lippen in meine Handfläche.

»Kann ich mir vorstellen.«

Ich merke selbst, wie verknallt ich ihn anstrahle, und beiße mir auf die Lippe. Zum Glück kann mir niemand ansehen, dass mein Herz mir bis zum Hals hinauf klopft und mein Schoß schon wieder vor Sehnsucht pocht.

Die Stewardess serviert uns den Kaffee und wir beide machen es uns mit der jeweiligen Lektüre bequem. Erst zum Landeanflug taucht sie wieder auf, um das Geschirr wegzuräumen, und wir klappen die Tische ein. Die Bücher stecken wir trotzdem erst in letzter Minute weg.

Als die Räder auf der Landebahn aufsetzen, breitet sich nervöse Vorfreude in mir aus. Nicht mehr lange und ich habe ihn wieder für mich allein, die ganze Nacht.

Unvermittelt fährt mir der Schreck in die Glieder und ich sehe zu ihm hinüber. »Ich glaube kaum, dass ich genug für ein Abendessen im Kühlschrank habe.«

»Brauchst du auch nicht, wir bestellen uns etwas.«

»Okay.« Ich atme erleichtert auf.

Am Ende der Piste biegt die Maschine ab und rollt langsam zu ihrem Hangar.

Kaum hat sie ihre Parkposition erreicht, fahren die Turbinen runter und wir lösen die Sicherheitsgurte. Die Stewardess bringt die Mäntel, wir packen unsere Sachen zusammen und ich folge ihm zum Ausstieg.

»Musst du noch ein Taxi bestellen?«

»Nein, ich nutze einen Limousinenservice, der sollte bereits da sein.«

»Hast du kein eigenes Auto?«

»Doch, aber das hole ich nur für Ausflüge oder Ähnliches aus der Tiefgarage.«

Brandon wendet sich an die Stewardess, die vor der heruntergeklappten Tür unsere Koffer bereitgestellt hat. »Danke für den angenehmen Flug, Rita, bis bald.«

»Gern geschehen, Mr. Kentwood. Auf Wiedersehen, Ms. Tate.«

»Schönen Feierabend.«

»Danke.«

Er ergreift seinen Koffer und verlässt den Firmenjet über die kurze Treppe. »Warte, ich helfe dir mit dem Gepäck.«

Unten angekommen stellt er den Koffer ab, dreht sich um und streckt die Hand nach meinem aus. Ich reiche ihm den Trolley, steige die Stufen hinab und bleibe neben ihm und dem Gepäck stehen.

Hier hat es anscheinend keine einzige Flocke geschneit, aber eiskalt ist es trotzdem.

»Wohin müssen wir?«

Gegen die helle Beleuchtung des Vorfelds kneift er die Augen zusammen und sieht sich um. »Normalerweise steht der Wagen an der Ecke des Hangars. Ja, da ist er. Und noch ein zweiter, wer ist das? Holt dich doch jemand ab?«

»Nein.«

»Hm.«

Da wird die Tür des anderen Wagens geöffnet, die Scheinwerfer flammen auf und in ihrem Licht eilt jemand auf uns zu. Eine Frau, den Stiefeln nach zu urteilen, die man sehen und hören kann.

»Brandon!«

Ich hebe die Brauen, ja, das ist definitiv eine Frau.

Er geht ihr entgegen und schließlich bemerke ich den hellen Daunenmantel mit fellbesetzter Kapuze, aus der langes, rotbraunes Haar herausweht.

»Lindsay? Was willst du hier?«

Überrascht hebe ich die Brauen.

Genau. Was, zum Teufel, will sie hier?

Wenige Schritte von mir entfernt treffen sie aufeinander und jetzt erkenne ich sie auch.

Lindsay Holmes, seine wunderschöne Ex-Freundin.

»Oh, mein Gott, ich habe mir solche Sorgen um dich gemacht.« Sie ergreift seine Oberarme.

»Wieso? Woher weißt du davon?«

»Na ja, nach deiner Nachricht habe ich Laura angerufen und sie hat mir alles erzählt. Ich kann dir gar nicht sagen, wie froh ich bin, dass du den ersten Schritt gemacht hast.«

Was?

Die Worte fühlen sich an wie ein Schlag in die Magengrube und eine eiskalte Faust schließt sich um mein Herz, drückt langsam zu.

Da schnieft sie, legt beide Hände um sein Gesicht und sieht ihm tief in die Augen. »Du hast mir so gefehlt, Honey.«

Eine zweite Hand legt sich um meine Kehle, mir wird schwindelig und ich ringe verzweifelt um Atem.

Er umfasst ihre Handgelenke. »Ich war nie in Gefahr, du hättest nicht sofort herkommen müssen.«

Haltsuchend greife ich nach dem Koffergriff, taumele einen Schritt zurück, einen zweiten. Weit entfernt heulen Turbinen auf.

»Aber du warst eingeschneit.«

»Nicht wortwörtlich.«

»Und von der Außenwelt abgeschnitten.«

»Bitte, Lindsay, übertreib nicht. Es ist alles in Ordnung. Ja, ich wollte mit dir reden, aber das hätte auch bis morgen Zeit gehabt.«

Der sanfte Unterton in seiner Stimme quetscht das letzte bisschen Leben aus meinem Herzen und mit einem

Schlag erinnere ich mich an unser Gespräch, ziemlich am Anfang unserer Zwangslage.

Verflucht noch einmal, *ich* habe ihm vorgeschlagen, sich mit ihr auszusöhnen. Damit sie eine zweite Chance haben.

Zu dem Zeitpunkt hat er das zwar zurückgewiesen, aber seitdem ist so viel passiert, hat er zu sich selbst gefunden.

Und anscheinend auch seine Gefühle für Lindsay Holmes.

»Alles, was uns angeht, hat Priorität, Honey. Das ist mir inzwischen klargeworden. Und es tut mir unglaublich leid, dass ich Schluss gemacht habe. Verzeihst du mir?«

Mir wird eiskalt, mein Herz verstummt und mein Kopf gerät in Panik.

Ich starre ihn an, warte auf seine Antwort.

Doch die Turbinen werden lauter, kommen näher.

Ein startender Jet rauscht über uns hinweg, übertönt alles.

Und ich fahre herum und laufe davon.

*

»Uuuh, da ist sie ja, meine unartige beste Freundin.«

Sarah erwartet mich vor dem Eingang zu unserem Stammlokal, ein breites Grinsen im Gesicht.

»Hey.«

Wie immer umarmen wir einander zur Begrüßung, doch sobald ich mich löse, hält sie mich an den Oberarmen zurück und mustert mich skeptisch.

»Alles in Ordnung?«

Ich lächele schief. »Nein.«

»Oje. Na, dann komm.« Mit einem Seufzen legt sie mir eine Hand auf den unteren Rücken. schiebt mich zur Tür.

Auf dem Weg ins Souterrain öffne ich den Mantel und wickele den Schal von meinem Hals. Weihnachtliche Popsongs schallen mir entgegen und neben der üblichen Beleuchtung verbreiten passende Dekoration sowie Kerzen eine gemütliche Atmosphäre. »Tisch oder Tresen?«

»Tresen, so wie du aussiehst.«

Ja, heute Abend kann ich einen Drink verdammt gut gebrauchen.

Oder zwei oder drei.

Auf der rechten Seite sind noch zwei Plätze über Eck frei und wir lassen uns darauf nieder, die Mäntel landen auf dem Hocker neben Sarah.

Die Barkeeperin taucht lächelnd vor uns auf. »Guten Abend, ihr beiden! Was darf's sein?«

Meine Freundin und ich tauschen einen Blick, ich nicke.

»Wie immer.«

»Alles klar.«

Kurz entschlossen rufe ich ihr nach: »Mach einen doppelten Gin daraus.«

»Klingt nach Katastrophe«

Ich schaue Sarah an und verziehe das Gesicht. »So ähnlich.«

»Schieß los.«

Also erzähle ich ihr von den Tagen in White River Springs, schildere ihr haarklein, was sich zwischen Brandon und mir aufgebaut und entwickelt hat. Und was bei unserer Ankunft gestern passiert ist.

»Das ist zum Kotzen.«

»So könnte man es ausdrücken.« Ich leere meinen zweiten Gin Tonic und mache die Mitarbeiterin hinter dem Tresen auf mich aufmerksam, um Nachschub zu ordern.

»Und ich habe gehofft, du hast endlich mal nur Spaß gehabt.«

»Am Anfang war ich kurz derselben Meinung.«

»Hör auf, mir etwas vorzumachen. Du hast dich verliebt.«

Ohne Vorwarnung schnürt mir ein Kloß die Kehle zu und in meinen Augen brennen Tränen, doch ich kämpfe dagegen an. »Ich weiß.«

Meine beste Freundin seufzt voller Mitgefühl und legt die Hand auf meinen Arm, streicht mit dem Daumen darüber. »Ach, Lys.«

Die Barkeeperin tauscht die Gläser aus und ich bedanke mich mit einem Nicken für den neuen Drink.

»Und was jetzt?«

»Woher soll ich das wissen?«

»Ist er dir heute im Büro über den Weg gelaufen?«

»Nein. Seit gestern habe ich ihn weder gesehen noch gesprochen.«

»Hat er deine Nummer?«

»Nein.«

»Weiß er, wo du wohnst?«

»Wenn er in die Personaldaten schaut, ja.«

»Kommt er da so einfach dran?«

»Er ist der verdammte Boss, Sarah.«

»Schon gut.«

Ich schnaube, beuge mich zum Trinkhalm hinab und sauge zweimal kräftig daran.

Wenigstens zeigt der Alkohol endlich Wirkung.

»Ist schon eine echt miese Nummer.«

Ich zucke mit den Schultern. »Beim ersten Mal habe ich noch gedacht, es wäre nur Sex. Und es war okay für mich, wirklich. Ich habe ja von Anfang an gewusst, wie er ist. Dass er oberflächlich bleibt, sich auf keine Frau einlässt. Dabei hat er mir noch die Chance gegeben, es abzubrechen. Ich hätte nicht mit ihm ins Bett gehen müssen, aber ich habe es getan. Weil ich ihn wollte, verstehst du?«

»Ja, tue ich.«

»Und dann kam alles anders.« Ich schildere ihr all die kleinen Details, die mich haben glauben lassen, dass es auch für ihn mehr ist. Etwas Ernstes, Tiefes.

Am Ende seufze ich. »Tja, sieht ganz so aus, als hätte ich mich mal wieder verrannt.«

»Sei nicht so streng zu dir.«

Ich schüttele den Kopf. »Das ist die einzige Methode, es in mein Hirn zu prügeln.«

»Und dein Herz?«

»Keine Ahnung. Wird irgendwann damit klarkommen, hoffe ich. Oder eben nicht.« Ich sauge erneut an meinem Trinkhalm.

»Was meinst du damit?«

»Na ja, wenn ich so darüber nachdenke, ist es lachhaft, wie lange ich dieser bedeutungslosen Beziehung mit Tyler hinterhergetrauert habe. Dass ich mich an etwas geklammert habe, was nie der Rede wert war. Brandon und mich hingegen verbindet so viel mehr. Zumindest hat es sich jeden Tag stärker danach angefühlt.«

Unvermittelt katapultiert mein Kopf mich zurück zu Freitagabend. Unserem Gespräch auf dem Heimweg, dem in der Nacht, und mein Blick richtet sich ins Leere.

»Es war schön, mit ihm zu reden. Über Gott und die Welt, einfach so. Dabei habe ich mich ihm so nah gefühlt, als ob wir uns blind verstehen würden.«

»Vielleicht hat er das auf einer freundschaftlichen Ebene gesehen.«

»Ach, Scheiße, das passt alles kein bisschen zusammen. Ich begreife das einfach nicht.«

»Es tut mir leid, Lys. Ich hätte dich niemals dazu drängen dürfen, dir Tyler mit einem One-Night-Stand oder einer Affäre aus dem Kopf zu schlagen. Eigentlich weiß ich doch, dass du Sex und Gefühle nicht trennen kannst.«

Brandon hat das ebenfalls erkannt.

Und ausgenutzt.

In meiner Brust breitet sich ein stechender Schmerz aus, doch ich verdränge das.

Lächele schief und tätschele ihre Hand auf meinem Arm. »Vielleicht hätte es geklappt, wenn er nur ein Typ auf einer Party und ich scharf auf ihn gewesen wäre.«

»Hast du so etwas überhaupt schon mal erlebt?«

»Nein.«

»Aha.«

Nachdenklich kaue ich auf meiner Unterlippe und überlege, wie all das passieren konnte, doch nur der Alkoholdunst wabert durch mein Hirn.

Schließlich seufze ich. »An dem zweiten Abend, als er aus der Bar kam und meinte, ihm hätte meine Gesellschaft gefehlt ... ich glaube, da bin ich falsch abgebogen.«

»Mir wäre es genauso ergangen.«

Ich verziehe das Gesicht. »Nein. Weil du keine Liebesromane liest. Das vernebelt einem nämlich den Verstand.«

»Ach, Quatsch!«

»Nein, ehrlich. Du hast es doch letzte Woche noch am Telefon gesagt. Mein Leben ist kein Liebesroman. Und genau das musste ich gerade mit voller Härte lernen.«

»Sorry, das hätte ich so nicht sagen dürfen. Dann hättest du dich nicht in dieses Abenteuer gestürzt.«

»Das macht keinen Unterschied.«

Der aktuelle Song drängt sich in meine Wahrnehmung, der Refrain von »Last Christmas«.

Ich schnaube und deute zum nächsten Lautsprecher. »Hörst du das? Genau so fühle ich mich gerade. Ich gebe ihm mein Herz und er tritt es am nächsten Tag mit Füßen.«

Sie hebt eine Braue. »Du bist angetrunken.«

»Ja, und?«

»Fehlt nur noch, dass du mit einem Zitat aus einem deiner Bücher um die Ecke kommst.«

»Von wegen! Da gibt es wenigstens immer ein Happy End, bei mir bestimmt nicht.«

»Au Mann, ich wünschte echt, er hätte es auf andere Art beendet.«

»Was wäre denn besser gewesen? Wenn er mich heute früh vor dem Büro abgesetzt und sich für alles bedankt hätte?«

»Nein. Aber das mit seiner Ex hätte er dir ersparen können.«

Mit einem tiefen Seufzer schließe ich die Augen und reibe mir über die Stirn. »Ja, darauf hätte ich gern verzichtet.«

»Deswegen hättest du direkt zu mir kommen sollen, anstatt allein zu Hause zu hocken. Oder wenigstens anrufen, damit ich dir am Telefon beistehe.«

Ich schüttele den Kopf. »Ich brauchte Zeit für mich allein.«

»Zum Grübeln.«

»Was sonst? Weißt du, was mich am meisten wurmt?«

»Na?«

»Ich frage mich, ob er mir die Erstellung des Konzepts zum betrieblichen Gesundheitsmanagement nur anvertraut hat, um mich ins Bett zu bekommen.«

»Seltsame Art, jemanden zu verführen.«

»Das hat nichts mit Verführung zu tun, sondern damit, mein Vertrauen und meine Wertschätzung zu erlangen. Ich war eh schon beeindruckt, dass unsere Zwangslage ihm in einigen Angelegenheiten die Augen geöffnet hat, und das war praktisch das Sahnehäubchen. Aber vermutlich war es nur etwas Vorübergehendes, eine Art Motivationshoch, weil wir uns in dieser Blase befunden haben. Die Gedanken, die ich mir bereits dazu gemacht habe, kann ich getrost vergessen.«

»Vielleicht hat er es zu dem Zeitpunkt ja ernst gemeint. Und am Montag hat ihn das alte Leben mit all seinem Druck und den Bürden wieder eingeholt.«

»Ist egal, ich kann es nicht ändern.«

»Nein, aber du kannst nach vorn schauen. Das *musst* du sogar.«

»Davon bin ich noch meilenweit entfernt. Selbst den Koffer habe ich erst einmal nur in meinem Schrank versteckt, weil ich den Anblick und die Erinnerungen kaum ertragen kann.«

»Und ich kann nur sehr schlecht mitansehen, wie es dir geht.«

»Das wird schon wieder.« Meine Stimme klingt zuversichtlicher, als ich mich fühle.

Sarah stößt die Luft aus. »Okay, pass auf. Bis Silvester kannst du deine Wunden lecken, aber dann gehst du mit uns zur Party und kommst endlich mal wieder auf andere Gedanken. Joseph freut sich schon darauf, dich kennenzulernen.«

Verständnislos runzele ich die Stirn. »Joseph?«

»Bens Arbeitskollege. Dein Blind Date für die Party.«

»Oh, bitte! Verschon mich.«

»Nein.«

»Ich will das nicht, Sarah, *bitte*!«

»Keine Widerrede. Du hast zugesagt, Joseph auch, also bleibt es dabei.«

»Mir steht der Sinn gerade kein bisschen nach Dates.«

»Es ist nur eine Party, Lys. Und falls es dich tröstet, er hat im Herbst auch eine schmerzhafte Trennung durchgemacht und sich anschließend zu Hause verkrochen. Er ist also genauso wenig darauf aus, die Liebe des Lebens zu finden. Ihr sollt nur mal wieder unter Leute gehen und einen schönen Abend unter Freunden verbringen.«

»Hast du ihm das auch so gesagt?«

»Ben, ja, tatsächlich. Joseph hat nämlich ähnlich rumgeheult wie du.«

»Das macht ihn mir gleich sympathischer.« Ich verziehe das Gesicht zu einem spöttischen Lächeln.

»Habe ich mir gedacht.« Sie leert ihr Glas und ordert einen weiteren Drink, dann schaut sie mich erneut an.

»Kommst du am Samstag zum Essen? Trotz allem?«

»Was für eine Frage!«

»Gut. Du wirst sehen, auch das wird dir guttun.«

»Ja, ich weiß. Und ich freue mich auch schon darauf. Genauso wie auf die Feiertage. Die Extradosis Liebe kann ich gut gebrauchen.«

»Warum sagst du das denn nicht gleich?« Mit sanftem Tadel in der Stimme rutscht sie vom Hocker, kommt zu mir und schließt mich in die Arme.

Ich presse die Lider zusammen, halte mich an ihr fest und kämpfe gegen die Tränen an.

Oh, nein, hier und jetzt werde ich ganz bestimmt nicht heulen.

Aber schon im nächsten Moment fühlt sich der Herzschmerz erträglicher an und mir wird bewusst, wie nötig ich das hatte.

Also drücke ich sie enger an mich und seufze. »Ich hab' dich lieb, Sarah. Danke, dass du für mich da bist.«

Sie streicht mir über den Rücken. »Immer, meine Süße, das weißt du doch. Und wenn du jemanden brauchst, der deinem Chef in den Arsch tritt, ruf an.«

# Brandon

## Kapitel 12

»Brandon!«

Meine Brauen schießen nach oben, automatisch gehe ich ihr entgegen.

Geschminkt wie für den roten Teppich und in dem hellen Daunenmantel, dessen fellbesetzte Kapuze sie sich über den Kopf gezogen hat, wirkt meine Ex-Freundin hier auf dem Vorfeld total fehl am Platz.

Außerdem wollte ich mich auf unser Gespräch vorbereiten.

»Lindsay? Was willst du hier?«

Einen Schritt vor mir bleibt sie stehen und umfasst meine Arme.

»Oh, mein Gott, ich habe mir solche Sorgen um dich gemacht.«

»Wieso? Woher weißt du davon?«

»Na ja, nach deiner Nachricht habe ich Laura angerufen und sie hat mir alles erzählt. Ich kann dir gar nicht sagen, wie froh ich bin, dass du den ersten Schritt gemacht hast.«

In dem Moment möchte ich meine Assistentin verfluchen, dazu ist definitiv ein Gespräch fällig.

Ohne Vorwarnung legt sie die Hände auf meine Wangen, sucht meinen Blick und schnieft.

»Du hast mir so gefehlt, Honey.«

In mir steigt Unmut auf, ich ergreife ihre Handgelenke. »Ich war nie in Gefahr, du hättest nicht sofort herkommen müssen.«

»Aber du warst eingeschneit.«

»Nicht wortwörtlich.«

»Und von der Außenwelt abgeschnitten.«

Ich rufe mir in Erinnerung, freundlich zu bleiben, auch wenn mir das hier gerade überhaupt nicht passt. »Bitte, Lindsay, übertreib nicht. Es ist alles in Ordnung. Ja, ich wollte mit dir reden, aber das hätte auch bis morgen Zeit gehabt.«

»Alles, was uns angeht, hat Priorität, Honey. Das ist mir inzwischen klar geworden. Und es tut mir unglaublich leid, dass ich Schluss gemacht habe. Verzeihst du mir?«

Ich öffne den Mund, um ihr zu antworten, doch in dem Moment nähert sich ein startender Jet. Rauscht über uns hinweg und übertönt alles. Also sehe ich ihm nach und wende ihr meine Aufmerksamkeit erst wieder zu, als der Krach vorbei ist. Ziehe ihre Hände von meinem Gesicht.

»Über all das werden wir in Ruhe reden, aber jetzt passt es nicht. Wie wäre es mit morgen?«

»Warum passt es denn nicht heute?«

»Ich muss Ms. Tate nach Hause fahren und —«

»Wer ist Ms. Tate?«

Genervt von der unterschwelligen Eifersucht in ihrer Stimme stoße ich die Luft aus. »*Kentwood*s Personalleiterin, sie war statt Josh mit mir in White River Springs.«

Ihre linke Braue wandert nach oben, ihr Argwohn wird deutlicher. »Das heißt, du warst mit ihr eingeschneit. Warum kenne ich diese Ms. Tate nicht?«

»Warum solltest du?«

»Bitte stell sie mir vor.« Lindsay beugt sich zur Seite, schaut an mir vorbei. »Wo ist sie?«

»Sie wartet an der Treppe.«

»Da ist niemand.«

Irritiert runzele ich die Stirn, drehe mich um und stocke.

Tatsächlich. Nur mein Koffer steht noch vor dem Flugzeug.

»Aber ...« Ich sehe mich nach allen Seiten um, nichts.

»Willst du mich auf den Arm nehmen?«

»Nein.«

Wo, zum Teufel, ist Alyssa hin? Ist sie etwa abgehauen?

Mein Magen verkrampft sich, Enttäuschung wallt in mir auf.

»Also, was soll das jetzt? Falls du nach Ausreden suchst ...«

»Ich brauche keine Ausreden, Lindsay.« Verärgert wende ich mich ihr wieder zu. »Wenn du es unbedingt heute schon wissen willst – ich wollte mich bei dir entschuldigen.«

In ihren Augen leuchtet Hoffnung auf. »Ja?«

»Dafür, dass die Arbeit immer an erster Stelle stand. Ich nicht genug in unsere Beziehung investiert habe. Dadurch habe ich dich verletzt und unglücklich gemacht, und das hast du nie und nimmer verdient.«

»Oh, Brandon!« Sie legt die Hände auf meine Brust und lächelt verträumt.

Verdammt, ich habe mir bereits gedacht, dass sie es missverstehen würde, vermutlich mit Absicht.

Weshalb ich mich entsprechend vorbereitet habe, aber das macht es kein bisschen angenehmer.

Ich lege die Hände über ihre und umfasse sie. »All das tut mir wirklich leid und ich hoffe, du kannst mir irgendwann verzeihen.«

»Natürlich, Brandon, ich liebe dich doch.«

Ich stoße die Luft aus und löse ihre Hände von meiner

Brust. »Genau das ist das Problem, Lindsay. Ich empfinde nicht das Gleiche für dich.«

»Was?« Ihr Gesicht verzerrt sich vor Wut, ihre Lippen zittern. »Warum dann das ganze Theater hier? Du wolltest mich nur sehen, um dich bei mir zu entschuldigen?«

»Ja.«

Mit einem heftigen Ruck entreißt sie mir ihre Hände. »Den Scheiß kannst du dir sparen. Du bist und bleibst ein eiskalter Mistkerl.«

»Es tut mir leid.«

»Fick dich, Brandon Kentwood. Ohne dich bin ich besser dran.«

»Da stimme ich dir zu. Aber auch wenn du mir vielleicht nicht glaubst – ich wünsche dir alles Glück dieser Welt, mit dem richtigen Mann an deiner Seite.«

»Und ich wünsche dir, dass dir eines Tages dasselbe passiert. Dass du dich in eine Frau verliebst, die deine Gefühle nicht erwidert und dir damit das Herz herausreißt, um darauf herumzutrampeln. Oder dich sonst irgendwie tief verletzt, denn ein Herz besitzt du vermutlich nicht einmal.«

Damit wirbelt sie herum und stöckelt mit schwingenden Armen zu ihrem Wagen.

Ich sehe ihr nach, bis sie eingestiegen und das Auto vom Vorfeld verschwunden ist. Dann gehe ich zu meinem Koffer und damit zu meiner wartenden Limousine.

Der Fahrer hilft mir mit dem Gepäck, hält mir die hintere Tür auf und schiebt sich anschließend hinter das Steuer.

Sobald er losgefahren ist, sinke ich tiefer in die Polster und lehne den Kopf hintenüber an die Stütze.

Für das Gespräch mit Lindsay hätte ich mir mehr Ruhe gewünscht, eine ungezwungene Atmosphäre. Leider hat sie mit ihrem unerwarteten Auftauchen und Verhalten einen beinahe perfiden Druck auf mich ausgeübt. Und wenn ich etwas hasse, dann durch solche Aktionen in die Enge getrieben zu werden.

Dessen ungeachtet habe ich ein ähnliches Ende erwartet, es entspricht ihrer Art, aus allem eine Show zu machen. Vorzugsweise eine, bei der sie entweder verdammt gut oder wie ein unschuldiges Opfer dasteht.

Obendrein irritiert mich Alyssas Verschwinden.

War sie froh, dass Lindsay aufgetaucht ist?

Weil sie mir auf diese Weise unauffällig ausweichen konnte?

Was ... im Umkehrschluss bedeutet, dass sie nie vorhatte, sich ernsthaft mit mir einzulassen.

Aber warum sagt sie es dann nicht?

Als ich es verstehe, stoße ich enttäuscht die Luft aus und in meinem Innern zieht sich alles schmerzhaft zusammen.

Natürlich, ich bin ihr Boss.

Sie will mir auf keinen Fall vor den Kopf stoßen und ihren Job gefährden, indem sie es beendet. Und Lindsays Auftauchen war ein simpler wie ungefährlicher Weg, es auslaufen zu lassen.

*Vor allem, weil du ihr gesagt hast, dass du dich seit Nicole auf keine Frau mehr eingelassen hast.*

Tja, das sollte ihr dann wohl perfekt in den Kram gepasst haben.

Ein bisschen Spaß, weil es sich so ergeben hat. Mehr nicht.

Ich presse die Lider zusammen.

Habe ich sie wirklich so falsch eingeschätzt?

Alyssa hat nie den Eindruck gemacht, diese Art Mensch zu sein.

Ich dachte, sie will mich genauso sehr, weil sie mehr spürt als die Anziehungskraft zwischen uns.

Außerdem waren wir uns doch so verdammt nah.

Die Gespräche. Wie wir die Zeit zusammen verbracht haben. Wie tief und ehrlich wir uns kennengelernt haben.

*Vielleicht hat sie dir nur etwas vorgemacht, dir diesen Teil von sich verheimlicht, um keinen schlechten Eindruck zu hinterlassen.*

Nein, sie war immer ehrlich, das habe ich gespürt.

*Ach, ja? Und hat sie je gesagt, dass sie etwas für dich empfindet?*

Nein.

*Siehst du.*

Aber das habe ich genauso wenig. Andeutungen sind eben nicht das Gleiche.

Ja, es wäre gut gewesen, ihr zu sagen, wie wohl ich mich mit ihr fühle. Dass ich eine tiefergehende Verbundenheit spüre, zum ersten Mal seit der Beziehung mit Nicole.

Sie hat es geschafft, zu mir durchzudringen, mit Leichtigkeit. Nur deswegen habe ich mich von Anfang an und vollkommen auf sie eingelassen. Sonst wären die Tage anders verlaufen.

Doch das hätte sie nur merken können, wenn sie mich kennen würde.

Was nicht der Fall ist.

Ich lege die Hände aufs Gesicht und stöhne.

Sehe sie in den verschiedensten Momenten vor mir.

Der Schneeballschlacht, im Buchladen, beim Eislaufen.

Wie ich ihre Hände warm reibe, sie unter dem Mistelzweig küsse, im Wohnzimmer mit ihr tanze.

Wie ich sie lecke und ficke, bis zum Höhepunkt.

Und alles in mir jammert vor Sehnsucht nach ihr.

*Reiß dich zusammen, verdammt noch mal! Keine Frau ist das wert.*

Entschlossen setze ich mich auf und ziehe mein Handy aus der Innentasche meines Jacketts. Wähle die Nummer meines besten Freundes und zwinge mich zu einem Lächeln, als er sich meldet.

»Hey, Mann! Lust auf einen Drink?«

*

»Guten Morgen, Brandon! Wie schön, Sie zu sehen.«

Laura strahlt mich an.

»Guten Morgen. Bringen Sie mir bitte einen Kaffee?«

»Natürlich, kommt sofort.«

Ich marschiere in mein Büro, hänge meinen Mantel auf und schalte den Computer ein. Dann werfe ich wie immer als Erstes einen Blick aus dem Fenster.

Der Tag ist grau und die Wolken sehen nach Schnee aus. Vom *Coors Field* im Nordosten, von dem ich nur ein Stück der Flutlichtanlage sehen kann, gleitet mein Blick nach Südwesten und bleibt an der Union Station direkt gegenüber hängen.

*Kannst du mir eine Buchhandlung empfehlen? Ich brauche noch das Achtsamkeitsbuch für den Alltag.*

*Die in der Union Station ist gut sortiert. Durch den Haupteingang und hinten rechts. Da kaufe ich auch immer meinen Lesestoff.*

Genervt verdränge ich die Erinnerung und wende mich meinem Schreibtisch zu, melde mich an und logge mich auf dem Server ein.

Laura taucht an der offenstehenden Bürotür auf und kommt mit einer Tasse Kaffee herüber, stellt sie vor mir auf dem Tisch ab.

»Bitte schön.«

»Danke. Ach, und Laura?«

»Ja?« Erwartungsvoll schaut sie mich an.

»Wenn Sie noch einmal irgendwelchen Unbefugten vertrauliche Informationen weiter geben, sind Sie gefeuert.«

Sie reißt Augen und Mund auf.

»Wie bitte? Was habe ich denn getan?«

»Lindsay Holmes von dem Zwangsaufenthalt in White River Springs erzählt. Und wann meine Maschine in Denver landet.«

»Tut mir leid, ich habe nur gedacht —«

»Was? Dass ich mich über ihr Auftauchen am Flughafen freue? Sie ist meine Ex, Laura, aus gutem Grund.«

Da presst sie die Lippen aufeinander und nickt, wirkt entsprechend zerknirscht. »Sie meinte, Sie hätten ihr geschrieben, also bin ich davon ausgegangen, dass Sie wieder zusammen sind.«

»Nein, und das wird auch nie wieder der Fall sein.«

»Es tut mir leid, Brandon. So etwas wird nie wieder vorkommen.«

»Das hoffe ich.«

Noch ein grimmiger Blick, dann knöpfe ich das Jackett auf und setze mich auf den Bürostuhl. »Und jetzt bringen Sie mich auf den neuesten Stand.«

»Natürlich, ich hole nur schnell meine Notizen.«

Damit eilt sie hinaus und ich atme tief durch. Greife nach der Tasse und trinke einen Schluck Kaffee.

Wenigstens wird mich die Arbeit von dem ganzen Scheiß ablenken.

Wie bereits befürchtet ist so viel liegen geblieben sowie aufgelaufen, dass ich in der Woche jeden Abend ein paar Stunden länger bleibe und morgens früher ins Büro komme. Weil ich alles Wichtige erledigt haben will, bevor ich am Samstag über Weihnachten zu meinen Eltern fliege.

Weswegen ich am Freitag auch als Letzter bei der Weihnachtsfeier auftauche.

Josh hat den offiziellen Teil übernommen, der gemütliche hat bereits begonnen.

Beinahe unbemerkt betrete ich hinten herum das Foyer, das für die Party umgestaltet und festlich dekoriert wurde.

Inklusive des riesigen Weihnachtsbaums, den ich habe liefern lassen.

Ich nehme mir ein Glas Punsch, mustere ihn und lausche der fröhlichen Musik. Zwischen dem Stimmengewirr von fast einhundert Menschen erklingt immer wieder Gelächter und einige tanzen sogar.

Wie so oft in den letzten Tagen überfallen mich Erinnerungen, gegen die ich kaum ankomme. Stattdessen versuche ich es seit gestern mit einer Achtsamkeitsmethode, lasse die Gedanken zu und vorüberziehen. Leider klappt es bisher nur selten.

Am besten funktioniert es mit Ablenkung, demnach schlendere ich umher und plaudere mit meinen Mitarbeitenden. Wünsche ihnen frohe Weihnachten und gehe weiter.

Bei dieser Gelegenheit sehe ich Alyssa das erste Mal wieder und es trifft mich wie ein Schlag, mein Körper reagiert mit heißer Sehnsucht.

Sie steht in einer kleinen Gruppe, redet und lacht. Und sieht in dem dunkelroten Strickkleid so wunderschön aus, dass sich in meiner Brust etwas schmerzhaft zusammenzieht.

Nein, nicht etwas.

Mein Herz.

Fuck!

Schnell wende ich mich ab und ein paar Kollegen zu, später den nächsten. Doch am Ende komme ich nicht darum herum, auch mit ihr muss ich ein paar Worte wechseln, alles andere wäre verdammt auffällig.

Wenn es nur nicht dermaßen qualvoll wäre, sie wiederzusehen.

Zum Glück steht sie in einer Gruppe, sodass ich nicht mit ihr allein, sondern mit allen gleichzeitig reden kann.

Ich atme tief durch und setze mich in Bewegung.

Okay, los gehts!

Knapp hinter einer kleinen Lücke bleibe ich stehen und lächele in die Runde. »Frohe Weihnachten, zusammen!«

Sofort weichen die beiden Frauen je ein Stück zur Seite und alle strahlen mich an.

»Frohe Weihnachten, Mr. Kentwood.«

»Gefällt Ihnen die Party?«

Zustimmende Worte von allen Seiten und Heather, die pausbäckige Teamassistentin weist mit ihrem Punschglas auf die Personalleiterin.

»Alyssa hat wahnsinnig tolle Arbeit geleistet, nicht wahr? Und das trotz der Zwangspause in White River Springs.«

Ich nicke und wende mich Alyssa zu, bemühe mich um ein möglichst neutrales Lächeln. »Das stimmt. Vielen Dank für den Einsatz, Alyssa, es ist toll geworden.«

»Danke, das freut mich.« Sie stellt sich meinem Blick mit gehobenem Kinn, doch ihr Lächeln zittert leicht in den Mundwinkeln. Ein Detail, das ihre Verlegenheit verrät, wie ich seit einer Woche weiß.

Lässig schaue ich in die Runde. »Und wie verbringen Sie Weihnachten?«

Nacheinander erzählen die Männer und Frauen von ihren Plänen, und ich höre ihnen zu, obwohl der Großteil meiner Antennen auf Alyssa ausgerichtet ist.

Die antwortet mir als Letzte und gibt die Frage anschließend zurück. »Und du? Eher zu zweit oder in größerer Runde?«

Spielt sie auf Lindsay an?

»Ich fliege morgen früh nach San Francisco, zu meinen Eltern und meiner Schwester mit Familie.«

»Du meine Güte«, ruft Heather. »Das ist doch viel zu warm für ein Weihnachtsfest.«

»Schnee hatte ich bereits genug, danke.«

Ich nippe an meinem Punsch und beobachte Alyssa aus dem Augenwinkel. Die senkt den Blick auf das Glas in ihrer Hand.

»Oh, mein Gott, ja.« Heather seufzt. »Ich stelle mir das ganz furchtbar vor.«

In meinem Hinterkopf klingelt es.

Wie hat Alyssa sie noch genannt? Eine Tratschtante?

»Nun, es war ungewohnt, ja, aber wir haben die Zeit für Konzeptionelles genutzt, analog gearbeitet.«

»Schwer vorzustellen, so ganz ohne Computer«, wirft ein Mitarbeiter ein.

»Wir hatten nur keine Anbindung an den Server. Und das hier funktioniert auch immer.« Ich tippe mir an die Schläfe.

»Natürlich.« Er lacht.

Glücklicherweise entdecke ich Josh hinter ihm und schaue ein letztes Mal in die Runde. »Bitte, entschuldigen Sie mich, ich muss weiter. Noch einen schönen Abend.«

»Auch so«, schallt es mir vielstimmig entgegen und ich verabschiede mich mit einem Lächeln.

Auf direktem Weg folge ich Josh zum Buffet und klopfe ihm auf die Schulter. »Josh, frohe Weihnachten.«

»Ah, Brandon, frohe Weihnachten. Wie gefällt dir unsere Feier?«

»Sehr schön, genau das Richtige zum Abschluss der Woche.«

Wir nehmen uns je einen Teller und legen ein paar Leckereien darauf.

»Konntest du alles erledigen, was sich angehäuft hat?«

»Ja, aber nur mit Stress und vielen Überstunden. Und weil du die Außentermine übernommen hast. Deshalb wollte ich auch mit dir reden.«

Er stutzt, richtet sich auf und schaut mich irritiert an. »Worum geht es denn?«

»Lass uns da rübergehen.« Ich deute zum nächsten freien Stehtisch und lasse ihm den Vortritt.

»Jetzt hast du mich aber neugierig gemacht.«

»Nun ja, eigentlich ist die Entscheidung längst überfällig, aber durch den Blizzard und seine Folgen ist mir die Dringlichkeit erst wirklich bewusst geworden.«

»Mh-hm.«

Er steckt sich eine Mini-Pizza in den Mund und kaut.

»Ich habe entschlossen, einen Teil meiner Aufgaben abzugeben und dafür einen Co-CEO einzustellen.«

Joshs Brauen schießen nach oben, schnell schluckt er den Bissen hinunter und lacht leise. »Wow, das ist mal eine Information.«

»Ich weiß, aber wenn ich noch etwas vom Leben haben will, ist das die einzige Möglichkeit.«

»Nein, nein, versteh' mich nicht falsch, ich sehe es genauso. Dieses Jahr hat dir einiges abverlangt, vor allem durch die Expansion, und du ertrinkst in Arbeit. Ich habe dir den Druck und den Stress angesehen und neulich noch zu May gesagt, dass du das alles bald nicht mehr allein stemmen kannst. Sie hat mir zugestimmt.«

Na, wenn auch meine Finanzleiterin das so sieht ...

Ich schmunzele. »Ihr hättet ruhig eher etwas sagen können.«

Da verzieht er voller Bedauern das Gesicht und schüttelt den Kopf. »Es gab kein Durchdringen, Brandon. Deswegen war ich tatsächlich froh darüber, dass der Blizzard dich zur Tatenlosigkeit gezwungen hat. Und wie es aussieht mit positiven Konsequenzen.«

»Was eine verdammt harte Lehre war, das kann ich dir sagen.«

»Besser das als ein Herzinfarkt oder Schlimmeres.«

»In diesen Dimensionen habe ich noch gar nicht gedacht.«

»Dann sei froh, dass es nicht so weit kommen musste.«

»Ja.« Kurz richte ich den Blick nach innen und sehe mich bleich in einem Krankenhausbett liegen, an Schläuche und Kabel angeschlossen.

Vielleicht sollte ich mich beizeiten durchchecken lassen und künftig mehr auf meine Gesundheit achten.

»Hast du denn bereits konkrete Pläne?«

Ich blinzele und schüttele den Kopf. »Nein, nur ein paar Ideen. Deswegen würde ich mich gern im neuen Jahr mit dir und May zusammensetzen, um das zu besprechen. Logische Aufgabenverteilung, Kompetenzbündelung und so weiter. Und nach dem Jahresabschluss gehen wir es konkret an.«

»Klingt gut, machen wir so.«

»Perfekt, dann kann Weihnachten ja losgehen.«

Josh lacht. »So ungefähr.«

»Wann kommen eure Kinder mit ihren Familien?«

»Morgen.« Woraufhin er voller Begeisterung davon erzählt, wie sie die Feiertage verbringen wollen und wie sehr er sich auf seine Enkelkinder freut.

Danach schlendern wir zusammen umher und am Ende kann ich zufrieden behaupten, mit jedem Mitarbeiter und jeder Mitarbeiterin gesprochen zu haben.

Womit es Zeit ist, die Party zu verlassen.

Ich trinke meinen Punsch aus und stelle das leere Glas auf einem Tisch ab, lasse ein letztes Mal den Blick schweifen. In mir steigt Zufriedenheit auf, genauso wie eine gewisse Entspannung.

Jetzt ist auch für mich Weihnachten.

In der nächsten Sekunde fällt mir ihr hellblondes Haar auf und ich stocke.

Da dreht sie unvermittelt den Kopf und ihre hellgrünen Augen finden meine.

Mein Herz setzt einen Schlag aus, stolpert weiter und in

meinem Bauch breitet sich das heiße Verlangen aus, das seit letzter Woche in mir brennt.

Tja, dieses Weihnachtsfest wird für mich anscheinend noch schlimmer werden als die letzten.

Gott, ich will sie so sehr. Nicht nur in meinem Bett.

*Vergiss es, sie hat dich verarscht!*

Bei diesem Wort verkrampft sich mein Magen.

Nein, sie hat mich nicht verarscht. Nur mit meinen eigenen Waffen geschlagen.

Wer hätte geahnt, dass Lindsays Fluch so schnell in Erfüllung geht.

Mit einem bedauernden Lächeln wende ich mich ab und gehe zum Fahrstuhl, um meinen Mantel aus dem Büro zu holen.

Das wars dann wohl.

*

»Mein Schatz, da bist du ja endlich!«

Meine Mutter eilt die Treppe hinunter und auf mich zu, als ich meinen Koffer vom Taxifahrer entgegen nehme.

»Hallo, Mom!« Ich stelle ihn ab und begrüße sie mit einer herzlichen Umarmung. »Frohe Weihnachten.«

Sie drückt mich an sich. »Frohe Weihnachten, Brandon.«

»Brandon. Schön, dass du da bist.«

Ich löse mich von meiner Mutter und erblicke meinen Vater oben auf dem Vorplatz vor der Haustür. »Hallo, Dad.«

»Komm rein, wir haben einen Brunch vorbereitet. Debbie, Stu und die Kinder sind auch schon da.«

»Perfekt.« Ich ergreife meinen Koffer und folge meiner Mutter die Stufen hinauf. Werfe einen Blick Richtung Pazifik.

Die Sonne Kaliforniens scheint angenehm warm auf uns herab, aber eine Regenfront ist nicht mehr weit entfernt.

Drinnen stelle ich das Gepäck an der Garderobe ab und hänge die leichte Jacke auf einen Haken. Folge meinen Eltern wie dem fröhlichen Stimmengewirr Richtung Küche, wo mich mein älterer Neffe als Erstes entdeckt.

»Onkel Brandon!« Der Achtjährige rennt auf mich zu, ich fange ihn auf und wirbele ihn herum.

»Himmel, Wesley, bist du groß geworden.«

Er juchzt, bis ich ihn wieder absetze. »Du hast mich ja seit letztem Jahr nicht mehr besucht.«

»Das stimmt allerdings.« Ich gehe zu dem einzigen Hochstuhl am Tisch und drücke der vierjährigen Vanessa einen Kuss aufs Haar.

»Guten Morgen, meine Süße!«

»Hallo, Onkel Brandon. Hast du mir was mitgebracht?«

Rundum erklingt Gelächter und ich grinse. »Da muss ich gleich erst einmal schauen.«

Ich begrüße meinen Schwager mit einem Schulterklopfen und am Ende meine ältere Schwester mit einer langen, festen Umarmung. »Hey, Sis!«

»Hi, Bro! Wie geht es dir?« Sie löst sich von mir und schaut mir forschend in die Augen.

Ich zucke mit den Schultern und lächele, doch ich kann nicht verhindern, dass Alyssas Lächeln in meinem Kopf aufblitzt. »Alles klar so weit.«

Skeptisch hebt sie eine Braue, doch ich ignoriere das und laufe um den Tisch herum zu meinem Platz.

Prompt taucht Mom neben mir auf, schenkt mir Kaffee ein und mein Vater schießt die erste Frage ab. »Wie läuft das Geschäft?«

»Danke, ich kann nicht klagen.« Untermalt von dem Regen, der auf das Dach und gegen die Fenster prasselt, fasse ich ihnen beim Essen die wirtschaftliche Entwicklung meines Jahres zusammen und erwähne am Ende auch White River Springs mit wenigen Worten.

»Uhh! Klingt nach dem reinsten Horrorszenario für dich.« Debbie grinst.

»War es am Anfang auch.«

»Und dann?«

»Na ja, ich war gezwungen, meine Zeit anders zu verbringen. Und da unsere Personalleiterin dabei war, habe ich mir ein paar Tipps geholt, was gegen Stress und Unruhe helfen könnte. Sie hat mich auf das Thema Achtsamkeit gebracht, also habe ich mir im dortigen Buchladen gleich Lektüre besorgt.«

»Scheint eine kluge Frau zu sein.«

»Zumindest eine mit umfangreichem Wissen, was Mitarbeiterstärkung und Ähnliches angeht.«

»Und was heißt das konkret?«, hakt meine Mutter nach.

»Dass mir diese Zwangsvollbremsung die Augen geöffnet hat. Ich werde einen Co-CEO einstellen und die Hälfte meiner Aufgaben abgeben.«

»Das wird aber auch Zeit. Du hast in den letzten Jahren immer schlechter ausgesehen.« Sie schüttelt missbilligend den Kopf.

»Was du immer hast.« Dad verdreht die Augen.

Sie funkelt ihn an. »Ich bin seine Mutter und sehe alles, mein Lieber. Und im Gegensatz zu dir mache ich mir Sorgen um ihn.«

»Es ist *sein* Leben, Darling.«

»Ja, genau. Aber das ist kein Grund, mir *keine* Gedanken zu machen. Er wird nächstes Jahr vierzig und ist unglücklich.«

»Hey, ich bin anwesend. Und überhaupt nicht unglücklich.«

Mom hebt die Brauen. »Sorry, Brandon, aber das

glaube ich dir nicht. Weil ich dir das Gegenteil ansehe.«

Ich seufze und verdränge das Ziehen in meiner Brust.

Ja, sie hat recht, aber das muss sie nicht wissen.

»Jedes Jahr das Gleiche, Mom. Bitte, lass es gut sein.«

»Er hat recht«, mischt sich meine Schwester ein. »Lass uns einfach nur das Weihnachtsfest genießen, okay?«

Sie grummelt, fügt sich aber und stopft sich eine Erdbeere in den Mund.

Dankbar wende ich mich an meine Schwester und nicke zu den Kindern hinüber. »Erzähl doch mal, wie läuft es bei euch?«

Der Themenwechsel ist verdammt angenehm und entspannt mich.

Weshalb ich spontan einen Ausflug zu *Fisherman's Wharf* vorschlage, denn der Regen ist vorbei.

Die Kinder sind sofort begeistert, Debbie und meine Mutter weniger.

Sie jammern, wie viel sie noch vorzubereiten haben.

»Okay, dann machen wir einen Männerausflug mit Prinzessin daraus, was haltet ihr davon?« Fragend schaue ich erst meinen Vater, dann meinen Schwager an und treffe auf Zustimmung.

Dementsprechend helfen wir nach dem Essen beim Aufräumen, packen die Kinder in Stuarts Van und machen uns auf den Weg.

Dad, der zwischen ihnen auf der Rückbank sitzt, stimmt aus heiterem Himmel ein Weihnachtslied an und sie fallen direkt mit ein. Beim zweiten singen auch Stuart und ich mit, und beim dritten wird mit bewusst, wie gut Familie tun kann. Also konzentriere ich mich auf den Augenblick, nehme alles bewusst wahr und genieße es.

Ich glaube, dieses Jahr war es eine verdammt gute Idee, herzukommen.

Wir schlendern durch die Gassen der Touristenattraktion, dann hinüber zur Hyde Street Pier, wo man historische Schiffe besichtigen kann. Am Ende der Mole bewundern wir die Aussicht auf die Bucht von San Francisco und die Golden Gate Bridge ganz im Westen, halb im Dunst verborgen.

Tief atme ich die salzige Luft ein, lausche dem Kreischen der Möwen und den Geräuschen des Hafens.

Es ist schön, mal wieder zu Hause zu sein. Wenn nur nicht diese Unruhe wäre, die sich in mir ausbreitet.

»Na? Vermisst du die Arbeit bereits?«

Ich blinzele und sehe Stuart an, der neben mich tritt. »Seltsamerweise nicht.«

»Was dann? Du schaust so sehnsüchtig.«

»Ach ja?« Ich lache verlegen.

»Du hast Lindsay gar nicht mehr erwähnt, ist es endgültig aus?«

»Ja, zum Glück.«

»So schlimm?«

»Ich hatte nicht die gleichen Gefühle wie sie.«

»Passiert.«

»Ja.«

Schweigend sehen wir eine Weile hinaus.

»An wen denkst du dann?«

»Tue ich nicht.«

»Ach, komm schon! Du kannst mir nichts vormachen, den Blick kenne ich.«

»Von mir?«

»Nein. Deswegen fällt er ja auf.«

Ich seufze. »Kannst du ein Geheimnis bewahren?«

»Natürlich.«

Ich nicke und erzähle ihm von Alyssa.

»Klingt ernst.«

»Für sie anscheinend nicht.«

»Bist du sicher?«

»Sonst hätte sie doch wohl kaum auf diese Weise reagiert.«

Stuart wiegt den Kopf. »Hast du schon mal darüber nachgedacht, wie diese Situation bei ihr angekommen sein könnte?«

»Was meinst du?«

»Na ja, was soll sie davon halten, dass deine Ex am Flughafen auftaucht? Dass du ihr eine Nachricht geschrieben hast, um mit ihr zu reden. Worüber du kein Wort zu Alyssa verloren hast, trotz dieser intensiven Tage und Gefühle.«

Nachdenklich runzele ich die Stirn. »Hm.«

»Ich kann verstehen, dass du nur deine Seite wahrgenommen hast, schließlich hast du schon genug Scheiße erlebt. Aber Alyssa nicht einmal darauf anzusprechen, um es zu klären, ist einfach nur blöd von dir. Und unfair ihr gegenüber.«

»Verdammt, so habe ich es noch gar nicht betrachtet.« In mir steigen Schuldgefühle hoch und mein Herz zieht sich erneut schmerzhaft zusammen.

Wie konnte ich nur so dumm sein?

Habe ich es am Ende wieder versaut?

»Solltest du aber, schließlich geht sie dir nicht mehr aus dem Kopf.«

»Ja. Aber was noch viel schlimmer ist – sie sitzt bereits hier drin.« Ich tippe mir auf die Brust.

»Wow.«

»Ganz genau.«

»Dann fahr endlich zu ihr und sag ihr das. Du brauchst Gewissheit.«

»Stimmt.«

»Also – wirst du es tun?«

»Vermutlich schon, schließlich hat mein bester Kumpel das Gleiche gesagt.«

»Na, dann!« Stuart grinst und hält mir die Faust hin, ich stoße mit meiner dagegen. »Ich drücke dir sämtliche Daumen. Hoffentlich bringst du sie zum nächsten Familientreffen mit.«

»Ja, das hoffe ich auch.«

*

»Ein Baby, ein Baby!« Meine Nichte reißt die Puppe aus dem Karton und rennt unter unserem Gelächter zu ihrer Mutter. »Guck mal, Mom, Santa hat mir eine Baby gebracht.«

»Ja, Schatz, das ist super!« Debbie wischt sich die Lachtränen aus dem Gesicht.

Grinsend stelle ich den linken Fuß auf die Sitzfläche der Couch und stütze den Arm darauf. Vanessa ist wirklich zu niedlich.

Oder liegt es daran, dass ich es zum ersten Mal wirklich genieße, Zeit mit den Kindern meiner Schwester zu verbringen?

Wenigstens hat meine Mutter seit dem gestrigen Brunch keinen Ton mehr über mein offensichtliches Unglück fallengelassen, auch wenn sie mir ab und zu einen vielsagenden Blick zuwirft.

Das kann ich ignorieren, kein Problem.

Etwas anderes hingegen nicht.

Die Erinnerungen an Alyssa und meine Sehnsucht nach ihr.

Auch an diesem Weihnachtsmorgen, wie wir in Schlafsachen im Wohnzimmer sitzen und Geschenke auspacken, ist das unmöglich.

Weil ich unruhig bin und mich schlecht fühle.

Ich vermisse den Schnee, die weihnachtliche Atmosphäre von White River Springs. Und vor allem vermisse ich *sie*. Genauso intensiv, wie ich sie begehre.

Eigentlich verstehe ich kaum, wie das in der kurzen Zeit passieren konnte, aber Alyssa hat tiefe Spuren in meinem Herzen hinterlassen. Das ist nun einmal Fakt, ich kann es nicht ändern.

Obendrein hat mir das gestrige Gespräch mit Stuart die Augen geöffnet.

Ich muss aus Alyssas Mund hören, dass es nur Sex für sie war und wir beide keine Zukunft haben. Auch wenn ich mir das genaue Gegenteil erhoffe.

Oder ob sie Lindsays Auftauchen falsch gedeutet hat und ich zu blöd war, ihr wortloses Verschwinden zu verstehen.

Ich muss nur noch herausfinden, wie und wann ich das am besten bewerkstellige. Bis Silvester bin ich fast ausschließlich unterwegs, außerdem will ich auf keinen Fall in der Firma das Gespräch mit ihr suchen, das wäre der unpassendste Ort überhaupt und auffällig obendrein.

Bleibt also nur noch, einen Blick in die Personalverwaltung zu werfen und ihre Adresse herauszufinden. Die Zeit muss und werde ich mir nehmen.

Nachdem sämtliche Geschenke ausgepackt sind, verlagern wir das Beisammensein zum Brunch in die Küche.

Anschließend kümmern wir Männer uns ums Aufräumen und schicken die Frauen mit den Kindern nach draußen.

Wir verbringen einen faulen Tag am Pool, auch wenn es zu kalt zum Baden ist, und werfen sporadisch einen Blick auf die Football-Ergebnisse.

Lassen den Abend ebenfalls dort ausklingen, bei Essen, Wein und Gesprächen. Die Kinder verschwinden später im Bett und wir sitzen im flackernden Kerzenschein beisammen. Philosophieren über die Welt, das Leben und unsere Zukunft.

Anscheinend das Stichwort für meine Mutter.

»Also, Brandon, sag mir. Wie genau stellst du dir deine Zukunft vor, so ganz ohne eigene Familie.«

Ich seufze. »Ach, Mom.«

Da reißt sie die Augen auf und jappst nach Luft. »Oder bist du etwa schwul und traust dich nicht, uns die Wahrheit zu sagen? Das ist doch kein Problem!«

Debbie prustet los und verschluckt sich an ihrem Wein, was in einem heftigen Hustenanfall endet. Wir anderen brechen ebenfalls in schallendes Gelächter aus, doch Mom findet das kein bisschen witzig.

Sie funkelt uns zornig an. »Warum lacht ihr? Ich meine das ganz ernst.«

Ich schüttele den Kopf. »Nein, Mom, darüber musst du dir wirklich keine Gedanken machen. Wenn ich homosexuell wäre, würde ich es euch garantiert sagen.«

»Was hindert dich dann daran, eine Familie zu gründen?«

»Die richtige Frau?«

Mein Vater schnaubt. »Oh, gut! Wenigstens glaubst du noch daran.«

»Sagen wir, ich tue es wieder. Das mit Nicole hat ziemliche Spuren hinterlassen.«

»Heißt das, du gehst zur Therapie? Ist irgendetwas passiert?«

»Nein. Und ja.«

»Himmel, nun lass dir doch nicht alles aus der Nase ziehen.« Meine Mutter haut verärgert auf den Tisch.

Unschlüssig schaue ich in die Runde, begegne dem neugierigen Blick meiner Schwester und dem leichten Nicken meines Schwagers.

»Okay.« Ich stoße die Luft aus. »Ich habe da jemanden kennengelernt. Obwohl ... nein, das ist der falsche Ausdruck. Ich kenne sie schon länger, aber nur flüchtig.«

»Und was hat sich geändert?« Mom beugt sich vor.

Dad legt die Hand auf ihre. »Lass ihn doch mal ausreden, Darling.«

Ermutigt erzähle ich von Alyssa und den Details, die ich ihnen über den Aufenthalt in White River Springs vorenthalten habe. Bis hin zu Lindsays Auftauchen sowie dem letzten Blick zwischen Alyssa und mir.

Am Schluss lächelt meine Mutter. »Wie wunderbar. Du hast zu dir selbst und deinen Gefühlen zurückgefunden.«

»Sieht ganz danach aus, ja. Jetzt muss ich nur noch herausfinden, wie Alyssa dazu steht.«

»Fahr zu ihr.«

»Ich habe keine Ahnung, wo sie wohnt.«

»Dann ruf sie an.« Debbie ringt die Hände und ich lächele schief.

»Ihre Telefonnummer habe ich auch nicht.«

Sie stöhnt auf. »Wozu bist du denn der Boss?«

»Ich weiß.«

»Darf ich an dieser Stelle etwas zu bedenken geben?«

Irritiert von dem Ernst in seiner Stimme, schaue ich meinen Vater an. »Natürlich.«

»Liebesgeschichten und Beziehungen innerhalb eines Unternehmens sind heikel, besonders auf den Führungsebenen. Am besten haltet ihr euer Privatleben komplett aus der Firma heraus.«

»Das hatte ich vor.«

»Gut. Und du solltest in Betracht ziehen, den Personalbereich an die Person abzugeben, die du als Co-CEO einstellst. Um Neidern keine Angriffspunkte zu liefern.«

Ich nicke nachdenklich. »Guter Punkt. Danke, Dad.«

»Oder du ziehst dich komplett aus dem operativen Geschäft heraus.« Stuart zuckt mit den Schultern.

»Ich werde mir auf jeden Fall sämtliche Möglichkeiten durch den Kopf gehen lassen.«

»Sehr gut.« Meine Mutter hebt das Glas. »Also trinken wir auf dich und Alyssa und hoffen, dass wir sie nächstes Jahr kennenlernen dürfen.«

Ich lache leise. »So weit ist es doch noch gar nicht.«

»Aber ich glaube ganz fest daran.«

»Lasst uns lieber auf etwas allgemein sehr Wichtiges trinken.« Debbie ergreift ihr Glas. »Auf die Liebe.«

»Auf die Liebe«, stimmen auch wir anderen mit ein und beugen uns alle vor, um miteinander anzustoßen.

Ja, darauf trinke ich gern.

Denn zum ersten Mal seit einer Ewigkeit habe ich eine Ahnung, dass ich dieses Gefühl noch einmal erleben darf.

# Kapitel 13

»Alyssa, komm herein. Frohe Weihnachten!«

Ich erwidere Bens Umarmung. »Frohe Weihnachten.«

»Gib mir deinen Mantel.«

»Danke. Sind die anderen schon da?«

»Nein, du bist wie immer die Erste.«

»Super, dann kann ich euch noch ein bisschen helfen.«

»Tu dir keinen Zwang an.« Sarahs Freund hängt meinen Mantel an die Garderobe, nimmt mir die Tüte mit dem Gastgeschenk ab und ich folge ihm in die Küche.

Auf dem Herd stehen noch Töpfe, auf der Arbeitsfläche daneben abgedeckte Schalen oder Platten, der Rest glänzt schon wieder vor Ordnung.

»Hallo, Süße!«

Meine Freundin schiebt gerade ein Blech voller Schälchen in den ausgeschalteten Ofen, dreht sich zu mir um und eilt mir entgegen.

»Hey, Lys! Frohe Weihnachten.«

Wir umarmen uns zur Begrüßung.

»Was wird das da im Ofen?«

»Das Dessert.« Sie dirigiert mich zur Küchentheke, zwingt mich auf einen der Hocker und drückt mir ein Glas Wein in die Hand.

»Cheers!«

Ich stoße mit ihr an und nippe an dem Rotwein.

Natürlich drängt sich die Erinnerung an das nächtliche Gespräch mit Brandon in mein Hirn, doch ich wehre das mit aller Kraft ab. Heute will ich nur das weihnachtliche Abendessen mit meinen Freunden genießen.

Sarah wechselt auf die andere Seite der Kücheninsel. »Erzähl, wie war eure Weihnachtsfeier gestern?«

»Oh, echt schön.«

»Hast du Brandon getroffen?«

»Mh-hm.« Ich nehme einen Schluck Wein.

»Und?«

»Ein bisschen Small Talk in der Runde.«

»Ich will alles hören, Wort für Wort.« Sie beugt sich vor, stützt sich mit den Ellbogen auf die Arbeitsfläche.

»Es war nicht viel, ehrlich. Ein Dank für die Ausrichtung der Party und am Ende die Frage, wie wir alle Weihnachten verbringen. Ich stand in einer Gruppe und er hat sich dazugesellt. Nur Heather konnte mal wieder die Klappe nicht halten. Ich glaube, sie wollte herausfinden, was wir die ganze Zeit über in White River Springs getrieben haben.«

»Und was hat er gesagt?«

»Dass wir gearbeitet haben, nur eben nicht auf dem Server.«

»So ist es richtig. Und sonst? Keine Blicke oder so etwas?« Sarah wackelt vielsagend mit den Brauen.

»Eigentlich dachte ich, du bist auf meiner Seite. Das Thema ist erledigt.«

»Ich wollte doch nur wissen, ob er es noch einmal versucht.«

Ich zögere. »Nein.«

Natürlich horcht sie auf. »Sag schon, was war da?«

»Nur ein Blick, bevor er gegangen ist.«

»Details, Lys! *Wie* hat er dich angesehen? Was hast du in seinen Augen erkannt?«

»Keine Ahnung, er stand ein ganzes Stück weit weg.« Gedanklich kehre ich zum gestrigen Abend zurück, jenem Blick. »Erst habe ich gedacht, dass ich Verlangen sehe. Doch das war ganz schnell wieder vorbei und er hat enttäuscht gewirkt, irgendwie niedergeschlagen. Und dann ist er gegangen.«

Sarah streckt den Zeigefinger aus und deutet damit auf mich. »Du kannst mir sagen, was du willst, aber er will dich.«

»Und was habe ich davon? Auf eine Affäre mit dem Boss kann ich echt verzichten.«

»Vielleicht ist da ja doch mehr.«

»Hör auf damit, Sarah, ich will mir keine Hoffnungen mehr machen.« Meine Antwort fällt zorniger aus als gewollt und ich trinke einen großen Schluck.

»Das tust du doch eh.«

»Weswegen du das Ganze nicht auch noch befeuern musst.«

»Schon gut.«

Ich sinke in mich zusammen, verziehe das Gesicht vor Kummer. »Ich vermisse ihn so sehr, dass es wehtut. Wie soll ich denn nur damit klarkommen?«

»So schlimm?«

»Ja. Dagegen war die Sache mit Tyler ein Witz.«

»Oh!«

Mir entfährt ein Schnauben. »Ja, genau. Oh!«

»Ach, Süße!« Meine Freundin kommt zu mir und umarmt mich. »Denk daran, ich bin immer für dich da, okay?«

»Mh-hm.«

In meinen Augen brennen Tränen, doch ich kämpfe dagegen an.

Dieser Mann und meine Gefühle für ihn machen mich fertig.

Sie streichelt meinen Rücken und ich klammere mich an ihr fest, bis ich wieder halbwegs atmen kann.

Da klingelt es an der Tür und Ben, der sich schweigend im Hintergrund gehalten hat, stößt sich von der Arbeitsfläche neben dem Herd ab. »Ich gehe schon.«

Sarah löst sich von mir, hält mich aber auf Armlänge fest und sieht mir in die Augen. »Geht es wieder?«

»Ja, danke. Ich bin froh, dass ich heute Abend mal auf andere Gedanken komme. Was meinst du, wie schwierig es ist, sich auf die Arbeit zu konzentrieren, wenn man nur daran denken kann, wie schön es mit ihm war. Oder wenn dich ein Sex-Flashback mitten beim Fitnesskurs mit einem Haufen Rentner vollkommen aus dem Tritt bringt.«

Sie bricht in Gelächter aus, schlägt sich aber sofort die Hand vor den Mund. »Sorry, diese Vorstellung ist einfach zu schön.«

Ich lächele schief und zucke mit den Schultern. Verkneife mir aber eine Antwort, als im Flur Stimmen laut werden und näherkommen.

Kurz darauf erscheint ein Pärchen unseres Freundeskreises und wir begrüßen einander lautstark. »Frohe Weihnachten!«

Sarah dreht sich zu ihrem Freund um. »Ben? Machst du mal die Musik an?«

»Geht klar.«

Kurz darauf tönen Weihnachtspopsongs aus dem Wohnzimmer und ich atme tief durch.

Heute Abend geht es nur um meine Freunde und Weihnachten, und das will ich in vollen Zügen genießen.

Scheiß auf Brandon, seine Küsse und all die dreckigen Erinnerungen.

*

»Wo bist *du* denn gestern versumpft?«

Ich starre meinen Bruder und seine Freundin aus noch immer geschwollenen Augen an. »Euch auch einen guten Morgen. Kommt rein, ich muss mir nur noch die Haare föhnen.«

Liam und Kate betreten meine Wohnung und gehen ins Wohnzimmer durch. »Warst du feiern?«

»Nein, nur beim Weihnachtsessen mit meinen Freunden, wie jedes Jahr.« Ich folge ihnen. »Setzt euch, wollt ihr etwas trinken?«

»Nein, danke.« Mein Bruder tritt ans Fenster. Schaut auf die Baustelle nebenan, wo eine neue Wohnanlage entsteht.

»Mit bestem Dank zurück.« Kate hält die letzten Bücher hoch, die sie sich ausgeliehen hat, und legt sie auf den Couchtisch. Dann widmet sie sich dem Bücherregal, das die gesamte Rückwand des Wohnbereichs einnimmt. »Hast du ein paar Neuzugänge?«

»Immer, weißt du doch. Bedien dich ruhig, ich bin gleich wieder da.«

Auf dem Weg ins Bad ziehe ich mir das Handtuch vom Kopf, hänge es dort zum Trocknen auf und föhne mein Haar.

In Gedanken schweife ich bereits zum Weihnachtsessen bei meinen Eltern.

So, wie ich aussehe, werden sie mich garantiert mit Fragen löchern, schließlich habe ich am Weihnachtsabend noch nie dermaßen tief ins Glas geschaut. Folglich sollte ich mir schnellstens eine gute Geschichte zurechtlegen.

Dumm nur, dass mein Kater mir das Denken erschwert, auch wenn die Tablette bereits Wirkung zeigt. Am besten werfe ich direkt vor dem Essen eine zweite ein.

240

Ich schalte den Föhn aus, verstaue ihn im Schrank und lege noch ein wenig von meinem Lieblingsparfüm auf. Das habe ich in White River Springs vermisst.

Da mein sonstiger, schlichter Schmuck bei meinem Weihnachtsoutfit untergeht, streife ich mir noch das Lederband mit dem strassbesetzten Weihnachtsmann-Anhänger über den Kopf. Passend zu dem grauen Strick-kleid mit riesigen Rudolf-Rentieren mit leuchtend roten Nasen.

Dazu schlüpfe ich in hohe Stiefel und stöckele ins Wohnzimmer hinüber. »Fertig.«

»Wird auch Zeit, Kate plündert dein Regal.« Liam wirft seiner Freundin ein liebevolles Grinsen zu.

Ich schaue nur kurz auf den Stapel auf ihrem linken Arm. »Hast du ein Problem damit?«

»Eigentlich nicht, schließlich profitiere ich auch davon.«

Meine Handtasche liegt am Rand der Kücheninsel und ich öffne sie, um ihren Inhalt zu überprüfen. »Ach, ja? Inwiefern?«

»Oh, man merkt genau, wann sie eine heiße Szene gelesen hat.«

»Liam!« Sie geht zu ihm und schlägt ihm auf den Arm.

Wieder überfällt mich ein Flashback und ich presse die Lider zusammen.

*Läuft das etwa immer so bei dir?*

*Was meinst du?*

*Dich törnt etwas an und dann fällst du über deinen Partner her?*

*Partner?*

*Oder Mann, Freund, wie auch immer du es bezeichnest, wenn du mit jemandem zusammen bist. Unverbindlicher Sex ist für dich keine Option, das ist mir bereits klargeworden.*

*Nein, keine Bettgeschichten.*

*Also. Nutzt du es in einer Beziehung aus, wenn du in Stimmung bist?*

*Normalerweise nicht, nein.*

*Zu schade.*

*Aber bei dir ... mache ich mit dem größten Vergnügen eine Ausnahme.*

»Was denn? Meine Schwester weiß, dass wir Sex haben.«

»Aber vielleicht will sie kein Wort davon hören.«

»Meinst du, weil sie gerade keinen hat?«

Kate stöhnt auf. »Scheiße, bist du taktlos!«

Ich schlucke und reiße mich zusammen, auch wenn es verdammt wehtut. »Das kenne ich schon von ihm, typisch Computernerd.«

»Trotzdem könnte er sich so manche Bemerkung sparen.«

»Stimmt.«

»War ja klar, dass ihr euch gegen mich verbündet.«

»Halt die Klappe, Liam«, rufen Kate und ich synchron.

Dann schauen wir uns an und lachen.

Ich hole meinen Mantel von der Garderobe, schlüpfe hinein und nehme die Tüte mit den Geschenken unter dem Weihnachtsbaum weg. Schultere meine Handtasche und nicke ihnen zu. »Los gehts!«

Unten lege ich meine Tüte zu den anderen in den Kofferraum, schiebe mich auf den Rücksitz und schließe die Tür. Liam startet den Motor und macht sich auf den Weg zu unseren Eltern.

Die heißen uns mit einem fröhlichen Weihnachtsgruß und Umarmungen willkommen, bitten uns nach dem Ausziehen ins Esszimmer.

Kate und ich verstauen schnell die Geschenke unter dem Weihnachtsbaum, dann folgen wir den anderen.

Vor dem liebevoll gedeckten Esszimmertisch bleibe ich stehen und seufze. »Das sieht toll aus, Mom.«

»Danke, Lyssie.« Sie streicht mir über den Arm.

»Du siehst erschöpft aus. Alles okay?«

Da mir noch immer keine gute Geschichte eingefallen ist, verbiege ich ein wenig die Tatsachen. »Ja, die letzten Tage waren ein bisschen viel. Arbeit nachholen, Weihnachtsfeier ausrichten und dann gestern noch unser Weihnachtsessen.«

»Bitte pass auf dich auf, ja? Einer der leitenden Angestellten in Dads Firma hatte dieses Jahr auch schon einen Burn-out, damit ist nicht zu spaßen.«

»Mache ich, versprochen.«

»Gut.« Sie schaut sich suchend um, dreht den Kopf ein Stück Richtung Küche.

»Roger? Öffnest du den Sekt?«

»Schon dabei«, ertönt es aus dem Nebenraum.

»Wir sind sofort wieder da.« Mom geht hinüber und ich lasse den Blick schweifen.

Ich war zwar vor drei Wochen das letzte Mal hier, aber ich habe das Gefühl, dass noch ein paar Dekorationsstücke dazugekommen sind. Sie ist total verrückt.

Hinter mir, auf der anderen Seite des Tisches, flüstern Liam und Kate eindringlich miteinander. Nur Liams letzten Satz verstehe ich.

»Nein, *nach* dem Essen.«

Mit gerunzelter Stirn wende ich mich ihnen zu. »Alles okay?«

Da fahren sie kerzengerade zu mir herum und lächeln. »Ja, alles gut.«

Ich hebe eine Braue, habe aber keine Gelegenheit mehr, etwas zu sagen, weil meine Mutter mit einem Tablett voller Gläser aus der Küche kommt, gefolgt von meinem Vater. Der verteilt den Sekt, stellt das Tablett auf dem Sideboard ab und hebt das Glas.

»Noch einmal frohe Weihnachten. Schön, dass ihr hier seid.«

»Frohe Weihnachten!« Wir stoßen miteinander an und trinken, doch ich nippe nur.

Die gestrige Alkoholmenge hat mir gereicht.

Mom schaltet im Wohnzimmer Musik ein und bald erfüllen die Klänge von klassischer Weihnachtsmusik die Räume.

Welch ein Kontrast zum Abendessen mit meinen Freunden. Gleichwohl genauso schön.

Bis die Gläser der anderen leer sind, plaudern wir über die vergangene Arbeitswoche, da ertönt das Signal des Ofens.

»Ah, der Braten ist fertig.« Mom eilt in die Küche und wir folgen ihr. Stellen die Gläser neben das Spülbecken und helfen, all die vorbereiteten Köstlichkeiten zum Tisch zu tragen.

Als Letztes platziert mein Vater den Truthahn vor sich auf dem Tisch und wir nehmen unsere Plätze ein, damit er das Tischgebet sprechen kann. Danach steht er auf, greift sich Messer sowie Zange und fängt an, den Geflügelbraten zu tranchieren.

Froh darüber, dass mich der würzige Duft nicht beeinträchtigt, nehme ich die Platte mit der gebackenen Forelle von meiner Mutter entgegen und schnuppere voller Genuss daran. Fülle, wie die anderen, meinen Teller mit weiteren Leckerbissen.

Sobald alle versorgt sind, wünschen wir uns einen guten Appetit und machen uns mit Genuss über das Essen her.

Ich seufze auf. »Mmh, Mom, der Fisch ist ein Gedicht. Die Version mit den weihnachtlichen Gewürzen mag ich sogar lieber als die zu Thanksgiving.«

»Danke, mein Schatz.«

Auch die anderen überhäufen sie mit Lob, bis sie verlegen abwinkt.

»Nun reicht es aber. Erzähl uns doch lieber mal von

White River Springs, Alyssa.«

Vor Schreck rutscht mir ein Stück Füllung in den Hals und ich verschlucke mich beinahe daran. Hastig greife ich nach meinem Wasserglas und trinke einen Schluck.

»Wir haben doch am Telefon darüber geredet.«

»Deine Mutter hat garantiert die Hälfte davon unterschlagen, als sie es für mich wiederholen sollte.«

Dad schüttelt missbilligend den Kopf.

»Und wir haben auch nur Bruchstücke davon gehört«, meint Liam. »Also, los, erzähl schon. Was war da los?«

Ich seufze und berichte, wie sich alles zugetragen hat. Allerdings hat in meiner Version das Apartment zwei Schlafzimmer mit je einem Bad, wir haben jeden Tag gearbeitet und bis auf die gemeinsamen Mahlzeiten hat jeder seine freie Zeit für sich verbracht.

»Ich habe sogar einen wunderschönen kleinen Buchladen mit Café entdeckt und ein halbes Vermögen dort gelassen.« Voller Begeisterung schildere ich Carols Buchhandlung in allen Einzelheiten, die verwinkelten Bereiche, die gemütlichen Sitzbänke in den Schaufenstern, die leckere heiße Schokolade und die coole Besitzerin.

Kate seufzt auf. »Warum gibt es am Arsch der Welt immer die süßesten Läden?«

»Weil dort noch ganz andere Werte gelten.« Meine Mutter zuckt mit den Schultern. »Die Menschen in einem so kleinen Ort stehen auch noch füreinander ein, unterstützen sich gegenseitig.«

Ich verdrehe die Augen. »White River Springs hat das ganze Jahr über mehr Touristen als Einwohner, Mom.«

»Und die freuen sich wie du über die Originalität.«

»Offensichtlich, ja. Der Laden war immer voll.«

»Siehst du.«

Kate klopft mit der Hand auf den Tisch. »Was hältst du davon, wenn wir hier einen solchen Laden eröffnen?«

Ich lache auf. »Meinst du, wir hätten eine Chance gegen die großen Ketten oder sogar Amazon?«

»Warum nicht?«

»Weil Denver kein überlaufener Touristenort ist. Außerdem wären wir vermutlich selbst unsere besten Kunden.«

»Was ja nicht verkehrt ist, auf diese Weise könnten wir etliche Empfehlungen aussprechen.«

»Ein verführerischer Gedanke, aber ich glaube, ich bleibe bei meinem Job. Den liebe ich nämlich genauso sehr.«

»Ja, ich auch. Aber es ist immer gut, eine Alternative im Hinterkopf zu behalten.«

»Dem kann ich nur zustimmen.«

Mom nickt nachdrücklich und erzählt vom Schicksal einer Bekannten. Auch Kate und Liam steuern passende Geschichten bei, wobei wir uns am Ende einig sind. Wir sind dankbar für unser gutes Leben.

Nach dem Essen räumen wir zusammen auf und meine Eltern bereiten Kaffee sowie Plätzchen vor. In der Zwischenzeit spüle ich mit der Hand, was nicht mehr in die Maschine gepasst hat, Kate trocknet ab und Liam verstaut alles.

Am Ende blitzt die Küche vor Sauberkeit sowie Ordnung und wir gehen mit dem Kaffee ins Wohnzimmer.

Kaum haben wir uns niedergelassen, verteilt Mom die ersten Päckchen und Dad schaltet auf einen anderen Sender, der Christmas-Jazz spielt.

Was mir den nächsten Schub Wehmut verabreicht.

Herrgott, dieses Jahr bin ich zum ersten Mal froh, dass Weihnachten fast vorbei ist.

So packen wir mir der Zeit sämtliche Geschenke aus, knabbern Kekse, trinken Kaffee. Schließlich räumt Mom den letzten Verpackungsmüll zusammen, da tuscheln mein

Bruder und seine Freundin erneut, fummeln einander an den Händen herum.

»Hey, ihr beiden, was läuft denn da? Was habt ihr für Geheimnisse?«

»Siehst du?« Kate schlägt ihm auf den Arm. »Jetzt mach schon.«

»Okay.«

Liam räuspert sich und steht auf, reibt die Handflächen an seinen Hosenbeinen.

Kate wendet sich in der Zeit schnell ab, fummelt erneut etwas und dreht sich wieder um. Legt die Hände übereinander in ihren Schoß und lächelt.

Ich kneife misstrauisch die Augen zusammen, da spricht mein Bruder weiter.

»Also, wir haben etwas zu verkünden.«

Meine Mutter schnappt nach Luft und auch ich ahne bereits, worum es geht.

»Kate und ich werden heiraten, sie hat Ja gesagt.« Er lächelt stolz auf sie hinab und sie streckt die linke Hand nach vorn.

»Oh, mein Gott!« Mit einem Freudenschrei springe ich auf, ziehe Kate von der Couch und in meine Arme. »Herzlichen Glückwunsch!«

Anschließend ist Liam dran, meine Eltern beglückwünschen die beiden ebenfalls und wir alle bewundern den wunderschönen klassischen Diamantring.

»Warum habt ihr das denn nicht sofort gesagt?« Mom zupft ein Papiertaschentuch aus ihrem Rockbund und trocknet sich die Augen.

»Wir wollten erst Weihnachten feiern.« Liam zuckt mit den Schultern, legt einen Arm um Kate.

»Was für ein Blödsinn«, schimpft Dad.

»Hab' ich doch gesagt.« Kate stößt meinem Bruder den Ellbogen in die Seite.

»Aber egal, ich mache noch eine Flasche Sekt auf.«
Mein Vater eilt in die Küche, meine Mutter folgt ihm.

»Du bist so ein Blödmann!« Ich boxe Liam in die Seite.
»Ihr hättet es sofort sagen sollen.«

Er stöhnt auf, rollt mit den Augen. »Au Mann, nichts
kann man euch recht machen.«

»Doch, aber *die* Aktion war dämlich. Und mal wieder
absolut typisch für dich.« Ich schüttele den Kopf und
wende mich an meine zukünftige Schwägerin.

»Ich glaube, da hast du weitere Erziehungsarbeit zu leisten.«

Lächelnd lehnt sie den Kopf an seine Schulter. »Ich
glaube, das kriege ich hin.«

»Wie bitte?«

Ich ignoriere seinen empörten Ausruf, greife nach ihrer
Hand und betrachte erneut den Ring. »Na, wenigstens hast
du einen guten Geschmack bewiesen. Der ist absolut hinreißend.«

Mom und Dad kommen mit dem Sekt herein und wir
stoßen miteinander an. Dann ziehe ich mich ein wenig
zurück, um meine Eltern mit den Verlobten schwärmen zu
lassen. Neben dem Schrank mit der Musikanlage bleibe ich
stehen und beobachte sie.

Vor zwei Jahren um diese Zeit habe ich geglaubt, Tyler
und ich würden diesen Schritt zuerst gehen, doch wenige
Monate später war es vorbei. Tja, und auch wenn der
Schmerz seit dem verbrannten Brief mit jedem Tag schwä-
cher wird, der Wunsch nach einer eigenen Familie ist
ungebrochen.

Automatisch denke ich an den Moment zurück, als
Brandon und ich die Briefe ins Feuer geworfen haben.

Ob ich an ihn ebenfalls einen solchen Brief schreiben
sollte?

Nein, dafür ist es zu frisch, ein Abschied würde auf

diese Weise kaum funktionieren. Weil ich ihn noch nicht loslassen kann.

Auch wenn es verdammt wehtut, ich bereue nichts.

Die Tage in White River Springs waren wunderschön, im wahrsten Sinne des Wortes traumhaft. Zu schön, um wahr zu sein.

Alles, was ich dort erlebt habe, hat mich verändert. Vor allem die Gespräche mit Brandon. Irgendwie haben sie mein Herz von Tyler befreit und so weit geheilt, dass ich es an Brandon verschenken konnte.

Vermutlich zu früh, aber was kann ich schon daran ändern?

Gegen diese Gefühle ist man machtlos, man liebt, weil man liebt.

Im Radio beginnt ein neuer Song und mein Körper erkennt ihn sofort. Mein Herz hämmert los, alles in mir zieht sich vor Sehnsucht zusammen und ich schließe wehmütig die Augen.

Zu diesem Song haben wir im Wohnzimmer getanzt, sind uns nahegekommen.

Hitze durchflutet mich und ich fühle mich zurück in jenen Abend. Spüre die Sinnlichkeit seiner Lippen an meiner Schulter und meinem Hals. Die Leidenschaft unserer Küsse.

Als ich merke, dass der Song zu Ende geht, zücke ich hastig das Smartphone, um die Musikerkennung zu aktivieren. Mache einen Screenshot und stecke das Telefon wieder weg.

Schon ist die Ballade vorbei und ich atme langsam tief durch.

Ich sollte zu meiner Familie zurückgehen und mit ihnen feiern. Schließlich haben wir allen Grund dazu, eine Verlobung ist ein freudiges Ereignis. Für meinen Kummer ist später genug Zeit, wenn ich allein bin.

Am frühen Abend kehre ich in mein Apartment zurück, kugelrund gefuttert und müde. Jetzt will ich es mir nur noch mit einem Buch gemütlich machen.

Ich gehe ins Schlafzimmer und ziehe meine Sachen aus, hänge sie zum Lüften auf. Stattdessen schlüpfe ich in Hoodie, Jogginghose und dicke Socken, schlurfe zum Abschminken ins Bad und will von da aus auf die Couch.

Überraschenderweise bleibt mein Blick im Vorbeigehen an dem Koffer aus White River Springs hängen, der zwischen dem freien Nachttisch und der Wand steht. Ich musste ihn vorhin aus dem Schrank holen, um an meine Stiefel zu gelangen.

Ich bleibe stehen und betrachte ihn eine Weile, in mir formt sich ein Entschluss.

Ja, heute packe ich ihn aus, heute komme ich damit klar.

Also gehe ich hinüber, zerre ihn aus der Ecke und wuchte ihn aufs Bett. Öffne Schloss sowie Reißverschluss und klappe den Deckel zurück. Automatisch greife ich nach dem Verschluss des Gurtes, der die Kleidung an Ort und Stelle hält, und stutze.

Da liegt ein dickes Päckchen auf meinen Sachen und unter der Schleife steckt eine Karte.

Wie kommt das in den Koffer?

Sofort wird mir klar, dass es nur eine Person hier hineingeschmuggelt haben kann, und meine Knie werden weich.

Mit zitternden Fingern nehme ich das Geschenk heraus, setze mich aufs Bett und lege es auf meinen Schoß. Ziehe den Umschlag unter der Schleife hervor und eine Weihnachtskarte heraus, auf der ein lesender Weihnachtsmann im fliegenden Schlitten sitzt und hinten Bücher aus seinem kaputten Sack verliert.

*Happy Bookmas!*

Mein Herz klopft wie wild, als ich sie aufklappe und den kurzen, handgeschriebenen Text lese.

*Diese Tage mit dir gehören zu den schönsten meines Lebens und ich wünsche mir mehr davon, unendlich viel mehr.*

*Frohe Weihnachten,*
*Brandon*

In meiner Brust bricht Chaos aus und ich ringe überwältigt nach Luft.

Wann hat er das geschrieben? Wir waren doch ständig zusammen.

Nachdenklich schaue ich auf das Päckchen hinab.

Ob es mir eine Antwort geben kann?

Ich lege die Karte beiseite, löse Schleife und Band. Drehe das Geschenk um und entferne vorsichtig die Klebestreifen. Dann schlage ich das Papier zurück und schnappe nach Luft.

Das sind die Bücher, die ich am Samstag schweren Herzens zum Einsortieren an Carol zurückgegeben habe.

Heißt das, er hat sie an jenem Nachmittag gekauft?

Und was genau meint er mit diesem Satz?

Vollkommen verwirrt schlage ich die Hände über Mund und Nase, presse die Augen zusammen.

Wollte er nur Freundschaft mit gewissen Vorzügen?

Eine Affäre?

Oder mehr?

Mein Herz schreit *Ja, mehr!*, doch mein Verstand hebt den Finger.

*Warum hat er dann seiner Ex eine Nachricht geschrieben und um ein Treffen gebeten?*

Genau das ist das Problem, es passt einfach nicht zusammen.

Ich werde einen Teufel tun, ihn danach zu fragen, diese Blöße werde ich mir niemals geben.

Aber wenn er den ersten Schritt tun würde, um dieses Missverständnis aufzuklären …

*Hätte er es dann nicht längst getan?*

Ja, vermutlich.

Was weiß ich, vielleicht hat ihn irgendetwas davon abgehalten.

*Du bist ihm nicht wichtig genug!*

Ach, halt doch die Klappe. Du machst alles kaputt.

*

Die Tage zwischen den Jahren sind ruhig und fast alle Kollegen meines Teams befinden sich im Urlaub. Überhaupt ist kaum jemand im Haus, aus der Chefetage nur die Finanzleiterin, was eine ungewohnte Ruhe mit sich bringt.

Normalerweise nutze ich diese Zeit gern, um ein paar Dinge aufzuarbeiten, Zahlen auszuwerten oder andere knifflige Aufgaben zu lösen.

Doch dieses Jahr hänge ich verloren mitten zwischen meinen Gefühlen und dem Verstand. Pendele mal zur einen, mal zur anderen Seite oder fühle mich innerlich zerrissen.

Weshalb ich mich dafür entscheide, das Seminarprogramm für die Mitarbeiter zu konkretisieren und auszubauen. Dafür wühle ich mich online durch Fachtexte und Studien, ermittele Angebote und verschicke Anfragen.

Bei der Gelegenheit stoße ich auf das Ritual der Raunächte und vertiefe mich in das Thema. Studiere damit zusammenhängende Bräuche und werde dermaßen davon gefangen genommen, dass ich mich entschließe, es noch dieses Jahr durchzuführen. Zwar fehlen mir die ersten Nächte und ich kann mich ohnehin kaum daran erinnern, was ich seit Weihnachten geträumt habe. Doch ich kann und werde mich und mein Leben zu den einzelnen Schwerpunkten reflektieren. Ich brauche Klarheit darüber, wo ich stehe und was mir in Zukunft wirklich wichtig ist. Dann kann ich mich auch aus diesem Chaos befreien und meinen Weg gehen, davon bin ich überzeugt.

Also besorge ich mir im Buchladen in der *Union Station* ein hübsches Notizbuch und fange am selben Abend damit an.

Über die Tage hinweg füllen sich die Seiten mit meinen Gedanken und Emotionen, kommen Träume hinzu.

Mit jedem Tag wird mir ein wenig leichter ums Herz und auch einiges klar. Was dazu führt, dass sich eine Art Weg aus dem Nebel löst. Allerdings ist mir noch kein bisschen klar, wie er aussehen und wohin er führen soll, es bleibt ein vages Gefühl.

Ein weiterer positiver Effekt dieser Selbstanalyse ist eine gewisse Ruhe, die mich erfasst. Ein Vertrauen darauf, dass sich alles fügen wird, irgendwie und irgendwann.

Und nur deswegen fahre ich am Silvesterabend tatsächlich zu der Party, um mit meinem Blind Date und meinen Freunden ins neue Jahr zu feiern.

Joseph ist ein netter Kerl, nur leider etwas nerdig, so wie mein Bruder. Zum Glück sind wir uns schnell einig, dass zwar keinerlei Funken zwischen uns fliegen, wir aber trotzdem zusammen feiern können. Was wir voll durchziehen.

Entsprechend wild und ausgelassen verabschieden wir das alte Jahr und kommen erst kurz nach Mitternacht ein wenig zur Ruhe. Als wir von der Dachterrasse des Clubs aus das Höhenfeuerwerk über Denver betrachten, in unsere Mäntel gehüllt und mit einem Glas Champagner in der Hand.

Wie immer lasse ich das vergangene Jahr Revue passieren, meine Höhen und Tiefen sowie die Erkenntnisse der letzten Tage. Und je näher ich dem Ende komme, desto aufgewühlter fühle ich mich. Ich spüre Wehmut und gleichzeitig Aufregung, gemischt mit Entschlossenheit und Aufbruchstimmung.

Doch aus welchem Grund und mit welchem Ziel?

Da beugt sich Joseph zu mir. »Jedes Jahr zu diesem Zeitpunkt frage ich mich selbst, was ich mir am meisten für die kommenden Monate wünsche, ganz tief in mir.«

Ich lächele. »Schöne Sache.«

»Finde ich auch. Und was ist mit dir? Was ist dein sehnlichster Wunsch?«

Automatisch sehe ich zu den Sternen auf und stelle mir diese Frage.

Welcher Wunsch sollte genau jetzt in Erfüllung gehen, um mein Leben perfekt zu machen?

Unvermittelt steigt ein Bild in meinem Kopf auf.

Brandon, wie er hier und jetzt auf mich zukommt. Lächelnd vor mir stehenbleibt, meine Hände ergreift und mir sagt, dass er sich in mich verliebt hat. Dass er mit mir und niemandem sonst zusammen sein will.

*Empfindest du das Gleiche für mich?*

Und da lichtet sich der Nebel, sehe ich den Weg zu meinem Glück vor mir. Der Knoten in meiner Brust löst sich und zaubert mir ein Lächeln aufs Gesicht.

Ich weiß in etwa, wo sein Apartment liegt, gleich morgen werde ich hingehen und ihm gestehen, was ich fühle. Egal, wie es ausgeht, dann habe ich wenigstens Gewissheit.

Strahlend wende ich mich zu Joseph. »Dank dir kenne ich den jetzt. Muss ich ihn dir verraten, damit er wahr wird?«

Er grinst.

»Nein. Ich glaube, dieser Moment der Klarheit ist bereits der erste Schritt in die richtige Richtung.«

»Du bist weise.«

»Quatsch. Ich lese nur zu viele Zitate und weise Sprüche.«

»Darauf trinke ich.«

Wir stoßen miteinander an, trinken und sehen zu den explodierenden Lichtern auf.

Der erste Schritt zur Gewissheit ist getan und ich kann es kaum erwarten, den zweiten zu gehen.

# Brandon

## Kapitel 14

»Ladys und Gentlemen, darf ich um Ihre Aufmerksamkeit bitten!«

Die Gespräche an den B",""-Banketttischen verstummen und sämtliche Gäste der Charity-Gala zugunsten der *Denver Foundation* blicken zur Bühne.

Auch ich lehne mich zurück und täusche vor, der Ansprache der Moderatorin zu folgen. In Wirklichkeit interessiert mich kein bisschen, welche Spendensumme an diesem Abend zusammengekommen ist, um das gemeinnützige Subventionsprogramm der Stiftung zu fördern. Weil ich in Gedanken ganz woanders bin.

Unruhig fahre ich mit dem Finger unter den Kragen des Smokinghemds und seufze stumm.

Nach dem Feuerwerk kann ich mich dezent aus dem Staub machen und meinen eigentlichen Plan für diese Nacht in die Tat umsetzen. Aber bis dahin dauert es noch eine gute Stunde.

Demnach lasse ich die ganzen Dankesreden an mir vorbeiplätschern und vertreibe mir die Zeit damit, die High Society der Stadt zu beobachten.

Obwohl ich mich seit geraumer Zeit am unteren Einkommensrand dieser Gesellschaftsschicht bewege, fühle ich mich noch immer nicht vollständig akzeptiert. Egal, an wie vielen ihrer Veranstaltungen ich teilnehme und Geld spende oder mit welchen Persönlichkeiten ich geschäftlich zu tun habe. Vermutlich liegt es daran, dass ich in einer anderen Schicht und in einer anderen Stadt geboren wurde.

Wie auch immer, all das kümmert mich nur am Rande, es gehört eben dazu.

Allerdings ist mir in diesem Zusammenhang inzwischen bewusst geworden, dass ich vermutlich nur mit Lindsay zusammen war, um ihre Kontakte zu nutzen und tiefer in diese Welt vorzustoßen. Anders kann ich mir kaum erklären, warum ich es nach einigen unverbindlichen Sex-Dates nicht beendet oder wenigstens bei einer Affäre belassen habe. Das wäre für uns beide besser gewesen.

Nun, im nächsten Jahr wird alles anders und ich werde gleich in den ersten Stunden damit beginnen.

Nach dem letzten offiziellen Teil bleibt eine halbe Stunde Zeit für Tanz und Konversation, dann werden endlich die Champagnergläser für den Jahreswechsel serviert. Kurz vorher erheben wir uns von den Stühlen, zählen mit der Moderatorin zusammen laut die letzten Sekunden herunter und rufen pünktlich um 0 Uhr »Frohes neues Jahr!«.

Die anderen neun Gäste an meinem Tisch und ich stoßen miteinander an, wünschen uns alles Gute. Danach bin ich einer der Ersten, der den Ballsaal Richtung Außenterrasse verlässt und sich dabei ein frisches Glas Champagner mitnimmt. Wegen meines Plans habe ich nur ein Glas Wein beim Abendessen genossen, aber dieses Zugeständnis gönne ich mir.

Das 5-Sterne-Hotel, in dem die Gala stattfindet, befindet sich im Zentrum der Stadt, weshalb sich ein guter Blick auf das Höhenfeuerwerk bietet, das von diversen Wolkenkratzern abgefeuert wird.

Ich gehe vor bis zur Brüstung und lehne mich rücklings dagegen. Schlürfe den Champagner und erfreue mich an dem lauten Lichtspektakel, während die Terrasse sich langsam füllt.

Nächstes Jahr möchte ich mit Alyssa hier stehen und das Erlebnis mit ihr teilen. So wie vieles andere auch.

Doch dafür muss ich noch einiges tun.

Also strebe ich nach der abschließenden Explosion mit der Masse nach drinnen, stelle mein Glas auf einem der Stehtische im Foyer ab und laufe zur Garderobe, um meinen Mantel zu holen.

In der Tiefgarage des Hotels steige ich in meine Elektro-Limousine, fahre an die Oberfläche und starte die Navigation zu der angegebenen Adresse.

Ihre Wohnung ist keine zwei Meilen entfernt und in dieser besonderen Nacht herrscht so gut wie kein Verkehr. Weswegen ich schon sechs Minuten später in die Zielstraße einbiege und fast direkt vor ihrem Haus einen Parkplatz finde.

Neugierig steige ich aus und sehe mich um, laufe den Weg zu ihrem Wohnhaus entlang und lausche auf das kurze Hupen der Wagenverriegelung. Unter dem Vordach des Neubaus studiere ich die beleuchteten Klingelschilder, finde ihren Namen.

Sogleich klopft mir das Herz bis zum Hals hinauf und ich muss tief durchatmen, bevor ich den Finger eine Sekunde auf den Knopf drücke.

Im nächsten Moment durchfährt mich der Schreck.

Was ist, wenn sie schon geschlafen hat?

Ich werfe einen Blick auf die Uhr und überlege fieberhaft, ob wir über unsere Silvesterpläne gesprochen haben.

Ja, tatsächlich. Sie wollte mit ihren Freunden zu einer Party.

Hm, dann wird sie vermutlich noch dort sein.

Zur Vorsicht klingele ich ein zweites Mal und gedulde mich einige Minuten, doch es rührt sich nichts.

Gut, dann werde ich warten. Egal, wie lange es dauert.

Ich gehe zurück zum Wagen, mache es mir gemütlich und starte über das Bedienpanel den Musikstreamingdienst. Wähle einen Podcast zum Thema Achtsamkeit, den ich vor meinem Abflug nach San Francisco entdeckt habe, und mache mit der nächsten Folge weiter.

Davon schaffe ich ein paar und vielleicht nicke ich auch zwischendurch ein. Doch als ein Motorengeräusch näherkommt und schließlich eine Tür zuschlägt, reiße ich die Augen auf und bin hellwach.

Einen Wagen weiter vorn fährt ein Taxi ab und im schwachen Licht der nächsten Laterne stöckelt eine Frau den Weg zum Haus hinauf.

Das ist sie, ihr Haar und den Mantel erkenne ich sofort.

Ich beeile mich, aus dem Wagen zu kommen und ihr zu folgen.

Alyssa steht bereits unter dem Vordach und zieht etwas aus der Tasche.

Leise rufe ich ihren Namen, bevor ich sie erreiche.

Sie fährt zu mir herum, starrt mich an. »Brandon?«

Unentschlossen halte ich zwei Schritte vor ihr an und nicke.

Soll ich lächeln oder ernst bleiben?

Auf jeden Fall möchte ich sie in meine Arme nehmen und küssen.

»Was willst du hier?« Sie wirkt überrascht, aber wenigstens nicht abweisend.

»Ich möchte mit dir reden.«

»Jetzt?«

»Ja, es ... ich wollte nicht länger warten.«

»Okay, dann komm mit rauf.«

»Danke.«

Sie wendet sich ab und hält eine Key-Card vor das Lesegerät, tippt zusätzlich ihre PIN ein und drückt die Tür auf, sobald das Summen ertönt.

Schweigend folge ich ihr die Treppe hinauf in den ersten Stock und starre dabei auf ihre bestrumpften Beine. Erinnere mich daran, wie sie sich um meine Hüften anfühlen oder wie weich die Innenseiten ihrer Schenkel sind.

Oben öffnet sie die Tür ihres Apartments und lässt mich vorbei, schließt sie hinter uns. Ich laufe in den Wohnbereich, der mit einer offenen Küche beginnt, und bleibe lächelnd neben dem leuchtenden Weihnachtsbaum stehen.

»So ungefähr habe ich mir dein Apartment vorgestellt, liebevoll eingerichtet und gemütlich.«

»Danke.«

Ihre Schritte kommen näher, sie schaltet die Strahler über der Frühstückstheke ein und ich drehe mich zu ihr um. Sie hat den Mantel abgelegt und ich sehe ihr Silvesteroutfit, ein dunkelrotes fließendes Kleid mit Spaghettiträgern.

»Wow, du siehst toll aus. Atemberaubend.«

»Nochmals danke.« Das schiefe Lächeln breitet sich auf ihrem Gesicht aus und mir wird mit einem Schlag klar, wie sehr ich sie wirklich vermisst habe.

Sie räuspert sich. »Kann ich dir etwas zu trinken anbieten?«

»Im Moment nicht, danke.« Ich streife den Mantel ab und lege ihn auf den nächstgelegenen Hocker vor der Theke.

Mit dem Kinn deutet sie auf meinen Smoking. »Wie war die Gala?«

Ich öffne den Mund, um ihr mit einer Floskel zu antworten, doch dann besinne ich mich eines Besseren und stoße die Luft aus. »Mir hat deine Gesellschaft gefehlt. Wie jeden Tag in den letzten zwei Wochen.«

Ihr Lächeln verblasst und sie macht zwei Schritte in die Küche hinein, knetet nervös ihre Hände. »Brandon —«

»Warum bist du am Flughafen einfach verschwunden?«

Da wendet sie sich mir zu, strafft die Schultern und sieht mir direkt in die Augen. »Ich wollte eure Zweisamkeit nicht stören.«

Ich hebe die Brauen, in meinem Magen flattert es. »Zwischen Lindsay und mir gibt es keine Zweisamkeit mehr, das habe ich dir bereits gesagt.«

»Warum hast du ihr dann eine Nachricht geschrieben?«

»Um mich mit ihr auszusprechen, mich für mein Verhalten zu entschuldigen. Dass sie am Flughafen aufgetaucht ist und diese Show abgezogen hat, war maßlos übertrieben. Entsprechend schlecht hat ihr die Wahrheit geschmeckt.«

»Deine Assistentin hat bestimmt gedacht, ihr seid wieder zusammen.«

»Ja, leider. Trotzdem habe ich Laura mit der Kündigung gedroht, falls sie noch einmal solche Informationen weitergibt.«

»Sie hat es nur gut gemeint.«

»Und mich dadurch in eine ziemlich unangenehme Situation gebracht. Vor allem dir gegenüber.«

Alyssa schnaubt. »Ja, ich fand es auch ziemlich scheiße. Ich habe gedacht, du hast nur mit mir gespielt. Und konnte kaum glauben, dass ich mich dermaßen in dir getäuscht habe.«

»Mir ging es ähnlich und das hat verdammt wehgetan.« Ich gehe zu ihr, umfasse ihr Gesicht und sehe ihr tief in die Augen, während mich ihr schwacher, umwerfender Duft einhüllt. »Und inzwischen ist mir bewusst, dass ich einen Fehler gemacht habe. Ich hätte dir sofort sagen sollen, dass ich mich in dich verliebt habe. Und mit dir zusammen sein will.«

In ihren hellgrünen Iriden leuchtet etwas auf und sie klammert sich an das Revers meiner Smokingjacke. »Du meinst, in einer Beziehung? Mit allem Drum und Dran? Wenn nämlich nicht, dann ...«

Fassungslos schüttele ich den Kopf. »Wenn ich einer Frau sage, dass ich mich in sie verliebt habe, meine ich das ernst. Solche Worte nehme ich nicht leichtfertig in den Mund.«

Das wunderschöne schiefe Lächeln breitet sich wieder auf ihrem Gesicht aus.

»Du weißt doch, wenn ich an etwas interessiert bin ...«

»... gehst du in die Vollen.«

»Ganz genau.«

»Weil das Leben zu kurz ist für verpasste Chancen.«

»Stimmt. Und du bist die beste Chance meines Lebens, die lasse ich garantiert nicht einfach so an mir vorbeiziehen.«

Mit einem Seufzen schließt sie die Augen. »Ich glaube, mein Neujahrswunsch ist gerade in Erfüllung gegangen.«

Ich grinse. »Ach, ja? Was genau hast du dir denn gewünscht?«

Als sie die Augen aufschlägt, sehe ich dieses intensive Leuchten darin, das ich schon aus unserer ersten gemeinsamen Nacht kenne, und mein Körper reagiert mit einem heißen Prickeln.

»Dass sich alles als Missverständnis herausstellt, du mir deine Gefühle gestehst und ich dir auch endlich sagen kann, dass ich mich schon in White River Springs in dich verliebt habe.«

»Dann hat es ja zeitgleich bei uns beiden gefunkt.«

»Sieht ganz so aus. Und nur, damit du es weißt. Du bist mir mit deinem Auftauchen hier lediglich zuvorgekommen.«

»Wie meinst du das?«

»Dass ich morgen, nein, *heute* nach deinem Apartment gesucht hätte. Um dir zu sagen, was ich für dich empfinde. Um Klarheit zu haben und niemals zu bereuen, es nicht getan zu haben.«

»Tja, das Schicksal will eben, dass wir zusammen sind. Dagegen werden wir uns doch wohl nicht wehren, oder?«

»Niemals.«

»Gott sei Dank, dann darf ich dich endlich küssen.«

»Ich bitte sogar darum.«

»Mit dem größten Vergnügen, Ms. Tate«, raune ich, senke den Kopf und küsse sie zärtlich.

Schon wirbeln all die Gefühle in mir auf, die ich für sie empfinde. Schwellen an und breiten sich bis in die Zehen und Fingerspitzen aus. Nur das wichtigste setzt sich in meiner Brust fest und durchdringt mein Herz, bis ich meine, vor Glück platzen zu müssen.

Nach einer gefühlten Ewigkeit zieht sie sich ein wenig zurück. »Brandon?«

»Mh-hm?« Ich küsse ihre Unterlippe, sie meine Oberlippe.

»Tanzt du mit mir?«

Ich lächele und küsse sie noch einmal, bevor ich den Kopf hebe. »Hast du denn die passende Musik dafür?«

Da lächelt sie vielsagend und hebt die Stimme. »Alexa? Spiel ‚Snowflakes of Love‘ von Toni Braxton in Dauerschleife.«

Der smarte Lautsprecher irgendwo hinter mir bestätigt, dass der gewünschte Song abgespielt wird, und die ersten Töne erklingen. Sie kommen mir bekannt vor.

Alyssa nimmt meine Hand, führt mich in die Mitte zwischen Couchtisch und Frühstückstheke. Dreht sich zu mir um, zieht mich an sich und schlingt mir die Arme um den

Hals. Ich lege meine um ihre Taille und sobald das weihnachtliche Intro endet, erkenne ich die Ballade.

Lächelnd wiege ich mich mit ihr hin und her. »Das lief im Radio, als wir im Apartment getanzt haben.«

»Und wir uns endlich nähergekommen sind.«

»Wie hast du es gefunden?«

»Blöder Zufall am Weihnachtstag, ich habe ihn bei meinen Eltern gehört.«

»Unser Song.«

»Ja, ist er.« Sie lächelt und fährt mit den Fingernägeln über meinen Hinterkopf.

Was einen lustvollen Schauer meinen Rücken hinunterjagt.

»Gott, ich bin total verrückt nach dir.« Ich presse die Hände gegen ihren unteren Rücken, senke den Kopf und küsse sie. Erst sanft und verführerisch, doch die Leidenschaft kocht schnell zwischen uns hoch.

Ich packe ihren Hintern, knete ihn, drücke sie an mich.

Hebe sie schließlich hoch und sie schlingt die Beine um meine Hüften.

»Wo ist dein Schlafzimmer?«

Alyssa deutet Richtung Tür. »Links um die Ecke.« Dann widmet sie sich meinem Hals.

Mein Schwanz zuckt begeistert und ich stöhne auf.

Wie sehr ich es liebe, wenn sie das tut.

Ich trage sie in den Nebenraum und die Tür bleibt auf, damit wir die Musik hören können. Stelle sie auf die Füße, küsse sie und streiche suchend über ihren Rücken. Öffne den Reißverschluss, schiebe die Träger von ihren Schultern und lasse das Kleid zu Boden gleiten. Das leise Rascheln klingt fantastisch.

Nackt sinken wir schließlich aufs Bett und ich erkunde ihren Körper neu, mit Mund und Händen. Ich verwöhne und lecke sie bis zum ersten Höhepunkt. Streife mir ein

Kondom über und sinke in ihre Arme, um sanft und tief in sie einzudringen.

Mein Körper drängt danach, sie kräftig zu ficken, doch diesmal lasse ich mir extra viel Zeit. Küsse sie, massiere ihre Brüste und stimuliere ihre Nippel, wie sie es am liebsten mag. Ich strecke ihre Arme über den Kopf und verschränke die Finger mit ihren. Drücke mein Becken so gegen ihres, dass ich über ihren Schamhügel schaukeln kann, und steigere langsam das Tempo.

Alyssa stöhnt auf und bohrt die Fersen in meine Schenkel, bewegt die Hüften gegen meinen Rhythmus. Klammert sich an meine Hände und erwidert den Kuss mit wachsender Hingabe.

Erneut will mein Körper es härter und ich weiß, dass es auch ihr gefallen würde. Stattdessen halte ich mich zurück und liebe sie. Mit allem, was ich habe.

Bis wir beide kurz vor der Klippe stehen und keuchen.

Ich hebe den Kopf, um sie anzuschauen. Löse eine Hand aus ihrer und schiebe sie zwischen uns. »Sieh mich an!«

Kaum schlägt sie die Augen auf, reibe ich ihre Klit. Steigere an beiden Stellen das Tempo und beobachte, wie sie kommt. Wie sich ihr Gesicht vor Lust verzerrt, ihr Atem stockt und ihr Blick sich ins Universum richtet.

Sie stöhnt auf, ihre Pussy krampft rhythmisch um meinen Schwanz und reißt mich mit. Aus meiner Kehle steigt ein tiefer Seufzer auf und ich presse mein Becken fest gegen ihres. Erschauere und ergieße mich in ihr.

Keuchend schlingt sie Arme und Beine um mich, küsst mich.

Und während ich es mit sanften Stößen für uns beide ausklingen lasse, lege ich die Arme um sie. Halte sie fest, verschmelze mit ihr und heiße das neue, überwältigende Gefühl willkommen, das sich in meiner Brust ausbreitet.

Hier gehöre ich hin.

*

An diesem Neujahrsmorgen aufzuwachen, mit Alyssa in meinem Arm, ist unvergleichlich. Nein, perfekt.

Weshalb ich nur daliege und es genieße, voll und ganz im Moment, ein dümmliches Grinsen im Gesicht.

Ob ich das schon eher hätte haben können, wenn ich mich auf andere Frauen eingelassen hätte?

In mir regt sich Widerstand.

Nein, es liegt definitiv an Alyssa. Sie ist die Richtige für mich.

Mein Herz setzt einen Schlag aus, stolpert weiter und mir wird heiß.

Fuck! Wie kann ich das nach zwei Wochen schon denken?

*Komm wieder runter, das sind nur die Nachwehen der Nacht! Erst einmal abwarten, wie es sich entwickelt.*

Genau.

Erleichtert atme ich langsam und tief durch.

Das Letzte, was ich will, ist in Panik zu geraten und dadurch alles im Keim zu ersticken.

Unvermittelt regt sie sich, drängt sich an mich und streicht über meine Brust.

Ich drücke ihr einen Kuss aufs Haar. »Guten Morgen.«

»Morgen.«

»Das klingt noch verdammt müde.«

»War ja auch eine ziemlich kurze Nacht, oder? Wie spät ist es?«

Ich taste auf dem Nachttisch nach meiner Uhr und werfe einen Blick darauf. »Gleich elf.«

»Viel zu früh.«

»Soll ich dich wachküssen? Oder hättest du lieber einen

Raketenstart in den Tag?«

»Wie kannst du schon so wach sein?«

»Ich bin voller Glückshormone.« Lächelnd wälze ich mich halb auf sie und schaue auf sie hinab. »Frohes neues Jahr, Ms. Tate!«

»Frohes Neues, Mr. Kentwood.« Sie streicht mir über die Wange und schmunzelt. »Was ist nun mit dem Wachküssen?«

»Kommt sofort«, raune ich und senke den Kopf.

Sanft streiche ich mit den Lippen über ihre, bitte mit der Zunge um Einlass.

Den sie mir direkt gewährt, und wir versinken in einem langen, zärtlichen Kuss.

Schließlich hebe ich den Kopf. »Wollen wir heute irgendetwas unternehmen?«

Alyssa stöhnt auf. »Du immer mit deinen Aktivitäten! An Neujahr kuschelt man sich auf die Couch und liest.«

»Ich habe kein Buch dabei. Außerdem brauche ich Bewegung, das weißt du doch.«

»Ja, weiß ich. Okay, dann lass uns spazieren gehen oder so etwas.«

»Das ist schon mal ein Anfang.«

Ohne Vorwarnung breitet sich ein Grinsen auf ihrem Gesicht aus. »Willst du etwa im Smoking los?«

Ich stutze, lache auf. »Scheiße, stimmt ja. Hm, dann muss ich mal überlegen, ob sich der Aufwand lohnt, zum Umziehen zu mir zu fahren, oder ob wir doch einfach hierbleiben und ich erst heute Abend fahre.«

»Du willst mich heute Nacht allein lassen?«

»Eigentlich nur ungern, aber morgen früh müssen wir wieder ins Büro.«

»Ja, leider. Ich wünschte, wir hätten noch einen Sonntag oder sogar ein ganzes Wochenende vor uns.«

»Alternativ könntest du ein paar Sachen einpacken und

mit zu mir kommen, da lässt es sich auch herrlich faulenzen, nach einem Spaziergang.«

»Und morgen früh schlendern wir zusammen ins Büro?«

»Eigentlich möchte ich das lieber getrennt halten.«

»Geht mir genauso.«

»Ich bin froh, dass wir in diesem Punkt derselben Meinung sind. Das erspart uns Diskussionen und schlechte Laune.«

»Ja.«

»Aber wir könnten zumindest ein Stück zusammen gehen. Ich biege dann einfach zur *Union Station* ab, ich muss noch in den Buchladen.«

Sie lächelt schief. »Okay, dann machen wir es so.«

»Apropos Buchladen. Hast du mein Geschenk vor Wut weggeworfen oder geöffnet?«

»Also wirklich!« Sie versetzt mir einen Klaps auf die Schulter. »Wie könnte ich jemals Bücher wegwerfen? Egal, von wem sie sind.«

»Das konntest du doch vorher nicht sehen.«

»Aber fühlen. Und die Karte war auch sehr eindeutig. Oh, und danke dafür.«

»Gern geschehen.« Ich streiche ihr eine Haarsträhne aus der Stirn und zögere, will es aber wissen. »Was ich in die Karte geschrieben habe ...«

»Ja?«

»Wann hast du sie gelesen?«

»Weihnachten, abends.«

»Und war es kein Zeichen meiner ehrlichen Absichten?«

»Ach, du weißt doch, wie das ist. Mein Herz hat es erkannt, mein Verstand wollte mich vor weiteren Schmerzen bewahren und hat alles aufgezählt, was dagegenspricht.«

»Eigentlich war auch geplant, dass wir zusammen sind, wenn du es liest.«

»Dafür freue ich mich jetzt umso mehr, dass du schon in White River Springs so viel für mich empfunden hast.«

»Ehrlich gesagt gab es bereits auf dem Hinflug das erste Anzeichen dafür, dass du mich interessierst.«

Sie runzelt die Stirn. »Wie das? Wir sind doch nur die Feedbackgespräche durchgegangen.«

»Also, zum einen war da dein Duft, als ich dir mit dem Tisch geholfen habe. Und deine ganze Art, die Kleinigkeiten, die du unabsichtlich von dir verraten hast, haben mir gefallen. Meinst du, ich habe ohne Grund schon am zweiten Abend deine Gesellschaft vermisst?«

»Wow, das ...« Sie lacht leise. »War dir das dort schon bewusst?«

»Wo denkst du hin? Das ist mir erst in den letzten beiden Wochen klargeworden. Aber dass da etwas zwischen uns ist und ich mehr davon will, wusste ich schon Samstagmorgen.«

In ihren Augen funkelt etwas auf und sie hebt eine Braue. »Ach, ja? Und wodurch?«

»Tja, ich glaube, ich muss dir etwas beichten. Mein Körper und mein Unterbewusstsein haben sich in jener Nacht verbündet. Ich bin dicht hinter dir aufgewacht, hatte den Arm um dich gelegt. Allerdings hat es mich dermaßen verwirrt, dass ich abgehauen bin. Bevor ich mich verrate, wollte ich erst einmal sehen, ob du etwas Ähnliches empfindest.«

»Ich glaube, jetzt muss ich dir auch etwas beichten.«

»Und das wäre?«

»Ich war wach, als du dich hinausgeschlichen hast.«

»Was?« Ich lache ungläubig. »Warum hast du keinen Ton gesagt?«

Sie zuckt mit den Schultern.

»Ich war genauso verwirrt.«

»Gefühle sind echt seltsam.«

»Nein, aber der Verstand ist oft zu stark, als dass wir den Mut besitzen, einfach unserem Herzen zu folgen. Und das führt zu Missverständnissen, Problemen und Unzufriedenheit.«

»Da hast du vollkommen recht.«

»Und wie! Schließlich kenne ich mich als Leserin von Liebesromanen perfekt damit aus.«

»Na, wenn das so ist. Weil wir gerade darüber sprechen – ich habe eine große Bitte an dich.«

»Ja?«

»Ich möchte, dass wir offen und ehrlich über alles reden. Keine Geheimnisse, verletztes Schweigen oder Ähnliches. Auch wenn es unangenehm werden könnte. Ich kann nicht ausschließen, dass ich in alte Verhaltensmuster zurückfalle, und dann musst du mich darauf hinweisen, okay? Ich arbeite an mir und habe den wichtigsten Schritt bereits eingeleitet, aber ich werde bestimmt deine Hilfe brauchen.«

»Versprochen. Aber von dir erwarte ich dasselbe.«

»Abgemacht.«

»Okay. Und du kannst sofort damit anfangen. Was hast du bereits eingeleitet?«

Ein stolzes Lächeln breitet sich auf meinem Gesicht aus. »Ich werde kürzer treten und eine oder einen Co-CEO einstellen.«

Sie reißt die Augen auf und strahlt von einer Sekunde zur anderen über das ganze Gesicht. »Dein Ernst?«

»Mein *voller* Ernst! Von jetzt an steht die Firma nur noch an zweiter Stelle.«

Ihr Lächeln verändert sich, sie schlingt mir die Arme um den Nacken. »Und wer oder was steht ganz oben?«

»Soll ich es dir zeigen?«

»Ich bitte darum, Mr. Kentwood.«

»Mit dem größten Vergnügen, Ms. Tate.«

Und so verhelfe ich ihr doch noch zu einem Raketenstart.

In den Tag, das neue Jahr und unser neues, gemein-
sames Leben.

# Alyssa

## Epilog

*Ein Jahr später.*

»Immer herein.« Brandon stößt die Tür zum Apartment auf und lässt mir den Vortritt.

Lächelnd schiebe ich den kleinen Koffer an ihm vorbei. »Du hast echt dasselbe Apartment vom letzten Jahr gemietet?«

»Nicht nur das.«

Nach ein paar Schritten bleibe ich wie angewurzelt stehen, hinter mir fällt die Tür zu. »Oh, wow!«

»Gefällt es dir?«

Die Küche ist gleich geblieben, aber alles wirkt frisch renoviert und die alten Möbel sind verschwunden und etwas Modernem, Gemütlichem gewichen. Einer L-förmigen Couch mit Kissen und Kuscheldecken, einem Esstisch für zwei Personen. Außerdem steht ein riesiger, beleuchteter Weihnachtsbaum neben dem Kamin und auch der Rest des Wohnbereichs ist edel weihnachtlich geschmückt.

»Und wie! Aber ...« Ich drehe mich zu ihm um. »Warum fragst du, ob es mir gefällt? Hast du das veranlasst?«

»Kann man so sagen, ja.«

»Mr. Kentwood! Muss ich Sie an Ihr Versprechen

erinnern? Keine Geheimnisse.«

Da grinst er mich an und zuckt mit den Schultern. »Ich habe das Apartment für uns gekauft und einrichten lassen.«

»Wie bitte?«

»Ja.«

Ich lache auf. »Du bist ja verrückt!«

»Oh, ja, das bin ich. Nach dir.« Er beugt sich zu mir, für einen zärtlichen Kuss. »Ab sofort können wir uns hier einigeln, wann immer uns danach ist.«

»Wahnsinn! Das ... danke.«

»Sehr gern. Wollen wir auspacken gehen?«

»Mh-hm.«

Wir hängen unsere Mäntel an die Garderobe und ich folge ihm ins Schlafzimmer, in dem ebenfalls neue Möbel stehen.

Beim Anblick der frisch bezogenen Kissen und der eleganten Tagesdecke muss ich lächeln. »Was hältst du davon, wenn wir das Bett einweihen, bevor wir zu Dereks Weihnachtsfeier gehen?«

»Haben wir denn noch genug Zeit?«

»Hast du etwa etwas gegen einen heißen Quickie einzuwenden?«

»Niemals.«

Ich drücke ihn auf die Matratze und besteige seinen Schoß. »Perfekt.«


Später fahren wir mit der Gondelbahn zur Mall hoch, denn das Essen findet im selben Restaurant statt. Danach spazieren wir, wie im letzten Jahr, an der Hauptstraße entlang zurück zur Lodge. Nur gehen wir diesmal Hand in Hand und schwelgen in Erinnerungen.

Schließlich schüttele ich den Kopf. »Wenn Derek wüsste, was er mit dem Apartment ausgelöst hat.«

»Wer weiß, wo wir ohne seine Bezichungen gelandet

wären!«

»Vielleicht in der Agentur, auf einem Bodenlager. Oder getrennt, auf irgendeiner Couch.«

»Grauenvolle Vorstellung. Vermutlich hätte ich dann bei ihm schlafen müssen und hätte jeweils die halbe Nacht gegrübelt, an welchen Schauspieler er mich erinnert.«

Ich lache auf. »Du meinst Will Farrell.«

»Sagt mir nichts.«

»Aus *Buddy, der Weihnachtself.*«

»Ja!« Brandon fällt in das Lachen mit ein. »Wesley hat den Film vor zwei Jahren für sich entdeckt und wollte ihn an Weihnachten ständig gucken.«

»Stimmt, an den Film muss ich auch immer denken, wenn ich Derek sehe.«

Meine Gedanken kehren kurz zurück zum Blizzard im letzten Jahr, der damaligen Weihnachtsfeier und der heutigen.

Weshalb ich seufze. »Aber mal im Ernst – bei solchen Anlässen wie dem Essen gerade fällt es mir verdammt schwer, unsere Beziehung zu verheimlichen. Meinst du Derek oder seine Leute haben etwas gemerkt?«

»Keine Ahnung. Ist mir aber auch ziemlich egal.«

»Ach, ja?«

»Ja. Ich finde, so langsam dürfen es alle Kollegen wissen.«

»Ich weiß nicht ...« In meinem Magen breitet sich ein flaues Gefühl aus.

»Wo ist das Problem? Sandra ist inzwischen für deinen Bereich verantwortlich.«

Beim Gedanken an die Co-CEO muss ich lächeln.

Mit ihr hat Brandon die beste Wahl getroffen, für das Unternehmen und die Mitarbeitenden, und ich verstehe mich wunderbar mit ihr.

Nein, das ist nicht das Problem.

»Es liegt an mir, ich habe noch immer diese Blockade im Kopf. Von wegen hochgevögelt und Geliebte des Chefs.«

»Alyssa. Erstens hat sich bei deiner Position nichts verändert, zweitens habe ich den Bereich abgegeben und drittens wohnen wir seit ein paar Monaten zusammen. Ernster geht es wohl kaum.«

Doch, geht es, aber dafür haben wir alle Zeit der Welt.

»Ich weiß.«

»Du solltest über diesen Dingen stehen.«

»Würde ich gern, aber nur ich würde eventuell negative Folgen zu spüren bekommen.«

»Du meinst dumme Sprüche?«

»Bis hin zu Mobbing, ja.«

»Ich will doch sehr hoffen, dass es so etwas in meiner Firma nicht gibt.«

»Bis jetzt nicht, nein. Aber das kann sich ändern. Du weißt, wie die Leute sind.«

Er schüttelt den Kopf. »Allein der Gedanke daran macht mich sprachlos. Vielleicht müssen wir das offen angehen und im Vorfeld schon thematisieren.«

»Lass uns erst einmal das Wochenende genießen, ja? Dann Weihnachten und den Jahreswechsel.«

»Nichts lieber als das.«

Als wir die Treppe zum zentralen Platz des *Base Village* hochsteigen, überkommt mich Melancholie. »Was hältst du davon, wenn wir noch in die Hotelbar gehen? Vielleicht wird ja wieder Livemusik gespielt.«

»Gute Idee. Wir sollten viele Dinge vom letzten Jahr wiederholen.«

»Hast du schon konkrete Vorstellungen?«

»Oh, einige!«

Ja, mir fallen da auch ein paar Sachen ein.

*

Am Samstagmorgen schlafen wir aus und gehen für Kaffee und Gebäck ins *Base Camp*. Diskutieren über die Ergebnisse der gestrigen Feedbackgespräche und die Einführung des betrieblichen Gesundheitsmanagements zum Start des vierten Quartals.

»Ich finde, es wird hervorragend angenommen. Die Kollegen prügeln sich regelrecht um die Seminare, wir müssen das Angebot nächstes Jahr definitiv ausbauen. Und auf die Außenstellen ausweiten.«

»Du meinst, die Trainer fahren in die Niederlassungen?«

»Nein, das wäre kontraproduktiv. Die Mitarbeiter kommen nach Denver, damit sie sich voll und ganz auf die Inhalte konzentrieren können.«

»Das wird unsere räumlichen Kapazitäten sprengen.«

Ich beiße mir auf die Lippe. »Sandra meinte letztens, sie hat eine Vergrößerung der Zentrale angeregt. Entweder in Form eines Umzugs oder Erweiterung nach oben.«

Brandon schüttelt den Kopf und schnalzt mit der Zunge. »Was Sandra so ausplaudert.«

»Sei ihr nicht böse. Außerdem wisst ihr beide, dass ich schweige wie ein Grab.«

»Ja, ich weiß, das ist auch kein Problem, aber ich wollte erst darüber reden, wenn es spruchreif ist. Eine Erweiterung nach oben ist nämlich nicht möglich, das Gebäude steht unter Denkmalschutz.«

»Was ist mit dem *Union Square Building*, gleich neben unserem Parkhaus? Ich habe durch Zufall das Schild gesehen, sie haben noch Büroflächen zu vermieten.«

Da lächelt er vielsagend. »Nach Silvester habe ich einen Termin mit dem Eigentümer.«

»Sieh einer an! Davon hast du mir auch nichts erzählt.«

»Hat sich tatsächlich erst gestern früh ergeben.«

»Aber warum klärt ihr das nicht von Makler zu Makler?«

»Weil ich den Eigentümer von der *Denver Foundation* kenne und einen guten Preis aushandeln will.«

Mir geht ein Licht auf. »Du willst das Gebäude kaufen?«

»Ganz genau. Es ist fast doppelt so groß wie unsere jetzigen Räume und verfügt über einige Möglichkeiten, was die Einrichtung von Konferenzräumen betrifft. Wir expandieren weiter, wir können den Platz gebrauchen.«

»Klingt nach einem aufregenden Jahr, darauf trinke ich.« Ich halte ihm mein Latte-macchiato-Glas hin, er stößt mit seiner Tasse dagegen.

»Aber wie gesagt, das alles ist noch nicht spruchreif.« Nach einem Schluck Kaffee deutet er mit dem Kinn auf mein Glas. »Möchtest du noch einen?«

»Gern, es ist gerade so gemütlich.«

Also ruft er die Kellnerin heran und gibt die Bestellung auf.

Ich stelle das Glas ab und betrachte ihn versonnen.

Als er es bemerkt, verschränkt er die Arme auf dem Tisch und lächelt mich an. »Was ist?«

»Ist dir eigentlich schon einmal selbst aufgefallen, wie sehr du dich in dem einen Jahr verändert hast? Es ist unglaublich, wie entspannt du bist. Wie sehr du in dir ruhst.«

»Das habe ich nur dir zu verdanken.«

»Und dem Blizzard.«

Er schüttelt den Kopf. »Wenn du nicht mit mir hier festgesessen hättest, wäre ich vermutlich durchgedreht. Du warst irgendwie mein Ruhepol, deine Impulse haben mich zum Nachdenken angeregt. Und ich bin heute noch froh, dass du mich weiterhin auf diesem Weg begleitest.«

»Du, für mich ist das genauso von Vorteil. Zu zweit Achtsamkeit zu leben ist ungleich einfacher, als es allein anzugehen.«

»Stimmt.« Unvermittelt lacht Brandon auf. »Ich glaube, es gibt viele Leute, die würden uns als Spinner abstempeln, wenn sie uns hören könnten.«

»Ja, die, die keine Ahnung haben. Die Alten, Verknöcherten, die schon die 68er als bekiffte Chaoten abgestempelt haben. Diejenigen, für die nur Erfolg und Profit zählen, ohne Rücksicht auf Verluste.«

»Zum Glück sterben die bald aus.«

»Oh, vertu' dich da nicht! Auch in unserer Generation gibt es genug davon, diese Einstellung ist vererbbar und oft auch ansteckend.«

»Welch schwere Themen an einem Urlaubsmorgen.«

Ich lache leise. »Du hast recht, tut mir leid. Ich kann nur manchmal kaum fassen, was die Gesellschaft da hervorbringt. Wo soll das alles noch hinführen?«

»Vermutlich nicht zu Weltfrieden.«

»Ja.« Ich seufze, klopfe mit der flachen Hand auf den Tisch und lächele. »Genug davon. Was wollen wir heute unternehmen?«

Brandon hebt eine Braue. »Sieh an, Ms. Tate! Wollen Sie etwa aktiv werden?«

»Ein bisschen. Wie wäre es mit einer Schneeballschlacht?«

»Wenn sich spontan eine ergibt, bin ich dabei. Wir könnten aber auch Eislaufen und anschließend dem Weihnachtsmann zuschauen.«

»Klingt gut. Und danach gehen wir zu Carol.«

»Wie könnte ich da widersprechen?«

Eigentlich möchte ich sofort ins Buchcafé, aber das rennt uns zum Glück nicht davon.

»Oh, und wo essen wir heute zu Abend?«

Er lächelt breit. »Ich habe einen Tisch in dem kleinen italienschen Restaurant zwischen den Liften reserviert.«

»Super! Verewigen wir uns auch an der Fotowand?«

»Natürlich, was glaubst du denn?«

Wir trinken in Ruhe unseren zweiten Kaffee, beobachten das Getümmel im *Base Village* sowie am Skilift und plaudern.

Auch ein Detail, das unsere Beziehung so wunderbar macht. Wir können immer reden, wenn uns danach ist, aber genauso gut zusammen schweigen.

Eine Schneeballschlacht ergibt sich leider nicht und tatsächlich liegt weniger Schnee als im letzten Jahr. Was ohne einen Blizzard aber auch kein Wunder ist.

Dafür leihen wir uns Schlittschuhe und toben uns auf der Eisbahn aus. Was als verliebtes Paar mindestens doppelt so viel Spaß macht, so ganz ohne Berührungsängste.

Später haben wir Hunger und gönnen uns ein paar Leckereien von dem kleinen Weihnachtsmarkt. Schauen Santa und seiner Elfe dabei zu, wie sie sich um die Schlange stehenden Kinder und ihre Wünsche kümmern, untermalt von fröhlichen Weihnachtsliedern.

Zwischendurch werde ich melancholisch und bin verblüfft, wie viel magischer die Vorweihnachtszeit diesmal ist. Alles ist intensiver, besinnlicher und noch gemütlicher, wenn man in einer liebevollen Beziehung ist. Vor allem, wenn man den Richtigen gefunden hat.

Doch vor einer Sache habe ich Respekt und bin entsprechend aufgeregt. Das Weihnachtsfest verbringen wir bei Brandons Eltern, die ich bisher nur von Videoanrufen kenne. Ich mag die beiden, aber ihnen bald persönlich zu begegnen, ist etwas anderes. Und dann auch noch seiner Schwester, ihrem Mann und den beiden Kindern. Trotzdem freue ich mich wahnsinnig darauf.

Schließlich verabschiedet sich der Weihnachtsmann

und wir schlendern Hand in Hand zum Buchladen.

»Ich glaube, ich werde mal schauen, ob ich für die Kinder noch je ein passendes Buch finde«, meint Brandon, sobald wir um die Ecke biegen.

»Als ob du nicht genug Geschenke für sie hättest.«

»Ich verwöhne sie eben gern, ein Onkel darf das.«

»Wenn du das sagst.«

»Glaub mir, Debbie würde es umgekehrt genauso machen.«

Er lässt mir den Vortritt und beim Eintreten ertönt über uns das vertraute Klingeln des Glöckchens.

Einige Schritte weiter bleibe ich stehen und schaue mich lächelnd um. Alles ist unverändert behaglich und auf den ersten Blick sind sämtliche Tische des kleinen Cafés besetzt.

»Schau, der Fensterplatz am Kamin ist noch frei.«

Ich drehe mich um und folge Brandons Fingerzeig. »Super.«

Wir gehen hinüber und ziehen die Mäntel aus, legen sie über den nebenan stehenden Stuhl.

»Das gibt es doch gar nicht. Alyssa!«

Ich schaue auf und entdecke Carol, die aus dem Buchhandlungsbereich tritt und mit ausgebreiteten Armen auf mich zueilt.

»Hallo, Carol!«

Wir umarmen uns fest, strahlen uns an.

»Sag mir nicht, ihr zwei sitzt schon wieder hier fest.« Sie wirft Brandon einen Blick zu.

Er grinst. »Nein, dieses Wochenende verbringen wir freiwillig hier.«

»Als Paar, hoffe ich.«

Ich zucke mit den Schultern und lächele schief. »Ja, seit ziemlich genau einem Jahr.«

»Wusste ich es doch!«

Carol versetzt mir einen Klaps auf den Oberarm.

»Nicht umsonst habe ich euch unter dem Mistelzweig erwischt und euch zu eurem Glück gezwungen.«

Wir lachen zusammen und am Ende schüttele ich den Kopf. »Ich glaube, es hat schon vorher gefunkt.«

»Trotzdem habe ich nachgeholfen. Darauf bestehe ich.« Sie deutet mit dem Zeigefinger von mir zu ihm und schaut ernst drein. »Keine Widerrede.«

Brandon hebt die Hände auf Schulterhöhe und setzt sich.

»Was darf ich euch anbieten? Zwei Tassen *Wintermagie*?«

»Auf jeden Fall.«

»Kommt sofort.« Damit wendet sie sich ab und eilt hinter den Tresen.

Ich schaue zu meinem Freund hinüber. »Darf ich zuerst stöbern gehen?«

Er grinst. »Ich werde einen Teufel tun, dich davon abzuhalten.«

»Bis später.« Schon marschiere ich davon und in meine Lieblingsabteilung.

Keine Viertelstunde später kehre ich mit drei Taschenbüchern zurück und Brandon sieht überrascht von einem Magazin auf, das auf seinem Schoß liegt.

»Nanu, schon fertig?«

»Nein, aber ich habe gedacht, ich gebe dir zwischendurch mal Gelegenheit, selbst loszugehen.«

»Wie gnädig von dir.«

»Nicht wahr?« Lächelnd beuge ich mich zu ihm und küsse ihn sanft.

Die Ladentür wird aufgestoßen und ein Paar kommt herein, schüttelt sich Schneeflocken aus den Haaren und schaut sich nach Sitzplätzen um.

Der Tisch neben uns ist frei und während sie sich dort niederlassen, drehe ich mich zum Fenster um.

Es schneit leise vor sich hin.

Ich stoße Brandon mit dem Ellbogen an. »Sieh nur, es hat angefangen zu schneien.«

Er wirft ebenfalls einen Blick nach draußen. »Ah, perfekt.«

»Das sagen Sie jetzt!«, ruft eine männliche Stimme.

Überrascht drehen wir uns zu den neuen Gästen um. Beide sind höchstens in meinem Alter und teuer gekleidet. Die Frau ist eine klassische Schönheit, mit langen, goldblonden Locken, er entstellt die attraktiven Gesichtszüge mit abschätzig gesenkten Mundwinkeln und wirkt dadurch unangenehm arrogant.

Trotzdem gehe ich auf seine Bemerkung ein. »Wie meinen Sie das?«

»Na, noch freuen Sie sich über den Schnee, aber die Tage soll es noch viel mehr werden. Und wenn wir Pech haben, sitzen wir hier fest. Ich weiß gar nicht, wie das gehen soll, ich habe Termine, meine Mandaten können schließlich nicht allein vor Gericht erscheinen.«

Seine Begleiterin legt ihm eine Hand auf den Arm. »Du kannst dich ja morgen um einen früheren Rückflug kümmern, aber jetzt entspann dich erst einmal.«

Er wendet sich ihr zu. »Entspannen?« Er senkt die Stimme. »Wie, zum Teufel, stellst du dir das vor?«

Seine Worte gehen in eine wahre Tirade über, doch ich ignoriere sie.

Stattdessen wechsele ich einen Blick mit Brandon und wir beide grinsen wissend.

»Okay, dann schaue ich mich auch mal um.« Er schlägt das Magazin zu und legt es auf den Tisch.

»Viel Spaß.«

»Ach, ich frage sofort Carol nach einer Empfehlung.«

»Gute Idee.«

Damit macht er sich auf den Weg und ich lehne mich

mit meinen Büchern zurück, klappe das oberste auf und vertiefe mich ins erste Kapitel.

Wie immer tritt alles andere in den Hintergrund, trotzdem höre ich das Stimmengemurmel der anderen Gäste, das Fauchen der Kaffeemaschine oder die leise Weihnachtsmusik. Meine Augen fliegen über die Worte, Zeile um Zeile, Seite um Seite.

Bis ich aus heiterem Himmel stocke.

Im ersten Moment bin ich überrascht, dass mein Herz mir bis zum Hals hinauf klopft und vor Liebe anschwillt. Doch nach wenigen Sekunden, nach dem Intro, erkenne ich unseren Song.

Ein Lächeln breitet sich auf meinem Gesicht aus.

Ob Brandon es auch hört?

Ich schaue auf und entdecke ihn am Tresen, begegne seinem intensiven Blick.

Er kommt auf mich zu, mit feierlichem, entschlossenem Gesichtsausdruck, und bleibt neben dem niedrigen Tisch stehen, direkt vor mir.

Irritiert sehe ich zu ihm auf. »Alles okay?«

Da räuspert er sich, holt tief Luft. »Schon im ersten persönlichen Gespräch, nach 24 Stunden in White River Springs, hast du mich so sehr fasziniert, dass ich abends in der Bar deine Gesellschaft vermisst habe. Und mit jeder Stunde wuchs das Kribbeln in meinem Bauch. Der Kuss unter dem Mistelzweig, den Carol da hinten so vehement eingefordert hat, war da nur das letzte, deutliche Zeichen.«

Im Buchcafé ist es stillgeworden, doch bei der letzten Bemerkung erklingt leises Lachen.

In meinem Magen flattert es heftig, mir wird flau und in mir steigt eine Ahnung auf.

»Dafür, wie besonders du bist. Wie gut du mir tust, wie tief du mich berührst. Und dass ich dich in meinem Leben will. Nach einem Jahr mit dir ist dieses Gefühl nicht nur stärker geworden, sondern zur Gewissheit.«

Brandon greift in seine Hosentasche, kniet nieder und streckt eine Hand nach meiner aus. Eilig lege ich das Buch zur Seite und die linke Hand in seine. Ich zittere und kann vor Aufregung kaum atmen.

»Alyssa, du bist das Beste, was mir je passiert ist. Ich möchte den Rest meines Lebens mit dir verbringen, in guten wie in schlechten Zeiten, in Freud und Leid. Würdest du mir die Ehre erweisen und meine Frau werden?«

In seiner anderen Hand schnappt die Schmuckschatulle auf, doch ich verschwende keinen Blick darauf.

Stattdessen beuge ich mich vor, umfasse sein Gesicht und sehe ihm in die Augen, während Freudentränen meine Wangen hinablaufen. »Ja, ja und nochmals ja!«

Dann küsse ich ihn und um uns herum brandet Beifall aus, gemischt mit Jubel und Seufzen.

Er erwidert den Kuss voller Hingabe und steht auf, zieht mich hoch, drückt mich an sich. Legt schließlich die Stirn an meine und wir sehen uns in die Augen.

»Ich liebe dich.«

»Ich liebe dich auch, Brandon. Aus tiefstem Herzen.«

Noch ein Kuss, dann lösen wir uns voneinander und ich wische mir die Tränen aus dem Gesicht, lächele verlegen.

»Gib mir deine Hand.«

Er nimmt den Ring aus der Schachtel und schiebt ihn auf meinen linken Ringfinger. Wir sehen beide darauf hinab.

Ein eleganter goldener Reif mit einem herzförmigen Diamanten in der Mitte, der im Licht der Deckenstrahler wahre Funken sprüht.

»Perfekt.«

Ich strahle ihn an, versinke in seinen dunklen Augen.

»Ja, das ist er. Genauso wie wir.«

»Herzlichen Glückwunsch, ihr beiden!«

Carol taucht an unserem Tisch auf, reicht uns je ein Glas Sekt und nimmt sich selbst das dritte. Damit dreht sie sich zu den anderen Gästen um. »Auf das Brautpaar!«

»Auf das Brautpaar!« Jeder Erwachsene hält ebenfalls ein Glas in der Hand, das sie uns alle entgegenstrecken und dann trinken.

Brandon und ich stoßen miteinander an und trinken ebenfalls.

Wow, das ist sogar Champagner.

Und genau der Geschmack unserer Lieblingssorte, für die er mich in den letzten Monaten begeistern konnte.

Ich stutze. Moment mal ...

»Hast du das etwa alles mit Carol geplant? Inklusive Champagner für alle?«

»Natürlich. Schließlich gab es nur eine logische Wahl für diesen Anlass.«

Ich lache leise, schüttele den Kopf.

War ja klar, dass er es zu einem der schönsten Momente meines Lebens macht. Er kennt mich eben in- und auswendig.

Carol lächelt verträumt. »Ihr seid so ein wunderschönes Paar. Ich habe von Anfang an gesehen, dass etwas Besonderes zwischen euch ist.«

Brandon legt den Arm um mich, zieht mich an sich, und ich umschlinge seine Taille. »Du bist eben die Beste.«

»Ganz genau.« Sie zwinkert uns zu. »Und deshalb muss ich jetzt zurück an die Arbeit. Bis später.«

Wir setzen uns auf die gepolsterte Bank im Fenster und ich kuschele mich in seinen Arm, nippe an dem Champagner. Hebe die linke Hand, betrachte den Ring und seufze.

Da küsst er mein Haar, gleich neben meiner Schläfe

und raunt: »Bist du glücklich?«

Ich senke die Hand, lege den Kopf in den Nacken und lächele ihn an. »Ja, das bin ich. Sehr sogar. Du auch?«

Er schnalzt mit der Zunge. »Sonst hätte ich dir wohl kaum schon einen Antrag gemacht. Oder dich so früh gebeten, bei mir einzuziehen.«

»Keine Angst, ich wollte es nur noch einmal hören.«

Nach einem weiteren Schluck Champagner lehne ich den Kopf an seine Schulter und reise gedanklich ins letzte Jahr.

»Wenn ich so daran denke, wie einschüchternd du vor dem Flug hierher immer auf mich gewirkt hast ...«

»Einschüchternd? Womit?«

»Na ja, zum einen bist zu ziemlich heiß, aber das darf man von seinem Boss wohl kaum denken.«

»Aha?«

»Und deine Stimme hat immer so herrlich in meinem Bauch vibriert.«

»Sieh einer an! Du hast also von Anfang an für mich geschwärmt.«

»Das wäre übertrieben. Du hast mir gefallen, ja. Und Sarah hat sogar angeregt, ich solle mal ein bisschen Spaß mit dir haben. Um mir Tyler aus dem Kopf zu vögeln.«

Brandon lacht leise. »Typisch Sarah.«

»Und wie.«

»Trotzdem wärst du niemals nur deswegen mit mir ins Bett gegangen.«

»Nein. Und das war dir von Anfang an bewusst.«

»Natürlich.«

»Hättest du dich denn nur auf eine Bettgeschichte mit mir eingelassen?«

»Wenn es lediglich zwischen uns geknistert hätte? Ohne die tieferen Details?«

»Ja?«

»Auf keinen Fall. So weit hätte ich mich beherrschen können, vor allem wegen deiner Position bei *Kentwood*. Allerdings ist es beinahe unmöglich, dich mir ohne all diese zauberhaften Eigenschaften vorzustellen, die mich beeindruckt haben. Das wäre eine andere Frau, nicht du.«

»Und ohne das Schicksal hätten wir vermutlich nie zueinandergefunden.«

»Ich glaube, es hätte einen anderen Weg gefunden.«

Erstaunt richte ich mich wieder auf, hebe die Brauen. »Wie kommst du darauf?«

»Keine Ahnung. Bauchgefühl? Urvertrauen? In den vergangenen Monaten habe ich verdammt viel dazugelernt, vor allem über mich.«

»Und jetzt glaubst du daran, dass sich immer alles fügt?«

»So könnte man es ausdrücken, ja.«

Auf meinem Gesicht breitet sich ein Grinsen aus. »Ich glaube, du liest zu viel.«

»Wirklich? Dann muss ich das wohl reduzieren.«

»Untersteh dich!«

»Oder ich wechsele das Sachgebiet. Hin zu Erotikratgebern.«

»Ich glaube nicht, dass wir das brauchen.«

»Nein?«

»Ich habe keinen Grund zur Beschwerde.«

»Wie wäre es mit neuen Impulsen? Tantra? Kamasutra?«

Nachdenklich schürze ich die Lippen. »Tatsächlich gibt es da die eine oder andere Stellung, die ich schon immer mal ausprobieren wollte.«

»Sieh an, jetzt hast du Geheimnisse vor mir.«

»Nur Fantasien, über die wir noch nicht gesprochen haben.«

»Tut mir leid, aber so geht das nicht, Ms. Tate. Das

verstößt gegen unsere Abmachung. Von jetzt an will ich sofort informiert werden, sobald Sie unanständige Gedanken haben.«

»Wirklich sofort?«

»Hundertprozentig.«

»Dann haben wir ja doch noch Sex an einem Ort, den wir bisher erfolgreich gemieden haben.«

»Und der wäre?«

»Ihr Schreibtisch, Mr. Kentwood.«

Lächelnd legt er die Hand an meinen Kopf und beugt sich zu mir. »Oh, wenn du wüsstest, wie oft ich in den letzten Monaten kurz davor war, dich deswegen zu mir zu zitieren.«

»Ach, ja?« Ich starre auf seine Lippen, mein Schoß beginnt zu pochen.

»Ach, ja.«

»Dann muss ich wohl von meiner eigenen Regel abweichen.«

»Da bin ich vollkommen deiner Meinung. Und eine Entschuldigung hättest du auch dafür.«

»Welche?«

»Die funkelt an deinem Finger.«

Ich schließe die Augen. »Wie praktisch.«

»Nicht wahr?« Brandon haucht mir einen Kuss auf die Lippen. »Was mich zu einer Fantasie bringt, die du gerade anstachelst.« Noch ein Kuss.

»Welche?«

»Du auf dem Esstisch in unserem Apartment. Nackt bis auf diesen Ring.«

»Hm, das erinnert mich an etwas. Nur was?«

»Klingt, als müsse ich deine Erinnerung ein wenig auffrischen.« Er küsst die empfindliche Stelle unter meinem Ohr und ein Prickeln breitet sich in meinem Körper aus.

»Okay, lass uns gehen.«

Sein leises Lachen vibriert über meine Haut und er hebt den Kopf. »Jetzt sofort?«

»Ja.«

»Was ist mit den Büchern?«

Da öffne ich die Augen, hebe eine Braue und lächele breit. »Wer braucht schon Bücher, wenn er die Realität haben kann?«


ENDE


## Anmerkung der Autorin

Den Ort in den Rocky Mountains, den ich White River Springs genannt habe, gibt es wirklich. Genau dort, genau so. Allerdings fand ich den Namen »Snowmass Village« nicht sonderlich romantisch. Und vermutlich wäre es auch meinen Leser:innen so ergangen.

*Carol's Books & Café* musste ich erfinden, aber ich denke, mir ist da ein kuscheliger Ort gelungen, an dem wir Buchliebhaber am liebsten den ganzen Dezember über verweilen würden. Ach was, am besten bleiben wir von September bis März dort und genießen Atmosphäre, Bücher und die eine oder andere Tasse Wintermagie. ;-)


Du möchtest noch mehr »Christmas in Love« lesen?

Dann kommen hier meine Buchtipps.

## Aber – Halt, stop!  →

Erst habe ich noch ein <u>Bonuskapitel</u>
von Alyssa und Brandon für dich!

Das erhältst du als Dankeschön, wenn du dich
zu meinem Newsletter »Katies Herzenpost«
anmeldest.
Bitte hier entlang:
https://subscribepage.io/BonusBICO

Oder direkt QR-Code scannen.

**Deine Vorteile:**
• Neuigkeiten vor allen anderen erfahren
• Sämtliche Bonuskapitel lesen
• Exklusive Inhalte und Aktionen genießen

# Single Bell Rock

(Christmas in Love 2)

**Eine bezaubernde Kleinstadt in den Rocky Mountains, ein Country-Star und ein überraschendes Wiedersehen mit der ersten Liebe.**

PAIGE

Callum Cox hat mir nach dem Abschlussball das Herz gebrochen und Montana schnellstmöglich verlassen. Nun kehrt der Country-Star für ein exklusives Weihnachtskonzert nach Eagle Falls zurück und ausgerechnet ich muss ihn rundum betreuen.

Zwischen Wohltätigkeitsprojekten, Plätzchenbacken und emotionalen Erinnerungen entwickelt sich diese gemeinsame Zeit allerdings in eine Richtung, die ich nie im Leben erwartet hätte.

Genauso wenig wie die verwirrend intensive Wirkung, die seine Augen und sein Lächeln noch immer auf mich haben. Oder jede seiner Berührungen.

Sinnlich, romantisch und mit viel Weihnachts-Gefühl.

# Merry Penalty Christmas

(Christmas in Love 3)

**Ein folgenschweres Footballspiel, eine prickelnde Herausforderung und der Weihnachtszauber von New York.**

GIN

Dank Tanner Fairfield, der von einem verfeindeten Footballteam zu den *New York City Skyliners* gewechselt ist, verlasse ich deren Stadion mit einer Gehirnerschütterung. Was ich in der Vorweihnachtszeit genauso wenig gebrauchen kann wie die unfreiwillige öffentliche Aufmerksamkeit, die der Zwischenfall nach sich zieht.

Seine Fürsorge kann sich dieser Vollidiot deshalb sonst wo hinstecken und das sage ich ihm auch.

Trotzdem lässt Tanner nicht locker, kümmert sich, überrascht mich.

Und mit einem Mal ist da mehr zwischen uns als besinnliche Stimmung. Ein heißes Prickeln, dem wir beide nicht widerstehen können.

Bis ich den wahren Grund für sein Verhalten erfahre.

Sinnlich, romantisch und mit viel Weihnachts-Gefühl.

# Perfect Fake Deal

(Perfect Fakes 1)

**Zwei Millionen für eine Fake Ehe mit dem heißen CEO, der küssen kann wie ein Gott? Klingt nach dem perfekten Deal. Oder?**

Gwen Hancock steht vor den Scherben ihrer Existenz, als sie sich in jener Nacht auf ein Trinkspiel einlässt und diesen faszinierend sexy Typen küsst. Dummerweise läuft ihr Taylor Fleming wenige Tage später erneut über den Weg. Als CEO der Firma, mit der sie zukünftig zusammenarbeiten will.
Zu allem Überfluss kennt er ihre finanziellen Probleme und macht ihr ein unwiderstehliches Angebot.
Zwei Millionen dafür, dass sie ein halbes Jahr seine Frau spielt.
Wenn da bloß nicht dieses heftige Knistern zwischen ihnen wäre.

# Perfect Fake Match

(Perfect Fakes 2)

**1 Million für die Liebe. Das perfekte Paar gewinnt. Oder doch der perfekte Fake?**

Kristie Kavanaugh hat hart für ihren Traum gearbeitet und einen erfolgreichen Cateringservice aufgebaut. Doch nun bedrohen die horrenden Arztrechnungen ihrer todkranken Mutter ihre Existenz.
In ihrer Verzweiflung meldet sie sich zu einer TV-Dating-Show an, bei der das Siegerpaar 1 Million Dollar gewinnt.
Anstelle eines netten Kerls trifft sie dort allerdings nur Asher Tomlinson. Einen versnobten Serienstar, der ihr bereits auf einer Party negativ aufgefallen ist und nun ihr perfekter Match sein soll.
Und er bietet ihr einen Deal an, der all ihre Probleme lösen könnte. Sie spielen das schockverliebte Paar, gewinnen die Show und sie erhält das gesamte Geld. Keine echten Gefühle oder Verpflichtungen.
Also lässt sie sich darauf ein, aber schon bald verschwimmen die Grenzen zwischen Fake und Realität. Und das Herzklopfen wird mit jedem Date stärker. Oder geht es nur ihr so?

# Fateful Nights

Vier Freunde und überzeugte Singles.
Und doch ändert eine verhängnisvolle Nacht
alles.

**Alle Informationen über mich und von mir findest du hier:**

www.Katie–McLane.de

TikTok – Instagram – Facebook:
@Katie.McLane.Autorin

**Hörbücher:**

https://katie-mclane.de/Hoerbuecher/

**Meine Veröffentlichungen**

(Siehe auch

www.katie-mclane.de/Buecher/)

**Reihe »Burning Hearts«**
Never Really Me
Bad Romeo & Broken Juliet
No Oblivion *(14.02.2025)*

**Reihe »Christmas in Love«**
Boss, it's cold outside
Single Bell Rock
Merry Penalty Christmas

**Reihe »Perfect Fakes«**
Perfect Fake Deal
Perfect Fake Match
Perfect Fake Daddy

**Reihe »Fateful Nights«** (abgeschlossen)
Fateful Night with my Boss
Fateful Night with a Rockstar
Fateful Night with  CEO
Fateful Night with a Billionaire

**Reihe »Personal Protections«** (abgeschlossen)
Personal Protections – Blackmailed
Personal Protections – Stalked
Personal Protections – Sammelband 1

**Reihe »San Francisco Millionaires«**
(abgeschlossen)
Love Me, Mr. Millionaire
Kiss Me, Mr. Millionaire
Touch Me, Mr. Millionaire

**Reihe »Table Companions«** (abgeschlossen)
Dancing With A Stranger
Hold Me, Master!
Would I Lie To You?
Hot Dates – Sammelband


**Reihe »Mafia Clans of New York«**
(abgeschlossen)
Black Luck
Close Revenge


**Reihe »Black Orchid«** (abgeschlossen)
Black Orchid – Unlimited Sin
Black Orchid – Dark Needs
Black Orchid – Hidden Desire
Black Orchid – Secret Burlesque
Sammelbände Black Orchid – Session One, Session Three


**Reihe »Hot Winter Quickies«** (abgeschlossen)
Wishes
Desire
Sammelband


**Meine Beiträge zu »Frostmagie« (Kooperation mit 13 Autorinnen)** (abgeschlossen)
Frostmagie – Unbreak my Heart
Frostmagie – Zuckerkuss und Weihnachtswunsch
Winterzauber in Frost Creek (Sammelband inkl. Bonusgeschichte)

**Meine Beiträge zu
Kurzgeschichten-Sammlungen & Anthologien**

Dear Santa (Hrsg. Margaux Navara)

Knisternde Kurzgeschichten: Sammelband 1 (Hrsg. Nora Heck)

Dark Masked Nights (Hrsg. Kate Dark; Charity-Projekt für die Kinderkrebshilfe Rostock)